U0933695

新时代海右文学攀登计划

白旄楼

时光集

刘廷銮 著

济南出版社

图书在版编目（CIP）数据
白旄楼 / 刘廷銮著 . -- 济南 : 济南出版社 , 2025. 6. -- ISBN 978-7-5488-7424-9
Ⅰ . I267
中国国家版本馆 CIP 数据核字第 20255KU189 号

白旄楼
BAIMAOLOU
刘廷銮　著

出版统筹 李建议
责任编辑 乔俊连　孙益彰　张乃月　张　静
装帧设计 纪宪丰
封面绘画 刘紫仪

出版发行 济南出版社
地　　址 山东省济南市二环南路 1 号（250002）
总 编 室 0531-86131715
印　　刷 济南乾丰云印刷科技有限公司
版　　次 2025 年 6 月第 1 版
印　　次 2025 年 6 月第 1 次印刷
开　　本 160mm × 230mm 16 开
印　　张 17.75
字　　数 188 千字
书　　号 ISBN 978-7-5488-7424-9
定　　价 68.00 元

序

说起来，我和老乡刘廷銮，有着大半辈子的亲密交情，对他最是知根知底。

我最初知道他，还是在20世纪60年代末。那时，我在临沭县青云区机关工作。区委办了一张油印的小报，由我负责将区委秘书编排的文稿，用铁笔在蜡纸上刻写出来。我就见到当时还在上高小的刘廷銮在小报上发表过一首赞美家乡的四句诗歌。后来，我俩聊起这件往事，他还有些动情，说这是他第一次发表作品，他受到的鼓励老大了。

1969年，撤区分设白旄与韩村公社，我也从区里来到刘廷銮所在的以西白旄村为驻地的白旄公社机关工作。那时，刘廷銮已从中学毕业，先后在自己的母校白旄公社中心小学担任民办教师和代课老师。他与同样热爱写作的白旄公社党委秘书吴清泉志趣相投，携手并肩开展通讯报道工作。他作为一名农民通讯员，不仅在公社，甚至在全县，都颇有些名声。我经常能从县广播站的有线广播里听到他写的稿件，也时不时见到他写的一些稿子刊登在省级或国家级报刊上。由于他的带动影响，当地形成了热衷于搞通讯报道的风气。近日，我在《青云镇志》上看到，刘廷銮作为当地几十年来搞通讯报道的领军人物，被列在首位介绍。他当之无愧。在那几年里，我和刘廷銮熟识，有了颇深的交情。他给我留下了很好的印象，是一个在写作上有执着追求的励志青年。当时，我为他感到有些惋惜，他受农村户口的限制，无法很好地施展抱负。

1975 年，我担任主持团县委工作的副书记。其间，刘廷銮也从临沭师范学校毕业，又回到白旄公社成了公办教师。当时，团县委缺少一位能写文字材料的秘书。我随即向正在白旄公社驻点分管组织干部工作的县委副书记孙承金举荐，将刘廷銮调入团县委工作。我俩不谋而合，孙承金也了解到刘廷銮文笔不错，当即安排县委组织部进行考察。刘廷銮顺利调入团县委，虽然只待了两年左右时间，但使团县委的文字工作有了很大提升，尤其是他写的长篇通讯《胸怀革命志　丹心为人民——记模范共青团员陈冠顺同志的英雄事迹》，曾广受好评，产生了很大影响。

1978 年秋，刘廷銮从县里调走，先后在团省委和山东省新闻出版局工作，与我依旧保持着交往。他在团省委工作期间，曾在 1981 年县级团委试行换届差额选举时，受邀参加了临沭县团代会，他撰写的总结临沭县团代会的经验材料，被共青团中央作为本年度 1 号文件转发推广。

如今我和他已先后退休，两人间的沟通交流反而比先前更加频繁。他对我和其他曾经关心帮助过他的老同志都念念不忘，十分尊重。按常理说，退休后应该过得更悠闲一些，可他不忘夙志，依然笔耕不辍。他对我讲，在职的时候，净写些机关作文，退休了，要静下心来，写些抒发自己情感的作文。他用了三四年的时间，回故乡进行了五六次深入采访。他以讴歌自己的故乡为主题，写了 30 多篇散文和随笔。他说这些自己经历的故事，是他在故乡成长阶段的情感依托和生命依托。他每写出一篇来，都先发给我，让我提出指导性修改意见。应该说，我是这些文章的第一读者。书中涉及的人和事，我大都熟悉，许多事就发生在我身边，读来觉得很亲切，也很感慨。童年的欢乐，人生的波折，亲情友情，心仪人物，故乡的变迁，等等，都是他的亲见亲闻，或者亲身经历。这些文章，点点滴滴，从不同角度如实反映了他所处的那段岁月的社会情状。这些故事，在数十年的时间长河里，依然保留在他的脑海里，今日经他如数家珍般地梳理出来，无论是同代人还是后来人去读，都当有所受益。我觉得最为可圈可点的当是他的文字平易质朴，笔触细腻生动，有着属于自己的风格。这些文章还有一个特点，就是把自己融入了进去，注入了自己的真情实感。就如一个老者在娓娓道来，向你叙说自己的经历和见闻。这些故事都是从他心中自然流淌出来的，也许你还会从中领悟出一些人生真谛来。这些文章的字里行间无不透露出他对故土的眷眷深情。那份情感，犹如醇厚的美酒，离乡愈久，乡愁愈浓，读来令人动情，甚至垂泪。

刘廷銮为人比较严谨和低调。前两天，他带着几经修改的这本《白旄楼》的打印稿，又一次来到故乡临沭，找到我和他的中学老师胡遵信，请我为他的书作序，一再提出不要有溢美之词，让人家笑话。请胡遵信老师帮助把关修改。他一再说，自己所写的这些文章，有几篇还算满意，大多不甚满意，因写作能力所限，只能留下一些遗憾，让读者品评了。

这本书，应是刘廷銮退休以后所写的第三本书。前两本是《清代百名进士墨迹》和《山东明清进士通览》。他还打算再写一本《文苑留痕》。我期待他新的著述问世。

于清玺

2024年6月写于临沭县政府第二住宅区寓所

目录

白旄楼

一些外村人说起我们村，往往不是直呼我们村的本名“西白旄”，而是称“白旄楼”。我们整个村子里全是那种平房类的土屋子，连一栋楼房都没有，何以说成是白旄楼呢？

你们有所不知，在很早以前我们村里确实有过一些楼房。

在村里，我们刘姓一族，明朝初年自江苏迁徙而来，至今已有 600 多年的历史。祖上曾在村里盖有不少楼房，只是在清代康熙年间遭遇郯城大地震一劫，这些楼房都塌陷无踪。虽时过境迁，但村中一些旧时的传说，却依旧保留了下来。人们对村中东南角的那个地方，现在还叫“东南楼”，这说明那里原是有楼房的。村东我们家那块菜园子所处的地方，就是历史上的“东花园”。我爹我娘让我去菜园子干点什么，就习惯说上“东花园”去。这园内曾有一些亭台楼阁，而今人们还经常能挖出一些老八辈子的有精美纹饰的瓦砾。据积古老人讲，我们祖上曾在这块土地上辛勤耕耘，家业兴旺，富甲一方，就连住在费县、在朝廷里待过的阁老都看中了我们这方乐土，把自己的女儿下嫁到我们村，还陪送了一对玉石门墩、一个金香炉和一件火龙丹褂子（据说产自新疆地区，脏了不用水洗，用火烤一烤就洁净）。这三件珍稀之物，岁月一长，也就被人们渲染上一层神秘的色彩。别的两件东西已不知去向，而那实为汉白玉的玉石门墩，却是实实在在的，至今还被村里一个老者深藏在自家的草垛子底下呢。

上小学时，我时不时地与外村的同学就“谁的家乡好”展开争论，一比高下。我就凭着白旄楼昔日有楼的辉煌的资本，让对方难堪，且屡占上风。不过，我自己也心虚，毕竟这白旄楼已经名不符实，并没有真楼房在那儿立着，所以，这就成了我的一块心病。我一直希冀着，真的有那么一天，能够实现“楼上楼下，电灯电话”的梦想，扬眉吐气。

按说，我们那儿是个公社（后改乡）驻地的村庄，也是个有着 2000 多人的大村庄，应该兴旺发达起来。村里有些迷信的人，怀疑我们村发达不起来，是因为风水不好。这些人便请来一个懂阴阳方术的老头，让他看看我们村子是不是一块风水宝地。那风水先生在酒足饭饱之后，背剪着手儿围着村子转悠了一大圈子，最后来到村北的小沙河岸边，指着河道中一片金黄色的沙滩，说你们老祖宗选的这方水土好啊，这金沙滩主财运，叫作“一盘金沙”，预示着以后的子孙会财源滚滚，兴旺发达。我不相信，大多数人也不会相信风水先生的虚妄之说。那大沙滩早已存在多少辈子了，村里要兴旺发达早就兴旺发达了。在我心中，对家乡这片土地是又自信又自豪，用不着任何人评说。白旄楼土儿沃、水儿清、竹儿翠、草儿青，是一方好水土。穷则思变，这白旄楼只要人肯努力，一定会紧跟国家振兴大业的热流而风光起来。

不过，那风水先生所说的“一盘金沙”，随着城乡建筑业的兴起，还真的金贵起来。不几年，社会上几个“精明”之人，趁着人们环保意识还不强的当儿，偷摸着挖走了很多沙子，赚了大钱，装进了个人腰包。这金色沙滩，本属于我们村里的资源，村里的人们却并未得到什么好处。再说，“一盘金沙”没有了，这所谓的好风水也就没了，村里的一切变化再也与它无关。

我是在20世纪70年代末，离开故乡去了省城，走时，不仅村子里，就连所在驻地的公社所辖各单位，也没有出现一栋楼房，哪怕是二层高的楼房。

这些年，“忽如一夜春风来，千树万树梨花开”，眼瞅着变化越来越快，也越来越大。昔日的白旄楼华丽转身，不光有了许许多多楼房，方方面面也都更上了一层楼。

我们村子由于曾是乡驻地的缘故，所建的楼房也就格外多。除了村里建的楼房，还有医院、中学、小学、银行、信用社建的楼房，以及新建住宅小区等，至少也有300余栋。楼房大多为二至四层高，也有一些七八层高。村里有些过得较好的人家，不仅在村里建有楼房，还在县城里购买了楼房，既是为了孩子打算，也是准备以后到县城里去养老。在白旄楼这块地方，一下子新建出这么多楼房，真的是沧桑巨变了。

我们村中的那条主要街道，原是一条比较狭窄的坑坑洼洼的土路，现在随着村里的街巷铺了柏油，这条土路也被改造成了一条宽阔又平坦的柏油大道，两边盖满了沿街商业楼。这沿街楼房以我们村为中心，向东西延伸，东边延伸到东白旄村，西边延伸到腾马村，长达10余华里，共有200余栋，布满了酒楼、商店，还有五花八门的小吃摊点。这些沿街楼房和摊点，把过去有着相当距离的五六个村庄都毗连在了一起。

在我们那地方，除了居住环境的变化，其他诸多的变化，让我做梦也梦不出那模样儿。家乡的杞柳变成了“摇钱树”，村里几乎家家户户都有人搞柳编，父老乡亲用双手编织的艺术品般的产品，漂洋过海，远销世界各地。在我看来，儿时几个调皮捣蛋的毛孩子，竟办起好几个主营对外贸易的白柳工艺品厂，成了广州交易会的常客。那年，他们参加广州交易会后，乘坐飞机，结伴而行，到省城看望我，听着他们做大生意挣大钱的高谈阔论，我兴奋地搭上了两瓶自己都舍不得喝的好酒。村里人打理庄稼，从种到收，已经实现了机械化或半机械化。我小时候熟悉的播种的耩子、整地的齿耙、打场的碌碡、挑草的木杈、耕田的犁子、赶牛的大鞭等农具，如今成了古董贩子的追寻之物。我还在村里时，要在天蒙蒙亮时，挑着一对泥瓦罐，加入挑水的人流中，去村外几眼水井或小沙河挖的泉子里，挨次去取水。现在家里一扭水龙头，自来水就哗哗流出来。当年，逢年过节，我常见到人们用一根木棍挑着两棵大白菜，或用胳膊挎着半筦子粮食，徒步走亲戚的情景。如今村里的年轻人几乎个个开着轿车，要走亲串友，就用轿车拉着包装讲究的商品，说去就去。人们烧饭炒菜也大都不再烧柴草，而是用上了洁净燃料，“炊烟袅袅”稀见了。昔日，村里只有一部用红布包着的电话机，专用于接听上级通知，被稀罕得一般人摸都不让摸，现在连老大爷、老奶奶都拿着手机联系外面的世界。令我惊讶的是家乡人的消费水平之高，价格不低的烤鸭，有时过节竟能一天卖出200多只，看来家乡人真的有钱了，也真舍得花钱了。

在我看来，更大的变化是人们精神境界的提升，这是我有一次与三哥见面时感受到的。前年，已年近80岁的三哥，让小孙子开着轿车拉着他到济南看女儿，也同时看我和老伴。我们交谈起来，完全改换了以往说吃说喝说穿说艰辛的话题，讲的几乎全是国家发展和村子未来的事儿。三哥的一个看法我很赞同，他对我说："这年月呀，越过越有盼头啦！谁不好了还想更好？要是对眼下再不满足，那就不要良心了。"

我感叹，我小时视作的乐园，只不过是戏耍的乐园，而眼下的变迁才是真正的幸福乐园。

每次回家，就像读书一样，都能看到新的一页，那洋溢着的勃勃生机扑面而来。我回家串门都要侄子引路，因为留在脑海里的"老地图"已经不起作用了。

红草地

儿时想找乐了，就会去村里的金沙滩、芦苇荡、竹子林……但最令我心驰神往的还是村子南边那条小河岸上的一大片红草地。

夏与秋，我去红草地那里割过青草，拾过柴火，逮过山水牛，还在它脚下的小河里摸过小鱼，拔过能编织蓑衣的鸡冠子草，但更多的还是在红草地里钻来钻去捉蚂蚱。

从家里去红草地，也不太远，你数着先过一个小石桥，再过一个小石桥，又过一个小石桥，过了第四个小石桥就到了。我去红草地，是追寻着天空中上下翻飞的黄色、绿色、红色的蜻蜓前往的，只要头顶上的蜻蜓多得分不清是这一群还是那一群，有了铺天盖地的感觉，那风中翻滚着的红草地，就像一条赤龙一样跃到眼前了。

红草，俗称苦草，是一种多年生草本植物。这一大片红草，不用人告诉，我也知晓肯定是前人作为固堤之用栽植的。这堤不是人们想象的长长的窄窄的模样，那堤顶忽起忽伏，堤坡忽放忽收，状如一串糖葫芦模样的小丘陵。整个大堤上下，红草无所不在地蔓延着。红草地傍依流水，被滋润得格外蓬勃。在没过我们孩子头顶的红草地里，还生长着一些五股八杈的开着白花或紫花的刺槐。红草间隙的地面上，还覆盖着开花和不开花的各种青草。这儿是各种昆虫或别的小生灵适宜繁衍的地方，也是它们比较喜欢的藏匿之处。在这儿，最占种群优势的还是不计其数捉也捉不尽的蚂蚱。

这红草地我去的次数虽多，但对我来说依然极有神秘感。记得五六岁时，我曾跟着为村里牧羊的三哥进入红草地玩耍，转来转去转迷糊了，吓得哭起来。虽心有余悸，但还是被深深吸引，忍不住一次又一次前往。我踏入红草地，从不敢放肆，总是小心翼翼，手中必拿点壮胆的“武器”，不是一条棍儿，就是一根枝儿，这既是为了便于敲打躲在草丛中的蚂蚱，也是为了防备出现的种种突发情况，比如会冷不丁跳出一只或几只背上还湿漉漉的青蛙，冷不丁窜出一只白嘴或黑嘴的黄鼠狼，冷不丁蹦出一只矫健的野兔，冷不丁扑扑棱棱朝着空中或远方飞起一只或一大群鸟儿……这些只不过会让我受惊一下子，并不怎么慌神。但是如果遇到挂在草丛上的白色长虫皮，尤其是遇到扭动着苗条身躯的长虫，就有点让我魂飞魄散了。这紧张的欢乐，是一种别有滋味的欢乐。

秋高气爽的季节，是去红草地捉蚂蚱的最好时机，这时各种各样的蚂蚱都长足了个儿，母蚂蚱一肚子籽儿。特别是秋后的蚂蚱——蹦跶不了几天的当儿，捉那些少了一些保护色、多了些笨手笨脚的，就更加容易。徜徉在红草地里，只须稍一惊扰，就会轰的一下子，飞起一大群扇动着五颜六色翅膀的蚂蚱，弄得你眼花缭乱，真不知该去捉哪一只才好。不过，千万不要四面出击，只有紧盯一个目标去追寻，才能有所收获。我爱捉那深绿色的“蹬倒山”（棉蝗），若论个头儿，它乃为蚂蚱中之老大，天热的时候，特别喜欢上架趴在槐树干上。我弄不清楚，这是否与其喜食槐树叶儿有关系。你靠近捉它，它笨得轻易不会飞走，像浅绿色的“油蚂蚱”爱围着红草杆儿打转转一样，只是绕着树干躲来躲去，像是跟你玩捉迷藏，你只要动作利索点，用两个手指猛地一下就能把它捏住。天凉的时候，它就从槐树上下架，跑到路旁低矮的草丛中晒太阳，找暖和，也似乎变得比先前更痴呆，你再去捉它，就像拾地瓜一样，一个一个去拾就行了。我爱捉那有着最长身子的绿色、灰色或花色的母“草儿婆”。据我所知，它还被人们用于歇后语中，即“草儿婆”戴笔帽（毛笔帽）——双尖头，比喻偷奸取巧的狡猾之人。其实这“草儿婆”并不狡猾，颇有些老实，既飞不高，又跳不远，恐怕连蹒跚学步的小儿也能拿获它。其实我最喜欢捉的还是草丛里的“歌唱家”——公蝈蝈，每次去红草地，都盼望捉上几只放在家中的蝈蝈笼里，让它咬食着鲜红的辣椒和嫩黄的南瓜花唱歌。别看它翅膀短，不会飞，只会跳，行动却十分敏捷，两只长长的后腿儿，有极强的弹跳力。越是阳光灿烂，它越是叫得欢快。你要循着叫声，轻移脚步，走走听听，听听走走，悄然靠近，方能找到它的藏身之处。如果你不用双手一下子捂住它，它就会瞬间溜到草丛深处不见了踪影。那些翅膀发灰而带斑点的“飞蚄”，还有相类的“小铁橛”（亦称“磨刀快”），我轻易不会下手去捉。它们太能飞，越飞越高，越飞越远。我即便累个气喘吁吁，也十有八九难以捉到手。在草丛里，小得不能再小的是呱嗒板儿（公“草儿婆”），它呱嗒呱嗒飞到东，呱嗒呱嗒飞到西，有些炫耀，令人生厌，我没把它放在眼里，也不稀罕去捉它。

“放眼望去，那连片的红草地，被风吹得如波似涛，起伏着，涌动着，追逐着……”这是我在上小学时，在作文《可爱的家乡》中，对红草地的一段描述。这既是对红草地的赞美，也抒发了一个少年的情怀。

而今，作为远离故乡的古稀之人，重温这段文字，却是另一番心情，那红草地分明在向我发出呼唤——回家吧。

家门口的桥

我老家的家门口，有一座小石桥，因为长度只有扁担那么长，乡亲们也称之为扁担桥。

人们都知晓，天上有颗扁担星，那是牛郎用来挑儿挑女的，这家门口的扁担桥，却是用来挑东挑西的。

我家就住在村里三弯巷的东巷口，向东走上个二三十步，就是那个南北走向的东大沟。夏季的雨前雨后，躺在家里的床上，就能清晰地听到从东大沟那里传来的此起彼伏的呱呱的蛙鸣声。在村里的八九个沟当中，东大沟最大也最特别，状似夜空中分布着的北斗七星，也像一把长脖子大脑袋的勺子。虽说这片水域给人们带来不少好处，但也像一堵墙一样，挡住了大半个村子的人们东去西来的路。那扁担桥，就架在大沟的长脖子上，有了它，人们的出行省步了，不用再从大沟的两端绕圈子。听村里老人讲，这扁担桥在过去兵荒马乱的岁月里，也是逃反（也说跑反）的“救命桥”，一旦遇到什么危急关头，三弯巷及离扁担桥不太远的人们，就能十分快捷地通过扁担桥躲藏到外村东岭上的高秆庄稼地里，从而化险为夷。素日里，人们前往村东打理大片的庄稼，打理众多的菜园子，从一眼老井里挑水，都要通过扁担桥。

明朝初年，才有了我们这个村庄。现今，唯一能见证村庄的古老之物，除了那一对祖传下来的玉石门墩和那一棵树龄最长的古槐，就是这座扁担桥。在绵长的岁月里，那由石块垒砌成的三个桥墩之上两大块长方形的石条子，早被人们的脚底板打磨得光溜溜了。这两大块石条子，好像有什么讲究，一块为青色，另一块为黄色，明显的是黄色的这块要比青色的那块质地偏软一些，中间部分已如砚堂凹下去。村里有些文化人，有说是暗喻天地的，也有说是分阴阳的。我却更多地去想，这扁担桥恐怕是人们脚印重叠最多的地方，有古人的，有今人的，也会有后人的。这一辈又一辈的人，从这头走到那头，又从那头走到这头，把岁月踏碎，把希望凝成印痕。常听老人讲这桥的来历，说是老早的时候，村里有个常年在外跑买卖的人，只知绰号叫“钱鬼”，家中娶有大小婆子，但好多年过去，也没有生下一男半女，谁知后来时来运转，大小婆子都“开了怀”，一下子儿女双全。这有钱人在自我陶醉之余，没忘了行善积德，就拿出钱来修下了这座方便人们出行的扁担桥。从民国初年过来的老爹，虽也经常跟我说起老年间扁担桥的一些事儿，但也说不清道不明这桥啥时才有的，只是告诉我，你老爷爷的时候就说有好几百年的历史了。

我很小的时候好哭，一哭就没完没了地“扯长趟儿”，要想哄我不哭，有个比较奏效的法子，就是让人抱着或背着去扁担桥上看光景，立马止哭为乐。所以，我一哭，娘就拿出这妙招儿来，赶紧支使哥嫂或姐带我去扁担桥上寻开心。我长大些，有时太过顽皮，常惹得娘生气，娘也不揍我，就一瞪眼撵我到扁担桥上玩去，说是别在家里疯，要疯到扁担桥上疯。

家门口的扁担桥，更像一个搭设的观景台。在我眼里，它就是村里的“名胜”之一。这里春与夏的景致，最令我们小孩子神往，我们也最喜欢融入进去。春日里，我要去观赏扁担桥附近“馍馍顶”周边水下蟾蜍卵孵化的过程。这“馍馍顶”，就是扁担桥南邻水域中一个土石堆成的小岛。那用一块放电影的银幕就能盖过来的小岛上，生长着一簇簇能像苇一样开出紫色花的荻，但比苇飒爽多了。小岛周围的水域里，有着一丛丛翠绿的水草，似小姑娘的披肩发一样波动着，那里是水中活物的欢喜之处。每年春来，蟾蜍选择在这里产卵，那长长的由胶质膜围成的均匀排列着小黑珠子的线状卵带，酷似粗粗的粉条儿，纵横交错地缠绕在水草中，如同织成的天罗地网一样。刚孵化出来的小蝌蚪，像一团乌云涌动着，把一大片清澈的水域染成墨色。当幼小的蟾蜍上岸的时候，把整个扁担桥及周边地面都密密麻麻地覆盖起来。我每次挑水路过那里，都要踮起脚尖，小心翼翼地腾挪过去，稍不留意，一脚下去，就会伤及一些小蟾蜍的性命。虽小但多，也就有了那种千军万马的阵势，尤为壮观。不用说，正因有了极好的生态环境，才会有这难得一见的情景。

夏日里，那密密匝匝的苇荡，几乎把整个大沟的边缘都镶嵌起来，随着变化的风向俯仰着。在一大半的水域里，那些含苞的、半开的、怒放的淡红色和白色的莲花，与高高低低的碧绿荷叶交织着，在风中摇曳出阵阵清香。那种能在苇秆上做巢的芦喳子鸟儿最多，在苇荡里时隐时现地飞来飞去，不停地喳喳叫着。村中放养的胖头鱼（鳙鱼），跃出水面，蹦着高儿。一群群的鹅，一帮帮的鸭，游来荡去，追逐嬉戏，把脑袋扎进水里，将屁股竖立起来。还有小野鸭和小水鸡，也混迹在鹅与鸭群中，从这里钻进水里，又从那边水中冒出来。这里嘎嘎，那里呱呱，一派生机盎然。我们这些在水中洗澡的孩子，进入苇荡里，探寻筑在苇杆上的鸟巢，找拾撂蛋鸭撂下的蛋。若真的探寻到鸟巢中的鸟蛋或雏鸟，只是看个稀罕，谁也不忍心伤害它们。我们还会躲闪着带刺的荷梗，游至荷花深处，采上一朵荷花，擎在手里，或折上一片荷叶，顶在头上，尽情地欢乐。

夏日，扁担桥下是我张网逮鱼最主要的去处。或夜间，或清晨，也不分个什么时辰，只要天降大雨，我就会穿上蓑衣，戴上斗笠，急急火火地赶到扁担桥那里。这跟在村里看露天电影一样，必须得先去占埝儿，如若让一个绰号叫“黄烂瓜”的青年捷足先登，那会悔青肠子的。初来，爹还不大放心，当看到我有一次在桥下用邀网子托出一个比我还小的落水的小孩儿，不仅自己安全，还能救人时，爹也就不再担心了。在雨落蛙鸣中张网逮鱼，就甭提多惬意了。每次逮到的鱼，多为小不点儿，有麦穗、鳑鲏、沙里趴、狗蹄子，还有特别小的被称为麦糠鱼的。偶尔也能碰上泥鳅、餐条和小鲫鱼，这些已经算是大家伙。鱼儿虽小，但我能逮到不少，弄个大半泥盆子。这鱼逮大逮小，逮多逮少，都是次要的，主要是逮个乐儿。桥墩石块缝隙里，藏身最多的是黄鳝鱼。它们似乎只在雨后出来戏新水儿，这时会冒出大半个身子。我见过最多的一次，竟一下子冒出十七八条。这大的大，小的小，长的长，短的短，肯定是一大家子。它们好像故意挑逗我，在那里随波逐流，左右摇摆，上下起伏，一副谁也拿它们无可奈何很坦然很享受的模样。它们很狡猾，你不论用手去抓，还是用网去捞，都会让它们逃之夭夭。我这才发现，它们什么时候也不会将整个身子都暴露出来，总把一部分留在石块缝隙里，一遇惊扰就迅疾退缩回去。晚间，我和几个小伙伴一块壮着胆儿，打开手电筒照明，带着用自行车的车辐条做成的钓具，挂上挖到的蚯蚓，去钓黄鳝鱼。那从石头缝隙中伸出脑袋的黄鳝鱼，经不住诱惑，吞下钩子，然后一条条被硬生生拉扯出来。老娘也不知听谁瞎说，说是黄鳝鱼和甲鱼都是长虫变化出来的，万万吃不得。我虽然一千个一万个不相信，但还得听老娘的，把黄鳝鱼送给了一个常用小偏方给我们孩子医治头疼脑热小病的大奶奶。她取了黄鳝血，涂在一张牛皮纸上，说是人手破流血，用这东西贴上去能起止血消炎的作用。

前些日子，老伴不知从哪里翻出一本带有红色塑料封套的日记本给我看。我一看，就知道这是我还在生产队里当社员的时候送给她的。这本子里有老伴抄写的我给她写的几封信，都与这扁担桥有关系。我和老伴同村，小学和中学时又是一个班的同学。在十六七岁时，我们是由媒人说和而非自由恋爱的方式确定的婚姻关系。那时候，村里的人大都挺传统，也挺保守，要是叫别人知道谈恋爱，还觉得怪丢人。我们之间有什么事情需要沟通，不是我上她家、她上我家，而是找个人传个信儿，在扁担桥上见面说个话儿。那年，提倡喜事新办，老伴是团支部委员，也随着大队团支部书记带领的一帮人，敲锣打鼓地到我家退彩礼。老娘一看有点蒙，也有点恼，说这是打谱不想跟着了，弄这么一出溜子干什么？我赶紧写了一封信找人捎过去，相约在扁担桥上见面说个话儿。老伴在扁担桥上对我说：“你给咱娘解释解释，我哪是不想跟了，这都是跟形势，人家都退彩礼，我能不带个头，做个样子吗？”我回家给老娘一说，老娘立马笑了……那年，老伴先于我被招工了。那会儿，不管是恋人还是夫妻，因为这种差别分手的不在少数。我虽然知道老伴不是那种人，但也觉得需要摸摸人家的想法，有个替人家着想的态度。我又写了一封信，找人捎给她，相约在扁担桥上见面。老伴在扁担桥上对我说：“决不变心，不会当没良心的人。”老伴还替我打谱，说：“你如果出不去，就在家里好好养个猪，喂个鸡，我每星期天回来，给你烙上一盖顶煎饼，也就不缺吃的了。”1978年秋，我从县委办公室调往省城，临行前，我和老伴又一块来到了扁担桥上。老伴对我说：“你在那里不好干的话，我和孩子等着你再回来。”我对老伴说：“我在那里能干好的话，就把你和孩子接过去。”两年以后，我把老伴和孩子接到了省城。

我上县师范学校时，有伏开苗、公绪银、黄常学、苗兴礼等几个志同道合的同学，但在这些同学之中，唯一到过扁担桥的是苗兴礼同学。我俩因为共同的写作爱好，成了心心相印的好朋友。那年春天，先是我去了他的老家。第二年夏季，苗兴礼同学也骑着自行车，跑了五十多华里来我家，住了好几天。我带着他看了我觉得最好看的小沙河、红草地、竹子林等地方，但去得最多的地方，还是抬腿就到的家门口的扁担桥，白天去转转，晚上去坐坐，在那里互诉情愫。那时，已临近毕业，我们都满怀对未来的憧憬和思考。在苗兴礼临走前的那个晴朗的月夜，我俩都多喝了几杯酒，又兴致很高地来到扁担桥上，坐在小桥边，打开话匣子，一直谈到深夜。两人约定，要在毕业后，多读书，多写稿，找到一个凭搞文字实现自我价值的职业。我俩都认为，要多读经典著作，以弥补学识之浅陋，并商量出了一些必读书目。我后来先后到团县委、县委和省城工作，一直没有忘却我和苗兴礼同学的约定，经常联系，沟通，互相勉励。苗兴礼同学很努力，得其所哉，先是当了公社党委秘书，后又做了县广播站的编辑，在《人民日报》等新闻媒体上发表了不少好文章，在县城里搞文字也算得上出类拔萃的人物。记得我去省城的第二年，二哥从老家打电话告诉我，当年曾来咱家的苗兴礼，到咱乡里采访，专门来咱家看了看，还特意到扁担桥上站了一会儿。这足见苗兴礼同学也是十分珍视那份扁担桥上的相晤交情的。

家门口的桥，承载着我往日太多的欢乐和情感，它会一直架在我的心头上。

故乡的小沙河

小沙河，就紧贴着我们西白旄村的北边，也就是村子后头，人们习惯按照方位称之为小后河。

“小河的水清悠悠，流过我家村东头，我给队里来放牛，牛儿乐得直点头……”这是我在村里上小学五年级那会儿，新来的王洪亮老师教唱的一首歌曲。在这之前，我很少出过村子，几乎没有去过很远的地方，还从未见过另外一条河，心里头也就只有村子里的这条小沙河。我当时幼稚地以为，这首听起来音色特别甜美的歌曲，所歌唱的就是我们村子后的那条小沙河，只不过差了一个字，怎么把村北头说成了村东头呢？这首歌曲也就与故乡的小沙河一并长久地萦回在脑际。想起小沙河，也就想起这首歌；想起这首歌，也就想起小沙河。

小时候，我喜爱村东的荷花塘，喜爱村南的红草地，也喜爱这村北的小沙河。这些去处，都是令我神往的乐园，是我欢乐的依托。那年春上，我们班的语文老师布置我们写作文《可爱的家乡》，我写的主要内容就是可爱的小沙河，至今尚能记得自以为得意的两段描写：“家乡的小沙河，春天来得特别早，那岸边的绿草和花朵，被清澈的小沙河的流水滋润得早早醒来。”“小沙河从东到西的岸上，开满了粉红色的桃花和杏花，成了花的海洋。一群群小蜜蜂，迷恋着芬芳的花朵，嗡嗡地飞来飞去。我也像小蜜蜂一样，被陶醉得不忍离去。”这篇作文，竟被喜欢作文多用华丽辞藻的老师选为范文。在这之前，我的作文还从未被老师选为范文，也就甜蜜得难以忘怀。这小沙河的美好，也就同我的这篇作文一并蛰伏在记忆里。

似一条飘带裹扎着我们村子的小沙河，从头至尾也长不过一二十华里。那源头，就在我们村子东方遥望可及的盘亘交错的山岭中。小沙河虽小，却能攀上高枝，是由鲁入苏的沭河之上的一条支流。从我们村子那儿，再往下四五华里，就进入了沭河。我在临沭四中上中学那阵子，每个星期回家背一趟煎饼，为了抄近，都是沿着小沙河上游岸边弯来拐去的逼仄小径步行上一个来回。小沙河的河床，越往上游越狭窄，岸边也不像我们村子那儿筑着又高又宽的大堤，几乎没有人设的堤防，近乎原生态。唯独到了我们村子后边，由于地势北高南低，河道一下子变得宽阔起来，画下了一个像月牙也似弯弓的大弯儿，猛地扭头一径西去。小时候，每到大弯处，都会去遐想：这在浪漫的诗人眼里，会把小沙河说成是对我们村子的一个多情的深吻，一个热烈的拥抱。在我看来，小沙河更像一位伛偻着腰背的母亲，我们村子就是那腰背上的一个孩子。

小沙河早年的状态，是老父亲讲给我的。小沙河的北岸，原有一座傍着水边的白塔寺，寺前曾有一块明代初年立下的记载捐款建寺的石碑，碑文上记载着，“小泥沟南捐铜钱两文”。这“小泥沟南”指的就是我们现今的西白旄村。当年，我们刘姓祖上刚从南方迁徙过来，一时连个正儿八经的村名都还没有，只能暂以“小泥沟南”称之。那时的小沙河，也不过仅仅是个“小泥沟”而已。可以想见，昔日的“小泥沟”，经过了五六百年的流淌冲刷，才有了今日小沙河的面貌。大自然的搬运工，从上游给我们村子输送来了金色的沙子和甘甜的山泉水。这小沙河的整个河床上，不仅铺满了一层厚厚的黄澄澄的沙子，而且在南岸大弯处对过北岸的逐渐抬升处，还特别地堆积出一大片高高隆起的沙滩，状似一把打开的折扇，那就是曾被风水先生命名的“金沙滩”。我记得很小的时候，晚上看过一次无声的露天电影，电影就是在那上面放映的。秋日里，我们家与其他一些人家，都争先在上面晒地瓜干。地瓜干干得特别快，也特别洁白。我们村子与周围一些村庄不一样，没有含沙的丘陵，尽是一马平川的黄与黑的土壤，若不是小沙河的馈赠，哪里还能见得上这稀罕的沙子。那时候，村里的人们把沙子的功用发挥到了极致，除了用沙子制成砂浆或混凝土来搞建筑，更多的则是用沙子来铺垫潮湿的猪、羊圈舍，或用来铺垫泥泞的院落、街巷。每当下雨或降雪后，我或二哥都会忙着去小沙河，用车推，或用肩挑，把运来的沙子，在泥泞的地上撒上一层儿，瞩一瞩，再走上去，鞋子就不沾泥带水了，变得舒适。村里虽有七八眼水井，但都是苦水井，水的味道苦涩，大都会被用来浇菜园子，或洗洗涮涮。若煮饭或泡茶，则主要仰承小沙河流淌过来的山泉水，都叫它甜水。进入汛期，小沙河也会发大水，但涨得迅猛，跌得也快，用不了多长时间，就恢复常态，不会影响人们正常取饮甜水。一年四季，即使久旱，或在冬天，小沙河也不会干涸，一直涓涓地流淌。一天之中，我会在大清早或在下午放学后，去小沙河为家中挑上几趟甜水。到了那儿，在水流旁边的沙地里，随意找个地方，用手扒拉几下子，一个泉坑就挖好了。那泉水就渗流出来，顷刻涌满，不澄自清。在家里什么时候口渴了，就奔到水缸边，摸起水瓢来，舀上半瓢水，仰着脖子，咕咚咕咚地一气灌进肚子里。真的好爽口，比现在一些瓶装的这水那水好喝多了，人喝后绝不会有什么不适，更不会闹肚子。

小时候，尤其是在上小学期间，我们小孩子会离开大人眼儿，三天两头到小沙河里寻欢乐，这里要比其他好玩的地方更广阔些，更多彩些，我们也会玩得更尽兴。

我们常去小沙河北岸居东的大古槐树那里。那可是一株上了县志的枝干盘曲的古槐，有人说其树龄600多年，也有人说800多年，它就像一位饱经沧桑的小沙河的守望者。这古槐命大，在“大炼钢铁”的年代，村里大些的树木，几乎都被砍伐送进了“土法上马”的小高炉，独有这棵古槐被以“神树”之名保护下来。这古槐的身世，再加上一些神秘的传说，使我们对古槐产生了一种敬畏的心态。我们去那儿玩，会将身子隐进古槐树干的一个很大的空腔里，也会几个人手拉手围抱古槐粗壮的腰身，更多的时候则是在古槐的树荫下，享受清凉，在那儿下土棋、打扑克、看小人书。我们对古槐的荚果，也叫“槐儿档”，情有独钟。待其成熟时，摘下捣烂，团成带着线绳的丸状，有乒乓球大小，在河道的沙地里玩“甩流星”，挥动手臂，抛来掷去，比试谁扔得更高更远些。

我们常去古槐以西相距不远的“鳝鱼湾”那儿。那里是一片因祖辈人取土烧窑所形成的沼泽地，小沙河水势大的时候，就会相互串通起来。在中间水深处，有一眼废弃的石砌老井，井里有着太多的鳝鱼。鳝鱼像蛇的模样，让我多少有些打怵。我的一个叫刘长奎的同学，与他爹一样，特别迷恋捞鱼摸虾。他爹外号叫“吃鱼鳖”，我们都称他“打鱼郎子”。在“鳝鱼湾”水浅时，我曾被他硬硬拉扯着一起去捉鳝鱼，把井中淤泥挖到半腰，已经捉出大半团筐，足有五六十条，若继续朝下挖去，还是一窝一窝的。我俩都有些害怕，不仅不敢继续再捉，就连捉到的也都倒回井里。我和其他小伙伴虽然还是经常去那儿，但不再捉鳝鱼，而是带着铲子去挖食荸荠。这里生长着最常见的红褐色的荸荠，也生长着最不常见的白色荸荠。我们把挖到的荸荠，在小沙河的水流中冲洗干净。红褐色的可生吃，清甜可口，而白色的则必须烧熟了吃才有好味道。

我们还常去南岸竹子林那个地方。对这片苍郁的竹子林，我有一种特殊的情感。这可能是小沙河沿岸唯一的一片竹子林，是在 20 世纪 60 年代初，由父亲赶着两头大黄牛拉着的大木架子车，奔波了好几百里，千辛万苦从南方运过来的七八墩母竹繁衍下的。那竹子林已生发出上千株，布满了大半个河畔。观赏竹子林，最新奇的是那雨后春笋像芦苇芽儿一样破土而出的景象，最赞美的是那风中、雨中、雪中竹子的飒爽姿态，最喜听的是那众鸟暮归竹子林的叽叽喳喳的鸣叫声。这竹子林带给我的是一种置身江南风光的享受，是一种蓬勃向上的力量。父亲对竹子林很上心，不仅嘱咐我常去瞧着点，别叫人偷偷摸摸砍了，还时常问及竹子林生长的情形。每当听到我描述的竹子林的景况，父亲都会特别开心，脸上洋溢着笑容。我知道，在父亲看来，这是他一生中所做的最有意义的一件事情，他把公家的竹林当作自家的一样。作为他的儿子，我也觉得十分光彩。

我们去得最多的地方，是小沙河的“金沙滩”，在那里纵情放飞梦想。在那个大力宣扬“学英雄，做英雄”的年代，村里放映的《南征北战》《英雄儿女》《铁道游击队》《渡江侦察记》等战斗故事片，令我们热血沸腾，谁都想着长大以后，去当一名保家卫国的解放军战士。我们三五成群的孩子，会模仿电影中的一些故事情节，去“金沙滩”上充满激情地演示一番。那就要分出敌我双方，但谁都想当英雄人物，没有想当坏蛋的，只好用“包袱、剪子、锤”的方法，确定各自扮演的角色，以随意拿取的物件作刀枪，拉开架势，追来逐去，摸爬滚打，冲冲杀杀。但结局早已定好，充当敌方的不能取得胜利，只能乖乖地举手投降，被当作俘虏押回来。记得看了电影《沙漠追匪记》后，我们就去“金沙滩”玩一种“骑马打仗”的游戏，两人一组，或三人一伙，不是一人坐在一人肩上，就是一人坐在两人搭的手上，在双方较量中，哪一方先被推拉下去，就算被打败了，少不了摔个仰八叉儿，反正有软绵绵的沙子接着，也不会造成什么损伤。那个年代，我们孩子常听反敌特的故事，也幻想着能在坟地或树林里捉上个正在发报的特务。那年为迎接六一儿童节，班主任老师叫我们积极准备文艺节目。班里有个爱出洋相的同学王士美，自告奋勇想扮演个特务角色。我们几个男同学，根据一些反特电影的情节，自发编排了《捉特务》的活报剧，利用下午放学后的时间，到“金沙滩”上反复排练，在正式演出时，虽说出了些洋相，但歪打正着，意外获得老师和同学们的称赞。

在整个夏天里，我们几乎每天都会去小沙河清浅的水流里洗澡戏水。有时晌午去，有时晚上去，有时晌午和晚上都去，进到水里，就不想出来。听说“日光浴”能祛病强体，就去晒“日光浴”，但我们给它改了叫法，戏称之为“晒瓜干”，或“烙烧饼”。在流水中浸泡一会儿，我们就跑出来，到被阳光晒得发烫的沙子上翻着个儿，打着滚儿，烙上一阵子。这样翻来覆去地烙上一些日子，我们全身被晒得黑不溜秋，变成了“糊棒头子”。我们最喜欢在水流里追小鱼儿，手中挥动一根树枝条，跑上跑下，水花四溅，去围追堵截一种叫“马口”的小鱼儿。这种小鱼儿眼睛红红的，翅子也红红的，身上像撒了翡翠沫儿，若隐若现地闪烁着彩虹一样的光泽。这种小鱼儿行动好迅疾，跟你兜着圈子，让你轻易捉不到。这倒无关紧要，我们也只是捉个乐儿。

我现在真的越来越想念小沙河。虽已远离它四十余载，但它还是如在眼前，一次次地流淌进我的梦里。

故乡的煎饼

在我的老家沂蒙山区，有一种以五谷杂粮为主要原料的主食——煎饼，与那首闻名遐迩的《沂蒙山小调》一样，也特别有名气。

小时候，在乡村里，有两种主打食物，要长流水不断线地去食用。一种是产量颇高的地瓜，为了填饱肚子，三天两头煮着吃，真是吃厌了，够够的，一辈子不再吃也不馋得慌。另一种则是味道爽口、香气四散的煎饼，人们食用的频率比地瓜高得多，几乎从早到晚，一天三顿，顿顿离不开，我们却依然喜欢吃，吃了还想吃。我即使离开乡村，去了省城，上了年纪，也还是念念不忘那馋人的煎饼味道。虽说条件所限，不像以前经常吃，但还是想着法儿，隔上一段时间，就吃上一次。对我来说，这不仅是习惯之物，也是情系之物。一方水土养一方人，这乃是沂蒙山人的一个浓重情结。

我一直认为，煎饼这种食物，应该经历了久远的年代。有一个挺生僻的“鏊”字，也仅限于组成“鏊子”一词。鏊子，这种三足鼎立圆如月亮而又中心稍凸的铁质器具，除了用于烙煎饼与相类的少量衍生物，别无他途。那不用论证，有了这个“鏊”字，也就有了煎饼，其历史能不悠久乎？与南来北往的朋友相会，能让我炫耀的故乡食物，除了作为小吃的糁和豆豉，就是可以大吃的煎饼。那年，京城里一位朋友从南方辗转到沂蒙山区，又从沂蒙山区辗转到济南来，与我一拉手就说：“走了这一路，就你老家的煎饼有特色，倍儿好吃，以后你再到北京去，给我捎上几张，叫老婆孩子也尝尝。”这让我舒心，一脸的光彩。

我看到其他一些地方的宣传材料上，以不容置疑的口气，把煎饼的发源地说成是他们那儿，就有些感情上过不去。有些东西，在自己那里自以为是拄拐杖的爷爷，在别人那里不过是摇车里的孙孙。老家的煎饼，与其他地方的煎饼有同有异，比较正宗的老家煎饼，是以地瓜干、小麦、高粱、玉米等粮食为原料，单独或搭配，使用坚硬的花岗岩磨盘和烧得滚烫的鏊子，用一种木质“尺板子”，一张一张圆圆地薄薄地烙制出来。有的地方的人们喜欢吃以小米为主要原料的“酸”煎饼，老家的人认为“酸”了就是“馊”了，过去是不大吃的。听说东北地区也吃以玉米为主要原料的“大糙子”煎饼，我总觉得是山东人闯关东的时候带去的。其实，一树千枝，一源万派，一些传统食品，古往今来，都在相互传播着，长了腿儿，跑到另一个地方，再入乡随俗地变变样儿，也正常，何必争来夺去，多费口舌，弄得没个好心境儿。

我仔细查阅过，并没有多少古人在诗词歌赋里吟咏煎饼之物。近者，有清代人物蒲松龄，写过一篇《煎饼赋》。远者，则有宋人李欢写下一句说煎饼的诗：“一枚煎饼补天下。”这真是一句顶一万句的好诗，巧用一个“补”字，把煎饼与“天下”连理起来。这一张煎饼恰如一张晴雨表，承载着乡村人的悲欢，也承载着社会的变迁。

这乡村的煎饼，只不过是乡村庄户人家一种普通得不能再普通的食物。尤其是在旧年，人们大多把那些粗糙的品质不高的粮食转换成煎饼的形态，使之变得柔软、劲道、清香起来。在以前的岁月里，所做的煎饼大都是以地瓜干子打头阵。我们家在年景好些时，手中也有些好粮食，但看得十分金贵，轻易不舍得拿去做煎饼。有时也会隔三岔五地在地瓜干子里添加一碗半瓢的好粮食，画龙点睛，以提升味道。过年过节例外，那要用好些的粮食做煎饼，以改善生活。夏与秋，各种新粮接下来，也少不了去“尝新”。好难忘啊，那单独用新下来的大麦、小麦、玉米、高粱烙的煎饼，或似白净净的绢，或似黄灿灿的金，或似红郁郁的霞，从鏊子上一揭下来，趁着热乎食用，余香满口，有一种浓郁的新粮气息。在年景不好时，尤其是遇到自然灾害，煎饼的品质就大打折扣。在那种情形下，我家的煎饼要在地瓜干子里掺杂上干地瓜秧、鲜棒槌瓤子、榆树皮、花生壳等的粉碎物。这样的煎饼拿不上个儿，要双手捧食，论营养谈不上，只是起个黄鼠狼吃鸡毛——填肠塞肚的作用。我家是这般田地，不少人家更逊之。

村子南头有户人家，男主人叫“瞎撞子”，孩子四五个，穷得时常断顿儿。他妻子从娘家弄来一点瓜干、穇子，掺杂上碾碎的粮食皮壳做煎饼。“瞎撞子”蹲在鏊子旁边，烙出一个吃掉一个，一连吃了七八个，还是没有停下来。当他又拿起一个煎饼时，他妻子一把夺下来，责骂了几句，说是还不如东大沟的老黑鱼（乌鱼），光顾自己张着嘴捣弄，不顾小孩儿。他一声不吭地立起身来，抹着眼泪走了，却再也没有回来，在东大沟边上的一棵枯死的柳树上吊死了。

在我看来，最上品的莫过于麦子煎饼，那是跟白面馒头、大米饭和猪肉炖粉条这些好吃的东西一个等级的。小时候，就像“万木无声待雨来”一样，盼望着能在猴年马月吃上一次麦子煎饼。在我6岁那年，还真吃过一阵子麦子煎饼。不过，着实有些意外。那是在“大跃进”时期，生产队把各家各户的粮食都收走集中起来，办起了人民公社公共食堂，吃起大锅饭。村里办起一个托儿所，在里面可以顿顿吃麦子煎饼，喝大米汤。我那会儿身体孱弱，老是病恹恹的。我娘几次去找说了算的大队干部，求爷爷告奶奶的，才算把我挤进托儿所。这托儿所实际上是那个特殊年代摆样子的形象工程，专门供上级领导和外边来人参观学习。我在那里好吃好喝一个多月，过了一段天堂般的日子。娘说自打我入了托儿所，就像被施了化肥一样，身上长肉了，脸色也好看了。但好景不长，公共食堂里开始煮麦苗子吃，办砸了，我们托儿所也付诸东流，散了伙。在这以后好久好久的日子里，再也没有吃到过那么多的麦子煎饼。我还是梦想着有那么一天，能够光吃麦子煎饼。现在，梦想真的成真，来了好日子，只要想吃，就可以天天吃麦子煎饼。社会在进步，煎饼也有了新篇章。那主宰已久的地瓜干子煎饼，也退出了历史舞台，销声匿迹。本来由麦子等各种好粮食做的煎饼，已经品质够好，但还要锦上添花，加上胡萝卜、菠菜汁之类的东西。老家也从革命传统入手，将“沂蒙六姐妹煎饼”的品牌，打入天南地北的市场。各家各户想吃煎饼，少了自己操心费力，会到机器或手工做煎饼的经营大户那里购买。从来不大吃煎饼的城里人，好东西吃腻了，也想换换口味，把美味的煎饼当作点心去享受。

我是从小吃着娘烙的煎饼长大的，一直吃了23年。娘在我们三弯巷里，是数一数二的烙煎饼高手。娘跟我讲，她在年轻的时候，一个人能看一大一小两盘鏊子，交替着烙煎饼。在战争年代，村里分派女性烙煎饼，去支援前线打仗的八路军，哪一回娘都少不了参加。我在临沭四中上学那会儿，多亏了娘烙的煎饼，要不是靠着娘烙的煎饼，我都没法子完成中学的学业。中学设在青云区驻地的韩家村，一个单趟要走10多华里，所以不得不住校就读。每个星期六下午，才能回家背一次娘烙的煎饼。娘烙的煎饼，非常均匀，薄得如纸，别说放着吃一个星期，就是放的时间再长些，也不会变质长毛。这就是煎饼的优点，保质期比较长。我每次回家背的煎饼，娘都要特别在地瓜干子里多加点好些的粮食。娘说："这上学得用脑子，一天到晚光喝白开水，吃着干煎饼，加个咸菜棒，没什么油水，会耽误长个。"挺奇怪，这上顿接下顿不换样地吃煎饼，也够单一，但也没吃出什么肠胃不适来，依然壮壮实实。这就验证了煎饼是好东西，特别养人。我星期天回家吃的几顿饭，娘也特别用心，说是要给我补一补。我们那个地方，把饭桌上的菜肴，称"就吃"（一说应为"就食"二字），吃煎饼不能少了"就吃"，就如同包饺子不能不放馅儿一样。娘总是变着花样多做上几个庄户菜。这庄户菜，绝没有蒲松龄先生在《煎饼赋》里说的："夹以脂膏相伴之豚胁，浸以肥腻不二之鸡羹。"只不过是煎饼卷大葱，卷渣豆腐，卷芝麻盐，卷香椿、韭菜、辣椒炒鸡蛋，卷油炸的小鱼小虾，卷油炸的知了猴、蚂蚱、瞎撞子……这异常的美味，我一个星期才能吃上一次，未免有些贪婪。娘看我狼吞虎咽的样子，就笑着敲打我说："小心点儿，别馋得连舌头都咽了。”清晨，娘在烙煎饼时，会把我叫到跟前，让我蹲在鏊子旁边等着吃被称为“塌煎饼”的菜煎饼。娘用黑乎乎的油搭子（也称油布子），把鏊子擦拭得油汪汪，在两张煎饼之间，撒上一层切碎的韭菜、白菜或菠菜叶儿，再捏上几个盐粒儿，待到熟透，翻转折叠，铲成几段。我双手托着，有些烫，不断倒换着，一边吃，一边在院里逛荡。现在城市里小摊上卖的煎饼果子，就是由那菜煎饼变化而来。我也常会在清早去楼下的小吃街上买煎饼果子吃，虽说里边有油条，有鸡蛋，但怎么也吃不出娘做的菜煎饼的味道来。

在那要粮票的年代，乡村人出个远门有点难，别说手里没有多少钱，有钱也难以买到吃食。但乡村人有煎饼，也就饿不着。我出个远门儿，必定要带上几个煎饼，并在里边夹上一棵大葱，或放上一块咸菜。这煎饼与新疆叫“馕”的食物颇有相似之处，也是可以带着远行的食物。农忙季节，带着煎饼，在田间地头吃；外出扒沟挖河，带着在工地上吃。我多次去过县城的新华书店，也多次去过临沂的华东革命烈士陵园，都是带着煎饼去的。在我 20 岁以前，我带着煎饼下饭店，只有一次。那是在“文革”期间，我带着煎饼步行去县城看热闹，到了中午，实在太渴，便走进挂着“临沭县中华饭店”大牌子的瓦房子里，想去茶炉子里接白开水喝。那是县城唯一的国营饭店，但饭店里穿着白大褂的女孩子说，不在店里买饭吃，不允许用店里的白瓷碗接开水喝。我只好拿出五分钱，买了一碗下边是粉条子、上边盖着一层油脂的菜。唉，这真让我心疼，能买一本小人书的钱白白浪费了。参加工作前，我带着煎饼去得最远的地方是苍山县。那年我 18 岁，是在寒冬十月，靠着一包煎饼，经过三天两夜，拉回了一地板车盖房用的瓷土瓦。1978年秋，我拿着组织上给我的调令，从县城到省城报到，娘给我送行时准备的最重要的东西是一包煎饼，一包麦子煎饼，娘知道这比什么都要强，有了它，她儿子就饿不着了。不过，打这再想吃老家的煎饼，就没有过去那么随心所欲了。从前，省城里没有卖煎饼的，故乡的至亲好友，没有忘记我爱吃煎饼，时不时地给我捎带些煎饼来。这几年，省城里也有了卖煎饼的，他们还是给我快递煎饼，说是与城里卖的不一样，不是机器加工的，是手工烙的，味道好。我深以为然，还是用传统做法做出来的煎饼，有十足的原汁原味儿。

对我而言，煎饼不只是一种馋人的食物，也是一枚深钤心中的乡愁印记。

魅　力

一个村子，不在大小，只要有过辉煌，就会生出令人难以忘怀的魅力。

一直到几十年后的今天，我还念念不忘沂蒙山区那个与沭河东岸毗邻的并不太大的沙窝村。虽说这村名算不上稀奇，更说不上雅致，却被熟知的人们高看一眼，很是有些声望。

一

沙窝村在我们村子的西边，两村相距不过七八华里。我在童年时，并没有去过。但我知道，沙窝村一带，出产一种像毛毛虫一样的由落地栗树花编结的火绳儿，状似大姑娘的辫子。夏夜，许多人家会买来在居住的屋子里点燃，味道特别浓郁，用以驱赶蚊虫。有些老头儿，凑在一块儿抽着旱烟袋，谈天说地，也要点燃一根这样的火绳儿，轮流着使用，也省得再靡费一根根火柴。尤其在深秋，大多在起风或降雨前，从我们那里会遥望到，沙窝一带，间或会移动着一个个直冲云霄的螺旋状运动的沙尘柱。我知道这是刮旋风形成的，但许多人却说这是“沙狗子”扒起来的。我还经常听村里的老人神乎其神地说，沙窝村一带是雹子的姥姥家，晚春或夏季时，周围别的地方下雹子，他们那儿的树木、庄稼却很少受到雹子的侵袭。我羡慕之余，也有些困惑，觉得老天爷也偏心眼儿，怎么特别眷顾这么个小村子呢？长大了，也就明白了，这乃是一种自然现象。沙窝，就是由这个与别处不同的特殊地理环境所形成的小气候造就的。

二

那年，我趁着上小学放暑假的空儿，怀着一种好奇心，跟随姐姐到紧紧环绕着沙窝村的沭河里，在这个村子南面有着两只大木船来往摆渡的河道中，从清浅水流的金色沙子里，手扒脚踹地捞取一种外壳儿生长着涟漪般花纹、颜色黄中泛绿的米蛤蜊。虽说这米蛤蜊并不起眼，只有成年人指甲盖大小，但味道鲜美，很是受人青睐。我一直以为，这是这条河里特有之物，因为我在以后到过的很多地方都未见过这种小生灵。我不免有些眼红，也有些嫉妒，我们村也有河有沟的，怎么就不生长这种稀罕玩意儿呢？我觉得沙窝村人真有福气，老天爷怎么会赏赐他们这么稀罕的近乎手到擒来的美味呀！这一次到沭河，我得意的是第一次见识了好大的沭河和沭河里令人垂涎的米蛤蜊，但也留下遗憾，沙窝村就近在咫尺，我却只能远远望着，映入眼帘的是连什么树种也分不清楚的一大片郁郁苍苍的树林子，至于荫蔽在大树林子中的村落究竟是个啥模样，也只有靠猜测了。

三

那年夏天，县委通讯报道组的周树年先生，也是受到沙窝村的魅惑，来到沙窝村进行了一个星期的采访。

那时，我虽是个从中学下来的生产队社员，但迷恋上为县广播站写广播稿。周先生特地叫上我这个农民通讯员一块儿参加采访，有言传身教的用意。几天下来，沙窝村的蓊蔚洇润之气让我深深陶醉，给我留下了刮目相看的印象——这是一个由不计其数的板栗树包围着、覆盖着和滋养着的美丽村庄。周先生写了一篇充满诗情画意的《沙窝起宏图》的文章，后来被刊登在《大众日报》上。周先生笔下的“宏图”，指的就是被人们称为“金沙栗海”的壮丽景观。这“金沙栗海”，分布在由沭河吞吐淤积而成的一大溜儿又细又软的沙滩之上，以沙窝村为中心，沿着沭河东岸边，向着南与北的方向展开两翼，忽而凸，忽而凹，忽而阔，忽而窄，一直绵连了30华里，面积少说也有2万余亩。说它是一道绿色长城，或是一条绿色巨龙，绝没有半点儿夸张。这“金沙栗海”历史悠久。据记载，在沙窝村昔日云林观的大门两边，曾有一副楹联：“问四时墨林何处弄来碧水金沙呈画卷，听千岁栗祖眼前正与闲云雅士话沧桑。”这楹联中提到的“千岁栗祖”，是沙窝村的“镇村之宝”，作为历史见证，依旧在“金沙栗海”的怀抱中历久不衰地存活着，且年年发枝，岁岁结果。我曾数次去祇仰这株高7.5米、胸径5.1米和冠幅64平方米的“千岁栗祖”，它给你带来的沧桑感非常震撼，那仅有的黝黑的半边主干，已被岁月砥砺成带着孔洞的卷曲的单薄的片状，既像瘦骨嶙峋的老寿星，又如瘦、漏、皱、透的灵璧石，观者无不惊呼“像化石也”。据说这株古栗树颇有些来历，为隋末唐初瓦岗寨首领程咬金转战此地时所植，至今树龄已有1300余年。栗子，“立子”也，它还给人们带来了祖祖辈辈传说着的“观音送子”的爱情故事。“金沙栗海”里100多万株大大小小的板栗树，虽说也有明代、清代留下来的，但更多的则是新中国成立以来各个时期陆续栽植的，它们都不过是“千岁栗祖”的子子孙孙而已。

从古至今，“千岁栗祖”繁衍出好大的一个板栗家族啊！如果鸟瞰沙窝村的“金沙栗海”，你会感叹大自然的鬼斧神工，一道长长的沭河堤岸和一条弯曲的乡间道路勾勒出翘首摆尾的大鲤鱼形状，那不就是一幅沭水之上鲤鱼跳龙门的水墨画卷吗？你在不同时辰和不同季节，徜徉在“金沙栗海”中，会看到不断切换的景象，那灿烂阳光投射出的花花搭搭的树荫，那雨水洗涤出的清新蓬勃，那风中涌动出的如波似涛，那缀满枝头包在小刺猬般壳内的龇牙咧嘴的果实，那穿梭林间的各种鸟儿的鸣叫声，那由鼹鼠为寻找食物在沙地里挖掘隆起的纵横交错的地道儿……你情感的琴弦，被这一切拨动着，如果你是诗人，一定会忍不住吟咏出赞美的诗篇。

四

就是这个小村子，在清代竟有一名进士为其写下讴歌的篇章，实属凤毛麟角。

在我们那儿，许多人都知道我们本县清代道光年间的进士吴步韩，曾经写了一篇脍炙人口的《墨林庄云林观赋》，却不甚晓得所写是何方宝地，其实吴步韩写的就是沙窝村。在这个村里，立有一块清代乾隆年间历陈沙窝村历史变迁的碑刻，明白无误地记载：唐朝时，这个村还不叫沙窝村，因林丛墨绿，林冠蔽日，远望之，又渺若烟云，妙如幻境，而名为墨林庄。庄里还建有千佛阁，引来四方“善男信女”烧香拜佛，一时声名远播。在明代隆庆年间，墨林庄被沭河泛滥的洪水侵袭毁掉，才由旧址向南迁徙半里余重建，自此改名沙窝村。清代乾隆五十年（1785），村里又在墨林庄旧址修建了观音堂，仍以墨林庄云林观称之。号称“东省第一才子”的进士吴步韩，其故里乃是距离沙窝村有50华里之远的曹庄，他何以能游历此地留下华章呢？原来，吴步韩从望都县知县任上，以丁忧回归故里，赋闲之时，少不了走亲访友，寄情乡野风光，创作出了大量诗词歌赋。其姐姐就远嫁在沙窝村，他因实在想念多年未见的姐姐，就趁机去了一趟姐姐家。吴步韩走进“金沙栗海”，观赏云林观，也相会了村里的读书人和周边的雅士，自是心旷神怡，文思泉涌，洋洋洒洒地写下了1500余字的《墨林庄云林观赋》。吴步韩在文中对眼前的胜景描述道：“钟华之阴，沭水之浒，积沙万重，如陵如阜，郁郁葱葱，盘盘矗矗，潭未雨而跃龙，岗非风而踞虎。”吴步韩不由发出感叹：“远而望之，蔚平观哉，殆一邑之邓林，千年之具圃也。”“此中大有人，殆无怀氏之民与葛天氏之民。”吴步韩曾为自己的故里写下《曹庄八景诗》，而为他乡写下长赋，仅此一篇。吴步韩的名篇一直被人们传诵着，沙窝村的钟灵毓秀也一直被传颂着。

五

20世纪三四十年代，我们那个地方的抗日烽火是共产党、八路军点燃起来的。

1941年6月，中共山东分局、山东省战工会、八路军一一五师进驻临沭，罗荣桓、朱瑞、黎玉、肖华、陈光等，就在临沭境内指挥山东及滨海地区的抗日战争。一向具有抗争精神的沙窝村人，国难当头，自是舍生忘死，奋勇向前。早在1944年，这个村子里就有4人秘密加入了共产党。又在之后像滚雪球一样，迅速发展到37名共产党员，其中有7对夫妻全是共产党员。村子里先后有10名好男儿，参加了八路军队伍，走上了保家卫国的前线。在抗日战争时期，村里地下党组织建立起秧歌队，以这种方式作为掩护开展抗日宣传活动。他们让秧歌队的人员装扮成鬼子和汉奸的角色，扭着秧歌，唱着《十送我郎去当兵》和《小放牛》等经典民歌，到沭河沿岸的村子里，甚至到日伪统治区域里，巧妙地宣传共产党的抗日主张，唤醒和动员人民群众奋起抵抗日本侵略者。这些人和事，已经被人们所熟知，所传扬。

但在那个峥嵘岁月里，这个村里还出了一位斩杀日本鬼子的铁血汉子，却鲜为人知。我也是后来才知道的。山东文艺出版社的编辑孙运宋的爷爷就是已经去世的沙窝村党支部书记孙家利。孙运宋知道我与他爷爷是早年熟识的朋友，便把从爷爷遗物中找到的一份爷爷生前写的长达10页的《沙窝村大事记》送到了我手上。这“大事记”的第二条，就记载了“沙窝村农民杀鬼子”之事：1942年春天，驻扎在临沂城外炮楼里的日本鬼子，向周边的各个村子掠夺“手提款”（让村民立马给现金，拿走现金），自然也没有放过沙窝村。日本鬼子从沭河西岸的三官庙村，过河来到东岸的沙窝村，持枪威逼，索取1000块银圆，说是违抗不交者，格杀勿论。村里的主事者好说歹说，日本鬼子才松口宽限到次日再来拿走。时值青黄不接，囊空如洗，村民如何能拿出1000

块银圆。全村人怒不可遏，要与日本鬼子拼个死活。这个村的烈性壮年孙景玉，是个黑乎乎的大块头，膂力过人，胆量特大，按乡村人的说法，特别有“种”。第二天上午，孙景玉单枪匹马，身藏利刃，提前过河埋伏在沭河对岸三官庙村西北角的沟堑里，那儿是日本鬼子来去的必经之地。当一个日本鬼子坐着黄包车来到跟前时，孙景玉毫无惧色，从沟堑里凌厉跃起，对准鬼子的脑袋，抡刀砍去，把没有提防的日本鬼子的脑袋整个儿剁了下来。当时，孙景玉是独自行动，没有对任何人声张，如果走漏了风声，不仅他本人，就连其所在的沙窝村，也会遭到日本鬼子的报复。日本鬼子也很难知道是何人干的，因为在抗日烈焰遍燃的火口上，可能去斩杀鬼子的人太多了。孙景玉远走高飞，日本鬼子再也没有去索要那 1000 块银圆。在沭河沿岸的村子里，一个农民向穷凶极恶的日本鬼子头上砍下第一刀，这无疑是惊天地、泣鬼神的壮举，应该名垂青史。此事已经过去了 78 年，孙景玉本人也已经离世多年，再翔实的情节也难以再现。我以为，那些具体情节并不重要，只要知道一个沂蒙山区的庄稼汉把一个侵略者的脑袋砍了下来就足够了。

六

有一个县委书记，在前些年的特殊时期里，与沙窝村的党员和群众有过患难之交，被传为佳话。

1969 年秋，县委书记赵立修的人身安全受到了威胁。在县城里工作的一位沙窝村的党员干部，在深夜赶回村里，将这一紧急情况告诉了大队党支部书记（时为党的核心小组组长）孙家利。

孙家利对县委书记赵立修非常了解，知其在战争时期，就在滨海地区当过侦察员，也当过区委书记，是一位受人尊重的老革命。赵立修从1961年就开始担任临沭县委书记，在三年困难时期，把人民的疾苦放在心上，先后不止一次到沭河沿岸的乡村进行排忧解难的调研工作，与人民群众有着深厚感情，深受人民群众的爱戴。殊不知，孙家利的父亲孙荣祥，也是从沙窝村走出去的与县委书记赵立修同时期的党的干部，在从郯城县秘密返回村里开展革命工作时，为保护上级党的干部，而遭到敌人逮捕杀害，被追认为革命烈士。孙家利作为革命烈士的儿子，对一时处境危险的共产党的县委书记，哪能不出手相助。孙家利对那位前来报信的党员干部拍着胸脯说："有我们的命，就有赵书记的命。只要赵书记愿意到咱们这里躲一躲，我拿自己这颗脑袋担保，绝不会出现任何意外。"县委书记赵立修和夫人、孩子，还真的被暗中接到了村里。赵立修也知道，在战争时期，沙窝村在沭河沿岸的村子中，是出了名的铁打的共产党的"红色堡垒"之一。这里的革命干部群众，曾不止一次冒着生命危险保护在这一带从事革命活动的共产党干部，从来没有发生什么闪失，所以，他才能够放心地到这里来。孙家利选择了几个党员干部，作为暗中保护赵立修的人员，并商量出"一要保密，二要安全"的防范措施。他们把赵立修一家安排到了靠近"金沙栗海"，既可靠又有宽敞房子的小学教师孙友苏（也是党员）家中。县委书记赵立修为了不给村里添麻烦，自己开火做饭吃。每当风日晴和的傍晚，赵立修和夫人都会抱着孙友苏伶俐的小儿子桂林，到"金沙栗海"里闲步，与小孩子一起玩耍。那些日子，小桂林几乎成了赵立修夫妇的孩子，赵立修夫妇差不多把喂养孩子的重任都包了下来。赵立修一家，在沙窝村人的严密保护下，在那个动乱的岁月里，一直安全地住了六个月，直到过了春节，县里的形势有些转机了，才离开了这里。告别之际，小桂林抱着赵立修的脖子，叫着“赵爷爷”，哭着不让他走。赵立修夫妇和村里送行的党员和群众也都眼泪汪汪的。人走了，却把非常时期结下的特殊感情留下了。

1974 年夏季那场特大洪灾发生后，已调任费县县委副书记的赵立修没有忘记曾经保护过自己的沙窝村的乡亲们。他拿出自己的积蓄，为村里送来了一汽车瓷碗、一汽车水泥、一汽车煤炭，还有一汽车化肥，以帮助沙窝村重建家园，恢复生产。他还为自己住过的孙友苏家里，送来了一汽车瓷瓦，以帮助孙家重建倒塌的房屋。赵立修调任临沂地区农委副主任后，村里的党员干部如果到临沂城里去，都会像走亲戚一样，前去看望老书记。赵立修把他们当作贵客，不让他们吃了饭绝不让离去。赵立修和夫人，也先后几次带着儿女到沙窝村看望乡亲们。这不就是不忘初心的党群之间血肉一样的联系和鱼水一样的情义吗？

七

对一个人或一群人来说，危殆时刻都是最好的试金石。我所知道的沙窝村的党员干部们，在这样的关头都交出了近乎完美的答卷。

1974 年 6 月 25 日晚，沙窝村遭受的那场突如其来的洪水，远比 1957 年 6 月 13 日那次龙卷风所造成的创伤要严重得多，全村 1000 多间房屋几乎全部倒塌，所有田间农作物颗粒无收。这灭顶之灾，沙窝村人自然难以忘却，但更让沙窝村人念念不忘的是村党支部带领党员和群众与洪水搏斗的动人风采：那些日子，风起云涌，连降暴雨，沭河浊浪滔天，大堤随时都有决口的危险。沙窝村党支部书记孙家利已经带领党员干部连续几个昼夜巡查河堤，排除隐患。那天晚上 8 时，沭河从邻近的上游村子决口，洪水涌进沙窝村里，很快就到了齐腰深，所听到的是洪水的咆哮声、房屋的倒塌声和群众的呼救声。村党支部书记孙家利和党员干部们，已经全部集结到了村办公室的大院里。孙家利第一个喊出的是“人在旗在”，让党员们赶快抢救党旗。身为老党员也是支部委员的孙家奎，第一个从水中冲进快要倒塌的村办公室里，把党旗双手举在头顶上走了出来。那面鲜红的党旗，被悬挂在了一根粗壮的树枝上。所有在场的党员干部都打开了自己的手电筒，齐刷刷地将灯光照耀在党旗上，党旗在党员干部的心中飘扬起来。孙家利举起了拳头，党员干部们也都举起了拳头，向党旗郑重宣誓：“党员在，乡亲们就在；党员在，村庄就在。”党在他们心中，崇高的信仰在他们心中，“为人民服务”在他们心中，这就是支撑他们战胜洪水斗志的源泉。孙家利要求党员干部分头行动，把乡亲们和生产队的牲畜转移到地势较高比较安全的东大沙滩上去。孙家利带领几个青年，挨家挨户地转移烈属、军属和五保户。经过一夜奋战，全村所有的群众和所有的大牲口无一损伤，全都安全无恙。灾后，他们又在党和政府的关怀下，在周围未受灾村子的支援下，在当年春节之前，为各家各户全都建起了新的住宅，农业生产也很快恢复起来。我当时正在县城上师范学校，星期天回来，听了公社党委秘书也是公社党委副书记的吴清泉对沙窝村党员干部在洪水中向党旗宣誓的讲述，受到极大震撼，这样动人心魄的场景，我在小说里读到过，在电影里看到过，但在现实生活中，还是第一次见。这会使人们树立这样一个坚定的信念：一个农村党支部，竟然有这样强劲的战斗力和凝聚力，共产党将在完成使命的征途上无往而不胜。

我离开故乡前，与孙家利常打交道，对他再了解不过。在我的心中，他的确是个人物，是一个真正的共产党人。孙家利从1955年农业合作化时期，就开始当村干部，一直干了37年，在周围的村子里，很少有村干部能像他这样干得如此长远的，这本身就是一个令人称奇的地方。我曾问他，有什么诀窍，他回答："别想自己，别为自己，多想群众，多为群众。"这句话听起来挺浅显，探究起来却是挺深奥的。这含义同范仲淹在《岳阳楼记》中的"先天下之忧而忧，后天下之乐而乐"如出一辙，这不就是对党的"为人民服务"宗旨的最朴实、最诚挚的诠释吗？我曾见村里来了外面的客人，也少不了打壶酒、炒上几个菜招待一下。但他从不上桌子，也规定其他村干部不能上桌子。他怕冷淡了客人，推脱自己不会喝酒，就蹲在一旁，抽着自己用纸条卷的旱烟，陪着客人拉呱儿。如果酒和菜剩余了，他就叫村里的会计拾掇起来，送到五保户家里去。他当村干部这么多年，就只有一封告他的人民来信，还告错了。村里有一对夫妻闹离婚，他不想拆散这个家庭，就三番五次去做女方的调解工作，婚也就迟迟没有离。女方娘家怀疑他是喝了男方的酒，才去偏袒一方，就写信把他告了。村里人听说都笑了，说这告状的也不会告，告什么不好，非告他喝酒，他是从来滴酒不沾的。

八

人老了，有些恋旧。我自打去了省城，已经好多年没有再到过这个村庄，所写的只是一些往事，算是对这个小村子的回望吧。沙窝村不会只有昔日的辉煌，也会跟随时代的步伐向前迈进。好在我的内弟就住在沙窝村对岸的三官庙村，常去沙窝村。我的妹妹就嫁在沙窝村。他们还是会不断地向我传递一些令人愉快的新鲜消息：那株“千岁栗祖”已被县人民政府立上了“沙窝村古栗树”的重点文物保护石碑；沙窝村被全国绿化委员会评为全国造林绿化“千佳村”；沙窝村的渡口处架起了一座 700 多米长的新的钢缆“沭河大桥”；那两岸的土河堤变成了柏油铺成的又宽阔又美丽的“滨河大道”；沭河筑起橡皮大坝，碧波淼淼，垂钓者多多，扬竿儿频频；那“金沙栗海”成了远近闻名的旅游景点，漫游者尤以家庭式居多，扶老携幼，呼儿唤女，乐不可支；那村庄规划整修得像棋盘一样，愈加靓丽排场……我和老伴商量着，无论如何要在柳绿桃红的季节，再去这个曾经感动、激励我的沙窝村，好好领略一番它在改革开放中迸发出的新的魅力。

沙窝村的魅力，就在于不断地创造出不寻常，有了不寻常，就会令人向往。

放歌朱村

“有名啊，朱村！”去过或知道朱村的人，不论是官员还是平民，都会发出这样的赞叹。

今年春天，我和老伴又回了一趟临沭县的老家。除探探亲、访访友，还想着再去写一写萦系心头的家乡那座挺拔的苍山，那条迷人的沭河古道，还有那源远流长的柳编，也去夸夸自己的家乡好。但在与交情较深的县里的老同志徐敏瑞、于清玺、刘金科、尹子川诸位相聚之时，他们都极力推荐我去看一看习近平总书记曾经视察过的曹庄镇的朱村。他们讲这个很有吸引力的村子多姿多彩，不少文人在这里留下了许多赞美的诗文，有着令本村的人特别荣耀和让外边的人非常羡慕的故事。这一下子吊起了我的胃口，令我神往。我真的想知道，这么一个村子，习近平总书记都前去视察，究竟有什么过人之处呢？

一

去的路上，天空布满乌云，像有雨的样子，倒也清爽。由曾在曹庄镇任职多年的我的妹夫李守斌做向导，我和老伴从县城里驱车前往。

朱村离县城并不太远，去的路修得又直又平又宽敞。沭河东大堤的路两旁是遮天蔽日的树木长廊。汽车飞奔了一小会儿，就跨过通往沭河西岸的朱村的永济大桥。我们在桥头之上，就能迎面望见一座比较高大的古香古色的牌楼，矗立在朱村的村口，上方赫然标示着金黄色的“朱村”两个擘窠大字。

虽说我在27岁时才离开临沭，也曾在县委机关工作过一段时间，但是我并没有机会去这个村子。虽说没去过，但对这个村子的了解也不是一片空白。大多数人会如我起初一样望文生义，以为朱村必定以朱姓人居多，才叫朱村的。其实这风马牛不相及，一点儿也不沾边。在这之前，我比较熟悉也比较敬重的两个人，都是朱村王氏一族的子孙。一个是我上临沭师范学校时教过我们数学的王佩昌老师，他是从这个村里走出去的第一个本科大学生。另一个则是我在县委当秘书时的县委办公室主任王胡昌，虽说他是与朱村相邻的顶子村的，却是朱村王氏一族的第十四世后人。他们两人告诉过我，在明朝正德十五年（1520），王氏祖上从外乡迁居朱村，逐渐成为村中望族。王姓在村里是个大姓，占村里人口的90%。村中还有其他八九个姓氏，却偏偏没有朱姓。原来朱村先是以地理环境呈“九龙戏珠”之势，得名“珠村”，又因为村中历代读书人崇尚“朱子理学”，遂演变而成“朱村”。

去听，去看，都让我觉得这个村子有一种令人陶醉的淳美，正如先人对这个村子所描述的：“襟洪沟而带水流，依岌峰而绕湖水，屏障苍翠，藩篱马陵，吉人吉地也。”这个西依留下恐龙足迹的岌山的村子，有“江北水乡，千年古村”之称。青山绿水是朱村的最大特色。你看这个村子不仅东临浩荡的沭河，而且还有自北向南从村内穿越而过的清凌凌的分沂入沭河道和黄白总干渠，相互守望，映带左右，所呈现出的是青山环抱、三河回绕、水流纵横、碧波荡漾的气象。我们在村里时，又下起了不小的雨，雨幕笼罩，云雾缭绕，遂有了那“大江南去雨蒙蒙”和“客舍江南暮雨时”的情景，更增添了江南水乡的韵味。村中的一些文化现象，既让我感佩，又让我深思。这里的人们大都还吟味着《王氏谱牒》上的祖训，既有《庭训琐言》，又有《劝诫良言》；这里建有朱村抗日战斗纪念馆；这里设有朱村历史文化陈展室；这里有被列入文物保护的成片的古旧街巷和清代民居；这里有山东第一村级档案馆；这里有全县唯一的村级的《朱村志》……我似乎读懂了其中蕴含的奥妙，这里的传统文化、红色文化和家族文化，都被融合和传承着，从远方走来，又向远方走去，形成了一个引导人们树立正确人生观、价值观的大的文化谱系。这是一种生生不息的文脉，继往开来的文脉。人们从中获得自信，获得智慧，获得导向，获得力量。这也许就是朱村人古往今来一直保持着荣耀的谜底吧。

二

打开朱村的《王氏谱牒》，你会从中看到，虽说是“耕读为业”，但真正令王氏一族“莫不日盛一日”的还是“家尚诗书，书香绵远”。祖训中“读书宜自尽心，教人尤恐误人”“读书而浮游，学业永无进益”的箴言，对朱村人而言已是刻骨铭心，习与性成。

在明、清两朝，朱村王氏中，先后有 41 人成为贡生、庠生、太学生，还出了一个由官府认定的德高望重的乡饮大宾。这在一个当时还不大的小村庄里，已经形成了一个学问笃实的群体。

更让朱村王氏一族自豪的是在第八世上，出了一个耀眼的明星王椽。王椽在嘉庆十年（1805），蟾宫折桂，高中三甲第六十一名进士。这是中国自有科举制度以来，临沭县域考取的第一位进士，破了天荒。按现在的说法，实现了零的突破。在王椽之后，又相隔了 31 年，即道光十六年（1836），临沭县域才出了第二位进士吴步韩。我在前些年撰写《山东明清进士通览》一书时，对自己家乡的进士王椽有过较为详细的考究。王椽自幼聪敏，强记博闻，6 岁能背“四书五经”，10 岁就以诗词歌赋闻名乡里。他在 23 岁考中举人后，又历经 35 年的苦读，可谓是焚膏继晷，铁砚磨穿，才又考中进士。“烈士暮年，壮心不已”。王椽在嘉庆二十年（1815）春，以 67 岁高龄，出任京山县知县，勤政为民，百姓拥戴。令人叹息的是他仅任职一年，就因劳而卒于任上。他去世后，竟无回乡发丧之资，多亏友人解囊相助，才由家人扶柩归里。在王椽身上所集中体现的是一种刻苦攻读和尽忠报国的精神品质。正是因为如此，王椽才能垂范后世，而未被岁月磨蚀而去。虽说在王椽的曾祖父那一辈，他们已从朱村搬迁至只相距五六华里远的旺南庄，但这丝毫没有减弱朱村人，特别是朱村王氏一族，所拥有的由这位进士所带来的荣耀和激励。这里至今还珍藏着已残损的由王椽奉旨为村里修建的节孝牌坊书丹的镌刻文字，这里的人们至今还在诵读着王椽遗留下来的《郯城八景》的诗篇，这里的人们还在述说着有关王椽的一些传奇的故事。这里的人们更是把王椽作为读书求进的楷模，向往着进入文化科学的殿堂。这些年来，这个村像井喷一样，进入大学的人数越来越多，令十里八乡垂青。村里先后走出博士 8 人，硕士 35 人，本科生 200 人，专科生 156 人。其中考入北京大学、清华大学的有 3 人。朱村已成为人才辈出的地方，这些莘莘学子，续写着先贤的辉煌，为朱村增添着光彩。

三

“沭河风光好，庄庄相连多么长，土地肥来人口广，庄稼人勇敢有胆量……”小时候曾在自己村里听到经历过战争的老大娘哼唱这首歌曲，她们说是参加“识字班”的时候学来的。我知道这应是一首红色的老歌曲，但一直不知道这首歌曲叫什么名字，是由何人在何时何处创作的。

这次却在朱村解开了悬念，寻觅到了答案。

朱村，在那个抗战的峥嵘岁月里，不仅是沭河两岸坚强抗日的红色战斗堡垒，而且也是孕育出这首名字叫《沭河的歌声》的摇篮。朱村，不仅是临沭县最早建立的抗日民主政权的驻地，还是最早入驻八路军的村庄。1940 年 1 月，八路军一一五师东进支队二大队和山东纵队陇海南进支队三大队驻防朱村。1941 年 1 月，一一五师教导二旅四团（都称“老四团”）三营又驻扎朱村。朱村设立了抗日民主政权——郯东北第一办事处，后改为苍马办事处，新中国成立后曾任铁道部副部长的刘白涛担任办事处主任。新中国成立后曾写出著名长篇小说《铁道游击队》和短篇小说《铺草》《红嫂》以及《沂蒙山的故事》等文学作品的大作家刘知侠，在 1942 年 10 月，为抗大一分校文学股的股长，他和战友们经常组织文工团到朱村宣传演出。刘知侠就是在这个时期被朱村和沭河两岸的抗日烽火点燃了创作激情，在朱村写词，由王久鸣谱曲，创作完成了《沭河的歌声》。可能是我孤陋寡闻，我没有见到过刘知侠创作的其他歌曲，这可能是他创作的唯一歌曲或极少数的歌曲之一。这既是一首颂赞之歌，讴歌了“八路军来了老四团，人民里走出了白县长”“民兵千千万，拿起刀和枪”“不让鬼子猖狂，不让汉奸抢掠”；这也是一首奋勉之歌，鼓舞人民“拥护八路军，紧跟共产党”“保住我们的田庄，保住沭河的风光”“让敌人望着沭河战栗，让我们在沭河上歌唱”。歌曲也像其他文学作品一样，是历史的真实写照，是那个时代的烙印。我找到县里的中学音乐老师孙静，让她用钢琴弹奏了这首歌曲，听着那时而舒缓、时而悲愤、时而激昂的旋律，仿佛听到了那个岁月沭河两岸的人民为抗战所发出的愤怒的吼声和雷鸣般的鼓角。这首歌曲创作出来后，刘知侠和王久鸣便在朱村南大园练兵的操场上组织八路军演唱，继而又组织村里的“识字班”、青抗队（青年抗日先锋队）及儿童团人员学唱，使得它迅速在更广大的范围内传唱开来。时为一一五师政治部主任的萧华，称赞这首歌曲是激荡沭水苍山的抗日战歌。

至今，朱村人仍在传唱着这首歌曲。村里成立的文化艺术团，在多次外出演出中都把演唱这首歌曲作为看家的保留节目。朱村人为什么念念不忘这首歌曲？这是因为他们与这首歌曲有解不开的情缘，歌声里有他们的记忆，有他们的热血，有他们的心声，也有他们的荣耀。

四

令朱村人引以为荣的，还有他们与“钢八连”之间水乳交融、生死与共的特殊情义。

朱村人记得清楚，在 1944 年 1 月 24 日（除夕）凌晨，从临沂窜出来的日伪军 1000 余人，对沭河岸畔的根据地进行疯狂扫荡。其中有着 50 多个鬼子和 200 多个伪军的一股敌人，像恶狼般扑向其视为眼中钉、肉中刺的朱村。曾在朱村驻防过三次已移防沭河东岸顶子村的八路军老四团三营八连连长鄢思甲，以“枪声就是命令”，带领全连火速渡过沭河赶赴朱村，对已进入村中欲行烧杀的敌人，进行三面夹击，硬是将敌人赶出村外。50 多个鬼子抢占村西南的一片植满侧柏的坟地，负隅顽抗。在八连战士的猛烈打击下，鬼子又被迫撤入村西南一条小沟之内，敌我双方相距仅四五十米，战斗竟相持了 6 个多小时，最后日军支撑不下去，丢下 11 具尸体，拖着 30 多个伤兵逃走了。朱村人与八连并肩作战，有 20 多名民兵投入战斗，许多村民纷纷加入送弹药、救伤员的行列。此次战斗，共击毙日伪军 40 余人，八连也有 24 位战士英勇牺牲，连长鄢思甲亦负伤。朱村人铭记的是八连战士与闻讯前来助战的老四团三连、九连和县独立营的战士，用胸膛挡住了敌人的子弹，用鲜血和生命捍卫了朱村人的生命和财产。战斗结束后，朱村人赠送给八连一面绣着“钢铁英雄连”的锦旗。在山东军区战斗英模表彰大会上，由八路军一一五师政治部主任萧华正式宣布八连为“钢八连”。

时代在变迁，岁月在流转，朱村人却仍在以各种方式来续写这血肉关系、鱼水之情。朱村人没有得鱼忘筌，而是要让子子孙孙记住“钢八连”救了朱村。他们在上级有关部门的支持下，加上自愿捐款，在那次抗日战斗的遗址上，建起了“朱村抗日战斗纪念馆”，立有“朱村抗日战斗纪念碑”和“钢八连激战雕塑”，还设有由文字、图片、实物构成的“八路军老四团钢八连纪念馆”。用这种常设的固化的形式，教育后人。那天，我在纪念馆里看到了令我热血沸腾的一幕：朱村小学的红领巾们，正在一位女青年讲解员的讲述引导下，参观“钢八连”的英雄事迹展览。在讲解中，那位讲解员突然高声问道：“是谁救了咱朱村？”孩子们用极其洪亮的声音齐刷刷地回答：“钢八连。”谁听了这样扣人心弦的对话，都会为之动容。从那时起至今，在77年的岁月里，朱村人还毫无间断地传承着一个已经成为传统的习俗：“过年忘不了钢八连。”每年的大年初一，朱村人都要端着热气腾腾的饺子，抱着祭天祭祖的烧纸，齐聚到战斗遗址上祭奠牺牲的“钢八连”的英雄们。朱村人没有忘记“钢八连”，“钢八连”的老战士或新战士也没有忘记朱村人。后来成为山东省军区副司令员的“钢八连”的连长鄢思甲，在1983年去世后，他的子女遵照他的遗嘱，将他的骨灰撒在了朱村东邻的河道中。朱村人为了表达对这位“一级战斗英雄”的怀念，在沭河岸立了一座“鄢思甲骨灰撒放处”的纪念石碑。在1966年时，驻防在辽宁丹东的“钢八连”给朱村团支部寄来了多套《毛泽东著作选读》甲种本和乙种本。“钢八连”与朱村人，像走亲戚一样走动着。2013年12月13日，北京军区38集团军“钢八连”第35任连长黄北震专程到朱村看望乡亲们，共话鱼水深情。2014 年 2 月 7 日，朱村党支部书记王济钦等人，也专程到河北保定慰问“钢八连”，共同签订了“军民共建协议”。这份荣耀，在共同的珍视之下更加光彩熠熠。

五

我与朱村已是“古稀”之人算得上“朱村通”的王经臣交谈过两次。他是个老共产党员，也是县里树立的“优秀民营企业家”“劳动模范”和市里树立的“敬业奉献”道德模范。他虽只是个初中毕业生，却为村里的文化建设贡献颇多：搜集整理朱村村史，搜集整理朱村抗日战斗资料，参与筹建朱村抗日战斗纪念馆，主持编纂《朱村志》，等等。别人会以为他是个村干部，其实他从未当过村干部，只是个纪念馆的讲解员。习近平总书记来视察的时候，就是由他讲解的。在我眼里，他勤奋，努力。我从他的身上看到了一种力量，看到了那种朱村人所具有的坚韧不拔、奋勇向前的精神。

朱村人就是因为有许多像他这样的，才创造出荣耀和辉煌。当我问这位老人村里有多少人口，人均多少土地时，他有些激动，说出了一个让我吃惊的难以接受的事实：全村有 3000 口人，人均粮田面积约 0.4 亩。这样少的粮田，何以能供朱村生存与发展呢？在国家进行导沭整沂工程以前，朱村有耕地 4200 亩，人均 4 亩多。但这些年来，由于国家不断推进水利工程建设，村里形成三河五堤，占用耕地 3263 亩。记得当年中央美术学院院长徐悲鸿先生曾到临沭县的导沭工地体验生活，挥笔写下了一幅赞扬参加水利工程建设的模范们的书法作品，其中有一句："你们英勇创造出来的纪录可与我们在前线抗美援朝战士们英勇光辉的战功同垂不朽。"我想这句话用在朱村人身上也是当之无愧的。令人钦佩的是朱村人没有向上级伸手，去喊苦叫穷，而是选择了自力更生，艰苦奋斗，对水、林、田、路进行综合治理，经过几十年的不懈努力，已恢复整理出土地上千亩。他们利用三河五堤的地理条件，以发展板栗、葡萄、黄梨等经济林为主，植树造林1000余亩，描绘出了一幅林带纵横、层林叠翠、花果飘香的美丽画卷。2011年5月上任的村党支部书记兼村委会主任王济钦，以新的发展理念，打造以红色文化、古色建筑、蓝色水域、绿色林田为主的美丽村庄，被表彰为"山东省劳动模范"。朱村并没有因为人多地少而落伍，依然走在了奔小康的前列。

朱村人要脸面，珍惜每一项荣誉，努力争创每一项荣誉。从新中国成立以来，村里先后争创到了县级以上荣誉64项，诸如"全国美丽乡村创建示范村""国家级传统村落""省级文明村""全国文明家园示范村""临沂第一批水利风情村"……这64项命名表彰的奖状、证书，一张都不少地全都被作为传家宝一样珍藏着。我在朱村历史文化陈列室里，见到了村里保存最早的两张奖状，那是1959年由中共山东省委、山东省人民委员会颁发给朱村的"农业生产奖状"和"小麦丰产奖状"。获取的这些荣誉，都是一代代朱村人用血汗凝结出来的，他们珍惜每一个荣誉，才有更大的动力去争取更多的荣誉。

心中的山

苍山，对不知者来说，可能微不足道，但它是我故乡的山，也确实是“吐月摩云势更雄”的山，在我心中高高地矗立着。

前不久的一个春天，我和老伴又一次回到了故乡临沭县，少不了再一次去拥抱离别已久的位于县域中心地带的苍山。如果没有记错，这已经是我有生以来第四次登苍山。但这第四次登苍山，却是我离开故乡几十年后的第一次。登山不怕重复，每一次都会有新的感受。

屈指算来，自己从县里调往省城济南，已有40余载，虽说偶尔也回来过，但大都是来去匆匆。这些年，故乡变化太快，也太大，那县城的地盘已比当年扩大了好几倍，连似曾相识的地方也都躲远了。好在也有变中之不变，那岿然不动的苍山依旧还是老模样。要说有些变化，也只能是锦上添花，更加壮观。还真是这样，在苍山的脚下，这不就建起了“刘少奇在山东”纪念馆和滨海革命烈士陵园，这庄严的一馆一园，与嵬嵬苍山为伴，相互映带，相得益彰，恰似水乳交融，日月同辉。这也是因为故乡的人对苍山极其尊崇，才把那些崇高的人与其并列在一起，让他们魂归一处。我去看苍山，那必定也要去看这一馆一园，这会使我更加懂得苍山，也更加懂得这些人。在我看来，他们都是我心中的山，永久屹立的山。

自我小时候，苍山就走进了我的心里，我是远望着苍山慢慢长大的。苍山就高高地耸立在我们那个西白旄村子的东方，往多里去说，直线距离也就是 20 华里的样子。我们村与苍山，就这么长年累月地对视着，守望着。那村子与苍山之间的旷野上，虽说塞满了村庄、沙丘、树木和高高矮矮的庄稼，但这都在苍山的俯瞰之下，根本遮挡不住苍山那居高临下的雄姿。晴日里，那苍山从头到脚凸凸凹凹的模样，都会一览无余。我们这些孩子，几乎不把苍山叫苍山，而是叫它“罐鼻子山”。从我们那个方向望去，苍山主峰东北坡的半山腰里，有一巨石屹立，酷似陶罐罐鼻，这便是苍山的又一景观——五罐鼻，鬼斧神工，惟妙惟肖，与我日后所见广西桂林的“象鼻山”有异曲同工之妙。

我最爱看清晨的苍山，一轮红日从苍山背后腾然跃起，那苍茫的大地上，瞬间洒满了千条万条的霞光，那是我一天之中最为心旷神怡的时刻，在流光溢彩中，要么去村东那眼老井里，或是去村北的小沙河里，连续挑上几担水，把家中的大水缸灌得满满当当。夏日里，苍山会向我们发出天气变化的预警信号。如同我们看到西南方向的天边上，有乌云翻滚着，就会知道“西南雨不来是不来，来了就摸沟沿”一样，一旦看见苍山主峰被成团成堆的云雾缠绕着，就会晓得“苍山戴帽，大雨来到”。如果准备走出家门远些，那必定要带上防雨的蓑衣和斗笠；如果没带这些雨具尚在野外活动，可千万不能犹豫，得撒开脚丫子朝家中跑，如果跑得慢些就迟了，那会在半道上被瓢泼似的大雨淋成落汤鸡。

远观苍山，心里总是朦胧的，那苍山好多的未知，都被神秘的面纱隐藏着。那时我连做梦都渴望着，有朝一日，也去痛痛快快地爬上一次苍山，去见识见识苍山的真面目。有一次，村里有大人带着自己的孩子去爬苍山，人家都给我说好了，让我背着煎饼一块去，但母亲怕我摔着磕着，硬是不让去。那些去过的孩子，似乎大开了眼界，也有了向我炫耀的资本，回来给我大讲苍山上神仙洞的故事，说什么张良和徐庶就是在那个神仙洞里修炼成神仙的。那时，我还真的以为苍山上还住着神仙，这些神仙来无影去无踪，不会让肉眼凡胎的人见到，只有跟神仙一样的高人才看得着。长大以后，我去县委机关工作，那等了许久的爬苍山的愿望，才算得以满足。苍山就在县城东北方向，与县城相距不过七八华里，说去就能去。苍山就像播撒在我心坎上的一粒种子，生发得有些盘根错节。我离开故乡后，有了更多的机会，去看更多的山，有国内的名山，也有国外的名山，但一直以为这都是别人家的山，而只觉得苍山才是自己家的山，对故乡的苍山还是一如既往地眷恋着，去看一次，还想再去看一次，永远不厌倦，永远也看不够。这都是缘于一个“情”字，情未了，兴致也未了。

苍山主峰海拔 394.7 米。故乡的人们说，在临沭这个地方，你要想离天最近，那就要立在苍山之巅。在我的眼里，它是顶天立地的巨人，也是壮志凌云的好汉，向世人袒露着胸怀，显豁着意志，张扬着生命，绽放着魅力。苍山以东还逶迤着马山、草山、冠山、演武山等，自古就有“苍马草冠演，五山一线穿”之说，构成了县城东北部一个连绵起伏数十华里长的屏障。因苍山与马山相依偎，又同为火成岩之花岗岩，人们习惯上也称苍山为“苍马山”。这一系列的群山，若是一条龙，苍山则为高昂的龙首；若是雁阵，苍山则为领飞的头雁。苍山以古之“东望沧海，汪洋无限”而得名，立于“高插云际，云霞四起，层峦五色”的苍山之巅，可雄视四方，不仅可东望沧海，也可西瞻沂蒙，北仰泰岳，南瞰淮阴。临沭之山川，唯有苍山与沭河可平分秋色。苍山当为临沭大地上最为坚硬之骨架，沭河当为临沭大地上最为粗壮之动脉。这一山一水，乃为临沭山清水秀之主要标志。有故乡今人为之撰联：“苍山巨人胸襟托旭日揽碧海牵群山拱手英烈丰碑，沭河慈母心肠邀明月送清风润沃野馈赠栗果长廊。”若从北面远视苍山，仿佛它就是一座大写意的金字塔和烽火台。那散落在山体上单摆着和叠加着的块块磐石，似从天外飞来的“大块文章”，还有那披挂在山体上的一株株傲然挺立的马尾松，风中呼啸起舞，更增添了苍山的豪气。“苍山叠翠”，被列入古琅琊八景之首。明朝诗人舒祥的一首《苍山叠翠》诗，既为我们留下了“数叠好峰青列戟，几层晴嶂碧连空”“日暮卷帘看映色，满天佳气雨濛濛”的妙句，也为我们描绘出了一幅美丽的“叠翠”画卷。苍山有奇观，出现过“海市蜃楼”的自然现象，古时有之，今亦有之。苍山有古之“鬼谷驻迹”和“玉虚仙境”的石刻，留下了鬼谷子讲道授徒和安期生隐居修炼的动人传说。苍山是常翻常新的奇书，也是五彩缤纷的万花筒，从不同角度，在不同季节、不同时辰会呈现出异样的景色。

那天上午，我们几个人从苍山上下来，坐在道旁松荫下一块大的方形石头上，准备小憩片刻，再继续去瞻仰苍山脚下的“刘少奇在山东”纪念馆和滨海革命烈士陵园。这时走来一位同是登山人的白发老翁，他很健谈，主动上前与我们交流起来。这位老翁告诉我们，自己是从农村来县城帮儿子看自己的小孙子的。把小孙子看大了，上了幼儿园，他自己就有了闲工夫，几乎天天来登苍山，已经登了一年之久，就是想着来跟苍山说说话儿，拉拉呱儿，心里清净、敞亮。我觉察到这老翁不一定有多少文化，但却有些登山的境界，能把苍山当作朋友，视为知己，与其对话交流，其境界高于平常人也。我自是对老翁多了几分敬意，便向老翁竖起大拇指，称赞道："老人家，你是懂山的高人！"老翁却不好意思地连连摆手说："不高，不高，守着苍山，还敢说高吗？"说者无心，我却听者有意，这老翁倒是给了我一个提示：若以情操、气节和功业而论，什么样的人才可以被比作要比苍山还要高的人？如果有比苍山还高的人，应该是哪些人？我想起有位高人说过"山高我为峰"的话，在苍山沭水的大地上，一定有许多比苍山还高的人。

在我瞻仰过"刘少奇在山东"纪念馆和滨海革命烈士陵园之后，我脑海中产生了一个清晰的定论，那就是：所有把人民的利益放在高于一切的位置上，看得比苍山还重的人，就是比苍山还要高的人；那些为江山社稷舍生忘死、流血牺牲的人，就是比苍山还要高的人。在抗日战争和解放战争中，老一辈无产阶级革命家刘少奇、罗荣桓、陈毅、谷牧、朱瑞、黎玉、陈光、萧华等都在滨海地区和临沭县工作过、战斗过，为民族的解放事业披肝沥胆、运筹帷幄、不畏艰险、英勇奋斗，建立了不朽的功勋，是比苍山还要高的人。在滨海革命烈士陵园里，我看到一块刻有《革命烈士英名录》的石碑上，镌刻着为国捐躯、多为临沭籍的 1307 位先烈的名字，还有一座无名革命烈士墓，墓内合葬着 360 位无名革命烈士的忠骨。这些有名的或无名的革命烈士，正如谷牧同志所写的"热血洒滨海，为民族解放捐躯，英明垂青史，与苍山沭河共存”题词，他们是人民的功臣，是比苍山还要高的人。在革命战争年代，故乡的人民前赴后继，奋勇杀敌，涌现出了“抗日民族英雄”张作洪、“爆炸大王”马邦才、全国女民兵英雄侍振玉和华东一级人民英雄王朝玉等一大批革命英雄人物，他们是比苍山还要高的人。

我在烈士陵园的《革命烈士英名录》上，找到了两位革命烈士的名字。一位是我的同学伏开苗的哥哥伏开朗。我在上县师范学校时，发现每隔一些日子，伏开苗同学会利用星期天，独自一人去苍山那里，最初我以为她是去登山玩的。当我有一次问起她时，她说自己是去烈士陵园看哥哥，并告诉我，她哥哥是在八路军老六团或老四团当通讯员时牺牲的。她来上学的时候，老母亲一再叮嘱说：“你在县城里上学，离你哥哥那里近了，要紧的多去看看你哥哥。”那时，我不敢再去多问，因为我已经看见她泪水盈眶了。另一位是我们村里的革命烈士张连荣。张连荣是我们村里唯一的革命烈士，牺牲在四平街战役中。我在上小学高年级的时候，与其他同学一起，常到这位烈士的老母亲家里帮忙挑水、扫院子。这位烈士的老母亲，也不知从哪里得知我去过临沂城里的华东革命烈士陵园，就先后两次找到我，要我再去那里的时候，一定要帮她找一找儿子的名字。我真的去找了，还真的找到了。当这位烈士的老母亲知道我在陵园里看到了她儿子的名字时，顿时老泪纵横，不断地重复着一句话：“俺儿子没白死，共产党没忘他，国家还想着他。”人们不会忘记他们，忘记了过去，也不会有未来。

我要回济南了，要给苍山许个愿：下次再来，一定要带着还未曾来过的儿子和小孙女一起来。

沂蒙山的好男儿

——一次难以忘怀的采写活动

我被调入临沭团县委还没有多少日子，就有了一个难得的机遇：为家乡一个舍己救人的青年留下赞颂的篇章。

我至今还清晰地记得那段日子。

那是1976年8月30日清晨，我正拿起碗筷，准备去县委机关食堂吃早饭去。主持团县委工作的副书记于清玺一步踏进我的宿舍里，他那急匆匆的神色，让我意识到有什么重要事情发生了。于清玺告诉我，听蛟龙公社团委书记讲，在前几天，南古公社前高埠村的一位男青年，叫陈冠顺，才19岁，是共青团员，是毕业不久的高中生，在蛟龙公社的龙潭水库里为抢救船翻落水的几名女青年献出了生命。于清玺叫我与他一块儿马上前去调查采访，把真实情况落实清楚，并嘱咐我要有思想准备，如果这位青年的事迹立得住，就由我执笔。

突然间，接到这样一个十年九不遇的特殊任务，我的心里激动、压力和信心并存。我在村里的时候，当过为新闻单位撰写稿件的农民通讯员。凭直觉，我认为陈冠顺是一个有极大宣传价值的先进人物。若有幸为树立这样一个典型人物而有所作为，怎么能不激动呢？那压力自然会有，要知道，以前县里出个需要宣传的先进人物，都要由几个斫轮老手，组成专门写作班子，采写上好几个月才搞出来，自己年轻学浅，能担当得起来吗？不过，我也写过篇幅较长的人物通讯，曾被中央一级的新闻媒体采用，咱初生牛犊不怕虎，也不一定写不好。

我们第一天去蛟龙公社采访，天公还算作美，只是云层较厚，倒是没有下雨。但到第二天去南古公社采访时，天公却变了脸，大风裹着的雨点，一会儿小一会儿大地下着。这分明是老天在考验我俩，注定要给我俩留下一段不一般的记忆。我们被一种期待情绪激励着，这风儿雨儿也不再当回事儿。我俩身披蓑衣，头戴苇笠，脚穿那种也不怕水和泥的用废旧车轱辘胶皮做成的"大凉鞋"，坚持完成了采访任务。

我俩首先找到了那几名落水得救的女青年，因为落水事件时隔不久，她们还没缓过劲来，仍处在惊魂未定的悲伤情绪之中，每个人憔悴的脸上，依然挂着紧张和忧伤的神情。这神情里也许有对落水事件的后怕，有对失去同伴的痛惜，也有对施救者的感激和遗憾。她们几个在不停的抽泣或呜咽中，时断时续地讲述了当时的情景：1976 年 8 月 21 日傍晚，蛟龙公社后蛟龙村的 8 名女青年要回家，自龙潭水库的西岸搭乘小船去东岸。当小船划至水库中间时，一阵狂风吹来，水面上顷刻掀起巨浪，瞬间将超载而又船底漏水的小船掀了个底朝天，8 名女青年全部落水。除有 2 人游至库边浅水区，其他 6 人都挣扎在深水区的风浪里。这关口，正在水库大坝上施工的陈冠顺，听到从水库中传来的呼救声，向身边一起施工的几个伙伴大喊一声"快去救人"，自己冲在最前边，在大坝上飞奔 250 余米，第一个奔到救人的地方，第一个跃入水库。他先是独自奋力把女青年胡芳翠从远处拖到翻船边，紧接着又与另外几个赶来救人的伙伴一起，合力将女青年胡尊云、胡秀叶拖到翻船边。这三位女青年扒住了浸在水中的船的边缘，暂时脱离了生命危险。陈冠顺叫身边的几个救人的伙伴快推船出去，自己却又游向远处，去抢救几十米外尚未获救的女青年。突然，他被一排大浪压了下去，就再也不见了踪影。说者撕心，闻者垂泪。我俩被陈冠顺舍己救人的壮举所震撼，认为他作为青年学习的楷模，乃当之无愧。

我俩在激动中，继续扩大采访范围，包括陈冠顺的爹、娘、老师、同学，村干部、生产队长、“五保户”、邻居……从这些人的口中获知，陈冠顺身上还有很多闪光点，之所以能够在关键时刻舍己救人，绝非偶然，也印证着“伟大出于平凡”的道理。人们对他的评价，竟然是那么的众口一词——“冠顺是个好孩子”。

令人意外，好多被采访的对象不请自到，主动凑到我俩跟前，非要说说陈冠顺的事儿。他们是担心陈冠顺平日里干的那么多好事没给写上，被埋没了。村党支部书记前来说：“冠顺这孩子心眼儿正着呢，看到有私心严重的人，把国家拿钱买来兴修水利的石块，搬去垒在自家院子墙上，就如鲠在喉，不吐不快，写出一篇《国家兴修水利的石头到哪儿去了？》的文章，在村里利用大喇叭头子广播出去。”生产队长前来道：“冠顺这孩子勤快着呢，白天看见生产队地里的黄豆荚快成熟炸裂了，就在晚间招呼几个小青年给收割了出来；见到生产队里有的猪圈积肥该出圈了，就在晚间不计报酬地挥锹给清理出来。”已经60多岁的身躯伛偻的“五保户”高俊英大娘，拄着一根拐棍，一边抹着眼泪一边讲：“冠顺这孩子，心肠真好，打着灯笼也不好找，是俺这辈子的依靠，自打八九岁起，就没忘过给俺不停地担水、扫院子。”

我俩从陈冠顺爹、娘手里接过封面上写着陈冠顺名字的两个本子，打开一看，各有几十页，上面写满了工工整整的字。一本是陈冠顺的《读书笔记》，另一本是陈冠顺的日记。所写的内容表达了陈冠顺的心声，佐证着陈冠顺是一个有志向、有抱负、有担当的热血青年。陈冠顺勤奋好学，除了读毛主席的著作，还读《共产党宣言》、鲁迅先生的著作，以及新中国成立以来出版的长篇小说和介绍英模人物的图书。那时乡村图书还比较缺乏，他能够读过这些图书已经很不简单。在陈冠顺的日记中，除了有由他自己写下的入党申请书，还有许多自勉自励的豪言壮语，如：“胸怀革命志，丹心为人民。”“学习鲁迅，甘做人民大众的牛。”“学习李铁梅，敢挑千斤担。”“学习杨子荣，专拣重担挑。”“一滴水看起来作用不大，然而这一滴水如汇入汹涌奔腾的大海，它就会一往无前，永不停息，贡献出拖驶万吨巨轮的力量。”“夏季来临，希望自己不要随便买生瓜梨枣，不要浪费一分钱，可以把一分钱投入到无产阶级革命事业建设中，为建设伟大国家增砖添瓦。”陈冠顺正是在这些豪言壮语的激励下，才做出舍己救人的壮举，才成为人们眼中的“好孩子”。

日后，人们所见到的《胸怀革命志　丹心为人民——记模范共青团员陈冠顺同志的英雄事迹》长篇通讯，是在于清玺的指导下，由我写出的初稿。这篇通讯是一篇“急就章”，两天一夜完成。也就是说，采访用了两个白天时间，写作用了一个晚上的时间。这篇有着 8700 多字的人物通讯，之所以能够在极短的时间内撰写出来，主要还是因为陈冠顺那些鲜活的事迹材料，给了我强大的动力，给了我满怀的激情。我不仅是在写陈冠顺的事迹，更是在抒发自己澎湃的心情。当我按照“爱党、爱国、爱集体、爱助人”的思路，连续撰写了一个通宵，凌晨完成初稿时，依然还是兴奋得没有一点儿睡意。这篇初稿写起来很顺畅，一气呵成，也没有修来改去。我把初稿朗读了一遍，竟流泪了。我第二天去团县委办公室上班时，于清玺就对我说：“这段时间，你不用再到办公室来，就静下心来，在宿舍里写陈冠顺的事迹吧。”当我告诉他已经写出初稿时，他似乎还不大相信。初稿字迹有些潦草，我就给他念了一遍。他听后就说：“我看行，挺有味道。”于清玺马上带我去请示当时分管共青团工作的县委副书记孙承金，又让我给孙承金念了一遍。他听后也说：“我看行，只是文中有个小标题大了点，改一改就印发吧。”根据这篇通讯，临沭团县委和临沂团地委先后作出向陈冠顺学习的决定。中共临沭县委根据陈冠顺生前数次申请入党的要求，也作出决定，追认陈冠顺为中国共产党党员。陈冠顺的名字传遍整个沂蒙大地。不久，我被调到团省委机关工作，《山东青年》杂志社的记者邹一夫告诉我，他们当时在报纸上见到了陈冠顺的事迹材料，觉得特别感人，曾准备到临沭县采访，但因伟大领袖毛主席逝世，也就放下了。按说陈冠顺的事迹应该传播得更远，但未能如愿，还是有些遗憾。

一晃，从树立这个人物到今天，已经过去四十多个春秋。过去的一切，都要用时空观去重新审视，但陈冠顺这个“舍己救人，乐为他人”的人物，依然会不容置疑地站立在那里。古往今来，那些为国家和人民利益而献身者，还没有一个不被人们作为英雄而崇敬着。你看那黄继光、董存瑞、雷锋、刘英俊、欧阳海、王杰、赖宁……他们一个个像不朽的丰碑，矗立在共和国的史册上。

前不久，我又回到故乡，见到了已经退休多年的县政协主席刘金科，他竟当面朗诵起了我当年所写通讯中的句子：“一个英雄的名字——陈冠顺，在沭河两岸、苍山南北到处传颂。”我很激动，也很欣慰，陈冠顺依然烙印在家乡人们的记忆里。

临沭县史志编纂委员会编辑出版的《临沭县志》，将陈冠顺列入“人物传记”。

陈冠顺名垂竹帛了。

故乡有奇柳

我把故乡临沭县的杞柳，一直看作是奇柳，神奇之柳。之所以说它奇，是因为它在故乡人们的手中，成为聚宝的盆，摇钱的树，带来真金白银，造福一方。

我在省城济南与朋友相聚时，少不了经常把话题扯到各自家乡那些值得赞美的东西上来。我历来底气十足，因为故乡可以称道的亮点多多，它除了有“常林钻石”的称号，“太子参之乡”的称号，还能拿出一个含金量极高的“白柳之乡”的称号。

杞柳，这是学名。故乡的人习惯将其称为“白柳”“簸箕柳”，更直白的则称为“条子”。从大的地域上来说，南方多有竹编，北方多有柳编，一竹一木，互补互鉴，珠联璧合，都有着历史悠久、独树一帜、应用广泛的特色，当可并驾齐驱，称“南竹北柳”。

说起杞柳，有些城里人，或非产地的人，还真不一定那么清楚。

柳，那可是一个家族。自古以来，人们都把柳称为杨柳。杨柳又分乔木和灌木。乔木中，又有垂柳、旱柳等。灌木中，除了杞柳，还有红柳（柽柳）等。我见到的比较早的记载杞柳的文字，出自中国古代第一部诗歌总集《诗经》中的《郑风·将仲子》，诗歌中有“无逾我里，无折我树杞”之句。何为“树杞”？古人考证为：“杞，柳属也，生水傍，树如柳，叶粗而白色，理微赤。”（陆机《疏》）山东大学古籍整理研究所副教授、文学博士王承典在点校冈元凤（日本）纂辑的《毛诗品物图考》一书中，进一步注解为：“杞，杞柳，杨柳科，落叶丛生灌木，枝条黄绿色或带紫色。”但这些释文都未对杞柳所特有的功能用途加以说明，如若再加上《现代汉语词典》中所说的“柳条，特指杞柳的枝条，可以编筐、篮子等”，就更为完备了。杞柳又可细分为十多个品种。这些品种似乎没有一个由植物学家统一规范的命名，大都是民间据其特征给予的名称。杞柳品种有“绒柳”“金钱柳”“小红柳”“大稀叶柳”等。近些年来，有一种区别于传统品种而被称为“新二柳”的杞柳，种植广泛。这个品种具有杈儿少、皮儿薄、条儿匀和洁白度高、柔韧性好的优点，成了新宠。

我的老父亲是种庄稼的老把式，但不是老八板儿，喜欢追随新潮，见到有什么新鲜的价值高的栽培植物，都抢着去种植。那还是父亲在生产队里当社员的时候，在自家的自留地里，不仅抢先种过太子参，也抢先种过杞柳。记得在我 13 岁那年，父亲可能是从盛产杞柳的柳庄一带弄来新鲜的杞柳枝条，在靠近村西叫“牛锁头沟”的自留地里栽上了杞柳。当时，村里还只有几户人家栽过杞柳。看得出来，父亲显然是越来越喜欢上了杞柳，要不每隔四五年，杞柳就会淘汰一次，已经连续更迭了四五次，父亲还是一直栽培下去。在我离开故乡前，父亲一直指点着我打理这块小小的杞柳地，隔三岔五地去给杞柳薅草、浇水、施肥、捉虫、打杈儿，没少在杞柳上挥洒汗珠子。

最令我赞叹的是，这杞柳看上去好似柔弱的袅娜女子，却有着顽强的生存能力。人们去礼赞大漠戈壁的胡杨，也应去礼赞杞柳。杞柳的栽种，使用的是种条，有些像栽培红薯苗儿一样，就是将作为母本的新鲜杞柳，切分成段，在春、夏、秋的任何一个季节里，把它扦插在土壤里，它就能生根发芽，蓬勃生长。看见杞柳，我就不由联想起农村里那些在夏日里光着屁股欢蹦乱跳的特别皮实的小男孩子，太好养活。“有意栽花花不发，无心插柳柳成荫”，这是杞柳与生俱来的脾性。你想一想，就那么一根独木棍儿，一根无根无梢的独木棍儿，却能生长出三头六臂来，太特殊，太稀奇。如果杞柳太娇气，没有强劲的生命力，人们也不会像种庄稼一样，大片地去栽植，种出上百亩、上千亩、上万亩的绿色海洋。杞柳初被栽下时是一株独苗儿，却能长成一大丛。几年下来，成倍地群发开来，少则几十根，多则上百根。杞柳也很能奉献，能在夏季与秋季被收割两茬。在晴日里脱皮晒干的柔韧的柳条，润如玉，洁如牙，光泽怡人。在人们的手里，如变魔术一样，杞柳会变幻出千姿百态的柳制品来。

说起故乡柳编业的历史渊源，那就不能不提与我们村邻近依偎在沭河东岸的柳庄。那儿是柳编的摇篮，是柳编的发祥地。这柳编的航船就是从柳庄这个港湾里驶发出来的。在 20 世纪六七十年代，我和柳庄的王朝学同为农民通讯报道员，自是有了同声相应、同气相求的交情，我去柳庄的次数也就特别多了。王朝学家就是一个祖祖辈辈的柳编世家。王朝学从小就跟着他父亲学习编柳，要不现在也成不了市级的柳编非物质文化遗产继承人。你到柳庄，便能看到沭河沿岸其他村庄看不到的另类景象。

在其河套的细如面粉的沙土漫滩上，长满了大量野生和少量人工栽培的森森杞柳，它们像沭水一样浩荡，让人迷恋和陶醉。那里还有一座唐朝贞观年间就有的柳老爷庙，庙里供奉着柳老爷。这个柳老爷有些来头，就是中国六大民间传说之一“柳毅传书”故事中的人物。传说柳庄一带栽杞柳、编杞柳，是由柳毅传授的。这虽是传说，却能证实柳庄的柳编，从唐朝就已经开始了。这也给这一带的柳编文化蒙上了神秘色彩。在我眼里，那柳庄的人就如吐丝的蚕、酿蜜的蜂，对老祖宗留下来的柳编技艺，一代代薪尽火传，执着地坚守着、传承着，确保了这一传统技艺的赓续绵延。那时的柳庄，各个生产队，还有各家各户，都挖有供柳编活动使用的地窨子，一有农闲空儿，也不分男女老少，人们都会钻进地窨子“扭七别八”地编各种物件。早在1953年，县里的柳编企业，也就是县工艺美术公司的前身，就设立在柳庄，只是后来才搬到公社驻地，又搬到县城里。这个企业的人员构成，除了上级派来的几个管理人员，从事柳编的技术人员大都是柳庄人。那些活跃在许多地方的柳编技术人员，大多与柳庄有着直接或间接的关系。柳庄有条老柳街，那里自发形成了一个交易柳货的集市，成了十里八乡购销柳货的重要集散处。

在我的记忆里，柳庄一带编出的一些传统物件，在我们那个地方的乡村里，几乎家家户户都在使用着。主要有大大小小的篼子、簸箕之类。谁家的女儿出嫁，在陪送嫁妆中，一对柳编的针线筐子，也叫“婆儿筐子”，一定是必备之物。有一种计量粮食的柳编器具叫“升”，虽不是家家都有，却是户户都去借用的物件。这升寓有“提升”之意，除了充当计量器具，还被派上了另外一种用途。有的人家在升里装上麦子的麸皮，向结婚的新人头上撒去，谓之“撒福”。也有的在升里放上粮食或算盘、秤杆，置于新婚夫妇的房间，或寓意五谷丰登，吃穿不愁，或寓意所生儿女能打会算，聪慧伶俐。那时在柳编物件中，有些创意的要数柳条箱，它主要用来盛放衣物。这在当时，可是个时髦的高档物件，所针对的销售对象，主要是城市里与机关上的非农业人口群体。那年，我从县城往济南搬家，怕省城里的同事笑话，又新添置了三大件，除了一个大衣橱，一对单人布沙发，就是一只大柳条箱，算是有了些面子，不再觉得寒碜。我们家还有一件并不多见的柳编篼子，用桐油作了防水防腐的技术化处理。我和父亲用它从水井里打水浇菜园子。这篼子十分坚固，像铁壳的一样，被摔摔打打用了几十年，还好端端的。那时的柳制品，主要是在国内市场销售。在柳庄的影响下，周边几个村子，也有栽培杞柳的，但很少有人从事编货行业，大多只是去卖白柳条子。

“当风轻借力，一举入高空。”故乡的柳编业，主要是在改革开放以来的岁月里，才如气球般地腾高起来。这些年里，我不断受到柳编业的吸引，回故乡看柳编的次数也多起来。每次回去，与我交情颇深、对柳编业较为熟悉的张西建或靖玉义都会带我去柳编市场转一转。我参观过位于县城西部投资 12 亿元建造的占地 1000 亩的柳编工艺品专业园区，也参观过建筑面积 25180 平方米、陈列着 2000 多种柳编实物的柳编文化艺术馆，造访过创出“晴朗牌”柳编品牌的县晴朗工艺品有限公司，也造访过被称为“柳编大师”的杨振邦的柳编设计工作室。故乡的柳编业沐浴着改革开放的春风，已经今非昔比，扬眉吐气，有很多柳编产品冲入了国际市场，创造出灿烂辉煌。在整个柳编行业，流传着这样一句话："中国柳编看山东，山东柳编看临沭。"这并非溢美之言，据说全县每年能创造176亿元的柳编总产值。近些年来，故乡的杞柳栽培面积大得惊人，基本稳定在9万至10万亩，亩产量少则1000斤，多则2000斤。大体一算产值，那将是一个相当庞大的数字。故乡从事柳编加工的人员，竟有10万大军，开始参加的多为小青年、小姑娘，后来老大爷、老大娘也加入进来。故乡大大小小的柳编加工企业就有372家，其中有自营出口权的企业就有120多家，走的是"企业+农户"的路子，村村是工厂，户户是车间，真正为人们打开了一扇脱贫致富之门。故乡有一支3000多人的能设计或指导柳编的技术人员队伍，涌现出了一批顶尖的柳编技术人才。这些人中，有的都能把技术难度极大的十二生肖和古代的陶器文物编织出来，哪里还有什么物件编织不出来的？与我们村相邻的刘屯村，就是我姥娘家待的那个村，有个叫刘德全的，是我上中学时比我高一级的同学，论起亲戚来，我还得喊他哥。他这些年钻研柳编技术，独辟蹊径，设计出"水波纹""S型""绞拧法"等新的柳编工艺技术，并把单一的白柳编开发到红柳、染色柳、草柳混合等新的编织方法。他荣获"全国劳动模范"称号，还远赴美国和日本等国传授柳编工艺。

说起柳编制品的出口，我就回想起一桩往事。那是1973年，县里的条编厂经与省外贸工艺公司协商，第一次争取到600套柳编制品的出口合同。交货之时，正值严冬，天降大雪，运输受阻。条编厂的工人们顶风冒雪，使用8辆小毛驴拉的地排车，徒步行进了5天，将产品送到了出口的始发地青岛市，完成了出口任务，被省里的外贸部门赞扬为沂蒙山区的“小毛驴精神”。在当时的人们看来，用几根白柳条子编出的小玩意，竟能漂洋过海换回外汇来，这是破天荒的大事情，于是又是报喜，又是表彰，大大庆祝了一番。当年的星星之火，与今日的燎原之势，已是天渊之别，不可同日而语。现在，故乡的柳编工艺品已经出口到世界各地的120多个国家和地区，有着若干系列的3万多个花色品种，年创出口外汇16.11亿元，柳编出口总额占全国柳编出口总额的四分之一。

故乡因柳编业获得了一个个桂冠：被国家林业局命名为“中国名优经济林杞柳之乡”，被山东省政府授予“山东省柳编制品产业基地”称号，被中国工艺美术协会授予“中国柳编之都”称号，被国家工商总局商标局注册“临沭柳编”地理标志。故乡的柳编业，能如此“出乎其类，拔乎其萃”，不是奇迹吗?

这个奇迹的创造，要归功于这个伟大的时代，要归功于故乡有着无穷智慧和灵巧双手的父老乡亲们，他们能够创造无悔的昨天和今天，也能够创造更加美好的未来。

脸　面

（据孙家兰口述整理）

父亲活着的时候，乡人称他老孙头。他去世不久，在他沭河岸畔的坟墓上，神不知鬼不觉地冒出一棵越长越大、开着红花的芙蓉树，花开时节，艳丽芬芳，令人惊奇而羡慕。

父亲的名字就叫荣树，真是太巧合。家里人都说，这是老天爷有眼，赏赐给他的光彩。

他的上半辈子主要是扛枪当兵。1939 年，14 岁的父亲看着当八路军光荣，能骑大马、戴大红花，受到人们敲锣打鼓的欢送，觉得这个世界上再没有比这个更有脸面的了。这荣耀太有吸引力，使他铁了心地要去当兵。可去当兵时，被因担心一时想不通的爹和娘阻拦，没能去享受那骑马戴花的荣耀，自己半夜里从我们三官庙村里暗暗地走了。在八路军的一一五师的“老四团”当了十几年的兵，在鲁南战役中被敌人炮弹炸伤，被战友们从土底下扒出来，从此留下了终生的头疼病。那时战友们大都南下了，他在地方军人服务社干了一阵子，就带着二等甲级残疾证回到了我们沂蒙山区老家。他的那些立功证件，他一直锁在箱子里，没让家里人见过，更不给外人看，理由很简单，说是部队首长交代了，咱是共产党员，有点功劳不能翘尾巴，还得像在部队的作风一样，如果拿这些东西宣扬自己，就是显摆，就是谝能，就是

"烧包"，会被乡里乡亲背地里戳脊梁骨，多没面子。

父亲从部队上回来，我们家就没再回到沭河西岸的老家三官庙村，而是落户到沭河东岸离三官庙并不太远的西白旄村。前些年里，父亲担心村里新上任的村长走了歪道，好心地提醒他别沾钱，别沾女人，也别吃"碗外的"。那村长却把好心当成驴肝肺，反咬一口，说从来没见过父亲的证件，怀疑父亲是个冒充的八路，指派民兵连长登门查验。父亲受不了别人抹黑，为证清白，只好从箱子里拿出那些在村里从未面世的证件来。民兵连长看过，吃惊不小，一时激动地给父亲打了个敬礼。民兵连长对村长说，人家证件一大包，可不是假的，都是真的，文件上还盖着滨海军区和罗华生将军的大红印，还要求地方妥善安置，给多少粮食，给多少地。咱啥都没照顾人家，还有啥脸面说三道四。父亲的脸面没有丝毫受损，而那个不听箴言的村长，没干上几年，就犯下了大错，被县上查办，撤了官职，开除了党籍，脸面也丢尽了。

让父亲这辈子最有脸面的是他自己有一技之长。他会推拿正骨之术，尤其对治疗脱臼，十拿九稳，几乎是治一个好一个。他的这门手艺和理发技能，都是在部队军人服务社学到的。我们家既是理发室，也是不挂牌的义务推拿室。周围十里八乡，凡是发生骨伤的，都找"白旄孙"医治。父亲治好了病人，有两个习惯：画杠和唱军歌。治好一个走后，他会用煤块，在里屋北面墙壁上画上一道杠。时间久了，墙壁上画了一大片。隔一段时日，父亲就要数上一遍，陶醉在这些显示他成果的杠杠里。这些杠杠，我也数过，有几百道之多。治好一个走后，父亲要高兴上大半天，有时候还会跑到院子里，迈着军人的步伐，来回地转圈子，一遍遍地哼唱："向前向前向前，我们的队伍向太阳……"

父亲治疗骨伤，不图一丁点儿回报。唯一收获的就是脸上有光，别人夸他一句好。

为了脸面，父亲对求助的人，即使曾有过节儿，也不计前嫌，还是尽力帮助人家。那年冬天夜里，老家三官庙村来了一个人，请求父亲前去治疗他孙子摔伤的肩膀。在战争时期，三官庙村一度为敌占区，这个人曾是个扛枪的国民党还乡团人员。父亲暗中从部队回家探望爹娘时，被这个人打探到了消息。他们准备动手杀害父亲。好在他出嫁的闺女从外村婆家跑过来说："爹，你千万可别动手，八路军不得了，人家的队伍，昨儿晚上在俺庄上过了一夜，不断头儿。"当时要不是他闺女传这话儿，父亲就可能被害了。母亲见到这个人，面露愠色，不愿叫父亲给这个仇人的孙子治疗。父亲却悄悄地对母亲说："他是什么人，咱是什么人，能跟他一般见识吗？"父亲还是在当天夜里赶过去，为他孙子治疗好了摔伤的肩膀。

为了脸面，父亲付出再多，也乐意为之。那年腊月，一个大雪后的傍晚，有人上气不接下气地跑来告诉父亲，在村西头东风干渠的小桥下，一个外地拉平板车的中年男子，连人带车翻到桥下，摔得特别严重，正躺在冰水里疼得大呼小叫。父亲急忙奔去，把那个素不相识的人拉回家，安置在炉火旁的地铺上，找出自己的衣服给他换上，用手在他身上摸了一遍，发现他有好几处骨伤。母亲天天给他做好吃的，父亲天天给他治伤，用了六七天的时间，他就康复了，一步几回头地拉着平板车回南方老家去了。

数年后，他没有忘记父亲的救命之恩，开着拖拉机，带着两个儿子，来感谢父亲。当得知父亲已走了好几年时，父子扑通跪倒在院子里，号啕大哭，叩头不止，重复着：“我们该死，来晚了……这样的好人，怎么能说走就走了呢？”父亲个子不高，但此时此刻，我们觉得父亲是那么的高大，令我们做儿女的仰视。

父亲会把别人的赞扬戏称为“戴高帽”，但父亲也确实搁不住三句好话，就会被激励出更大的热情来，当露面的一定会去露面。人家说，你是老兵，听过枪炮，上过战场，紧要关头少不了你。大雨滂沱之夜，他听到抗洪的锣声，像听到冲锋的军号声，扛上铁锨，头扎带子（减轻头疼），第一个冲向浊浪滔天的小沙河岸边；农闲时节，村里的戏班子排练演出，人家说他办事牢靠，腿脚勤快，就缺他这个帮忙打下手的，他就整天哼着“大路上来了我陈士铎……”的唱词儿，跑来跑去地给人家理发、烧茶、搬道具，忙得一连好几天不回家；人家说他垒炉灶的技术高，省煤、火苗旺，每当寒意袭来，他就跑机关、串乡邻，义务给人家盘起一座座火炉；朔风凛冽，有个讨饭的老汉穿得单薄，瑟缩在大街的墙角里，人家说找“老孙头”去，父亲见了，立即把自己穿着过年的新棉袄脱下来给他穿上；有的村民盖房子缺料，也去找父亲，父亲把自己的木梁、芦苇白送了；在困难时期，有的人家断炊了，也去找父亲，父亲把舍不得吃的保命的一篮子地瓜干送上了；村里不少老人，头发长了，想理舍不得花钱，父亲给这些人理发不收一分钱。父亲不把这些当作吃亏，认为这是行善积德，人家有事找自己，是信得过、瞧得起，是给自己脸面。

父亲没啥文化，在弥留之际，给我们留下了最赤白的告诫：人一辈子，不管丢什么，千万别丢脸。我没给祖宗丢脸，也没给你们丢脸，你们也别给我丢脸，别给孩子们丢脸。

父亲一辈子像爱惜生命一样爱惜自己的脸面，也许因为他是老党员，也许因为他当过八路军，也许是他记牢了“但行好事，莫问前程”的祖训，也许是坎坎坷坷的人生锻造的……

脸面，就是形象；灵魂，决定脸面。一个人的脸面，一定要靠良心和人格支撑起来。

姐姐的红衬衣

（据刘尚礼口述整理）

姐姐的那件红衬衣，是我4岁、姐姐6岁那年，也是我们从临沭县老家来东北的第二年，由爸和妈带着我们从虎峰林场坐上红色小火车，去镇子上一个叫“大世界”的服装商场里买的。

本来，在家里我和姐姐早已商量好，一块儿都买蓝天一样颜色的衬衣。谁知到那儿，姐姐却变卦了，说是昨晚上做了一个梦，梦见演二人转的女阿姨穿的鲜红颜色的衣服太漂亮了，就非让爸和妈买那种颜色的衬衣。我还埋怨姐姐说：“这都商量好的事儿，怎么说变就变了？”结果姐姐买了红衬衣，我买了蓝衬衣。

白天，爸和妈都要起早贪黑地到林场的农业社里劳作，哪里还有时间照顾我和姐姐，还有我那条叫“小黑”的狗儿。在家里，穿红衬衣的姐姐，就是我仰仗的主心骨，我和“小黑”就是她身边形影不离的小尾巴儿。

姐姐对红衬衣特别珍惜，拿着当宝贝似的，平日里洗得干干净净，折叠得板板正正，放在自己的枕头底下，轻易不舍得穿。

我发现了一个奇怪现象，姐姐只要带着我出门远一点儿，必定要穿上或带上红衬衣。起初我以为，这是姐姐为了显摆自己漂亮，后来渐渐觉察出来，姐姐别有用意。

那次，姐姐拿着爸和妈给的零花钱，带着我坐上红色小火车到镇子上，去喝白嫩嫩的豆腐脑，吃香喷喷的驴肉烧饼。这次，姐姐又特意穿上了红衬衣，一路上反复叮嘱我："这镇子上南来北往的人挺多，听说还丢过小孩子。你只要紧盯住我穿的红衬衣，就不会找不到我。"这镇子上人虽然很多，但穿姐姐那样红衣服的却寥寥无几。在熙熙攘攘的人流里，姐姐的红衬衣时隐时现、飘来飘去。有了这样一个移动着的红色目标，就像有一根无形的红线，始终牵引着我的目光，哪里还会把我弄丢呢？

秋日，离家不远的簸箕山，变得更美丽，也更富饶。姐姐带着我和小黑一次次走进这多姿多彩的画卷里。姐姐穿着红衬衣，挎个小篮子，在林中采蘑菇、摘野果。我手持一根带红叶的枫树枝儿，到草地里捉蚂蚱、追蝴蝶。小黑到了这个天地里，也兴奋地撒欢，一会儿奔到姐姐那儿，一会儿又跑到我这儿，充当我和姐姐之间的联络员。我一时走远，瞧不到姐姐，就有些惊慌，便一声比一声高地呼喊："姐姐……"姐姐就会立即从大树后边闪出，或立在高处的山石上，扬起手臂不停地挥动着手中的红衬衣。我看见红衬衣，就不再害怕。姐姐一时望不到我，也会着急得一声比一声高地呼喊："弟弟……"我就会马上从草丛中高高举起手中的红叶树枝儿左右挥舞，姐姐看到也就放心了。山谷中，"姐姐"与"弟弟"的呼唤声此起彼伏地回荡着。那样一种时刻，我似乎觉得这整座山林都是属于我和姐姐的。

姐姐 7 岁那年到虎峰小学上学，家里就只有我和小黑了。我得到姐姐陪伴的时间少了，像丢了魂似的，盼望着自己也快点儿长大，也能够与姐姐一块儿上学去。

每天中午或下午约摸着姐姐快要从七八华里远的学校放学回

来时，我和小黑都会雷打不动地早早立在家门口前的岔路口上，眼巴巴地瞅着远方，等待着姐姐。小黑眼尖，我还没有看见穿红衬衣的姐姐的影儿，它早已发觉，汪汪叫上几声，就闪电似的向前方奔去了。

我终于等到了7岁，也背起书包，跟着穿红衬衣的姐姐一块儿去上小学了，又能有更多时间和姐姐在一起，心里比吃了蜜糖还甜。小黑还像过去一样，每当到了我和姐姐放学的时候，也不管是风里还是雨里，都会在家门前的老地方迎接我和姐姐。

虎峰小学的大门前，生长着一棵有几百年树龄的大古槐树，树冠像一把支撑起来的大伞，但树干下半身已经空腔，我和姐姐，还有别的同学，经常钻进大树洞里寻找欢乐。

姐姐和我有一个约定，不管谁先谁后放了学，都要在大古槐树下集合一块儿回去，谁也不会单独离去。

那天下午，轮到我值日打扫教室卫生，就比姐姐从学校里晚出来了一会儿，这时候却滴滴答答下起小雨来。我头顶着书包，跑到大古槐树下，对早已在那里等候我的姐姐说："咱们先钻进树洞里躲一躲，等小雨停了，再朝家里走吧。"姐姐指了指天空说："这乌云越积越厚，小雨一时半会儿也停不下来，弄不好还会越下越大，还是赶快朝家里跑吧。"姐姐似乎早已想好，立即把套在内衣外的红衬衣脱下来，让我披在身上。姐姐的红衬衣好大，像个袍子一样，把我从头到脚罩起来。还真叫姐姐说准了，走在半路上，雨点儿就噼里啪啦下大了。回到家，我掀掉姐姐的红衬衣，身上的衣服只是轻微地湿了一点，但姐姐身上的衣服几乎湿透，水珠儿从姐姐的小辫子梢上不停地滴答下来。我再一看迎接我和姐姐的小黑身上也湿漉漉的，正立在房檐下边，使劲地抖动着身子，把一团团雾状的小水珠儿甩出去。

秋季里，学校里要举办运动会，这我早知道，但令我措手不及的是运动会突然比预定时间提前了，参加运动会的着装有统一要求：白球鞋、白衬衣和蓝裤子。姐姐已经参加两届，这几样服装自然是有的。我是头一次参加，有白球鞋，也有蓝裤子，就是缺少白衬衣。姐姐原本准备抽个星期日，带我到镇子上去买，现在已经来不及。我很着急，一看姐姐好像比我还着急。还是我妈想了个临时抱佛脚的办法，让姐姐到前院王婶家借一借，看王婶已经上中学的儿子“猴猴”（因其瘦巴，都这样称呼）有没有小时候穿过的白衬衣，如果有，就临时凑合一下。姐姐没顾上吃饭，就跑到王婶家，还真借到了“猴猴”哥小时候穿过的白衬衣。在灯影里，姐姐帮我试穿了一下，我感觉只是瘦了一点，有点儿勒得慌，也有点长，快把我整个屁股盖了起来。但不管怎么说，也算是解了燃眉之急，我只好将就着穿。

入场式前，各班级都忙着在学校操场的后边准备。突然，我们班里有几个同学把我围了起来，一边指点着，一边嘿嘿地笑。我这才发现，自己的白衬衣左边腋窝位置开线了，裂开了一道大口子。班里有个调皮的男生名叫李冠大，竟直接把自己的一个小拳头伸进我衬衣的破洞里，说是“掏鸟窝”。我特别尴尬，无地自容，恨不得有个地缝儿钻进去，就哭起来。

在不远处的姐姐发现后，朝我飞奔过来。她用两手推开几个围观我的同学，一把抓住我的手腕，拉着我就向学校大门口的大古槐树那儿跑去。姐姐把我推进大古槐树洞里，让我赶紧脱下已坏的白衬衣，将她穿在红衬衣外的白衬衣脱下来，不由分说地穿在了我的身上。

在慌乱之中，我也顾不上姐姐了，就撒开腿跑回自己班级的队伍里。我非常担心姐姐，一直在想：姐姐把白衬衣给了我，她就只能穿红衬衣，她的班主任孙老师会不会批评她？她还能不能再参加入场式？别的同学会不会笑话她，责怪她？……

入场式的次序是从低年级到高年级排列的。我们一年级先入场，虽然我还牵挂着姐姐，但只能按照老师的要求，不敢眨眼地望着前方，紧盯着队列前方的“旗手”，还恐怕迈错了步伐，心里紧张得咚咚跳，哪里还再顾得上去寻找穿红衬衣的姐姐呢？但我肯定，姐姐的那双明亮的眼睛，一定会紧紧注视着我这个弟弟的一举一动。走到检阅台前边，我忍不住朝台上偷偷瞥了一眼，看到那上边坐着的学校领导们都正襟危坐，一脸严肃，就更加为姐姐担忧。在到达我们班级的站位后，我才松了一口气，可以放心地去寻找穿红衬衣的姐姐了。

姐姐那个班级开始入场，我真不敢相信自己的眼睛，令我惊讶的一幕出现了：姐姐竟然穿着红衬衣，走在队列的最前方，成了“旗手”。姐姐什么事都会告诉我的，但她从未告诉我她会当“旗手”，怎么突然就成了“旗手”呢？姐姐是全场唯一穿红衬衣的，格外地打眼，牵动着每一个人的视线。我看见姐姐昂首挺胸，满脸微笑，把几乎与她的红衬衣一样鲜红的少先队队旗高高擎起。姐姐的出现，成了一个与众不同的谁也意料不到的亮点。更让我想不到的是坐在主席台上的校领导们全部起立鼓起掌来，所有在场的老师和同学们也随之热烈地鼓掌。我为姐姐自豪，为姐姐骄傲，真切地感受到姐姐是一个了不起的姐姐。我太激动了，也使劲地拍着巴掌，幸福地流泪了。

运动会结束，在放学回家的路上，我迫不及待地询问姐姐怎么会变成“旗手”的。看得出来，姐姐还沉浸在兴奋之中，她告诉我，她穿着红衬衣跑回班级队伍里，赶紧向孙老师说明了所发生的事情，主动提出为了不影响班级队列的整齐划一，自己可以不再参加入场式。孙老师没有责怪她、批评她，略加沉思，灵机一动，想出了一个补救办法，就是把本来穿白衬衣的“旗手”，临时改换成穿红衬衣的姐姐当“旗手”，把一次不该发生的意外，变成了有意安排的意外，这个创意真是点石成金啊！

这一幕让我印象太深刻，至今只要一想起姐姐，还会想起姐姐的那件红衬衣来。

忙　年

每年过春节，已经上了年纪的我，还会忍不住打开尘封的记忆，去给几乎没到过乡村的正在上中学的小孙女，念叨上几句自己小时候，也就是人民公社化时期，在老家沂蒙山区的乡村里，那些忙年的事儿。小孙女对这穿越时光的故事，总是在脸上流露出半信半疑的神色。

在我们老家那地方，春节前将备办过年的年货，称之为忙年。含辛茹苦忙活了一年的庄户人，把过年看得无与伦比的隆重，自当是竭尽全力地去过得更体面和更滋润一点儿，否则，那将在众人跟前非常没面子。

进入腊月的门槛，人们忙年的激情被一下子点燃起来。忙年，把过年变得跌宕有致起来，使人们早早沉浸在了过年的气氛里。年味，也就饱含在这紧锣密鼓的忙年里。

忙年，就是去置办过年时所要享用的东西。在那个岁月，可能是比较穷的缘故，“民以食为天”就体现得最为突出。在备办的各类年货中，最当先的是补偿一下口腹之欲，不管是大人还是小孩，都期盼着过年能吃上平日里吃不上或很少吃上的好的食物。

按说，忙年是一家一户的事儿，却离不开一个担当主角的靠山，那就是人民公社的生产队。“公社是棵常青藤，社员都是藤上的瓜。”忙年，在很大程度上要依靠集体的力量。生产队过年发放的年货，应该说是一种福利吧，那要按人头发，不分大人小孩，一人一份。各个生产队的家底不一样，发多少年货有着差别。生产队除了必定要分给社员猪肉和白酒外，还要分花生、豆子、粉皮、粉条等一些杂七杂八的东西。生产队的干部们，都想着为社员们多发一些东西。这关乎人们对自己一年工作的评价，谁不想博取人们的欢心，让人们多说个好儿。发得多，人们会褒扬道：“这队长当得真不赖！”发得少，人们也会贬责道：“这队长当得真白瞎。”

临近过年，生产队要办的头等大事，就是宰年猪。这对除了遇上红白喜事，一年到头几乎不沾荤腥的人们来说，就像大旱望云霓一样。要不那时候也不会有“馋人盼年”一说。所宰的几头“年猪”，从年初就被生产队确定为目标，经过饲养员为期一年的上心喂养，那是又大又肥。宰“年猪”，大都是村里五六个生产队桴鼓相应，相约而动。在那一两日里，猪的尖叫声不绝于耳，也把忙年的节奏推向了高潮。我们孩子把宰“年猪”当作稀罕景儿，都去凑热闹，围着打转转。到生产队里取分到的肉，大人多让我去。人们都想要点肥的，不想要瘦的。分猪肉抓阄排序，以免那些吹毛求疵的个别人，因所分猪肉的部位不同而生出纷争。每年分的猪肉，都多少不一，每人少则半斤，多则一斤。我们把分到的猪肉，挂在屋中墙壁的高处，一时半会儿也舍不得去吃。倘若来了要紧的亲戚，少不了先割上几小片，用大白菜和粉条子一炖，这款待也就算上了档次。至年跟前，家家户户才开始煮肉，大街小巷里弥漫着浓浓的肉香味儿，那香味把整个村庄都裹了起来。小孩子都馋猫似的，缠磨着大人们，眼巴巴地望着锅里煮熟的肉想吃，可大人们不让吃，说是不能早吃，过年的时候才能吃。大人们只许我们用肉汤泡煎饼，喝上一碗漂浮着铜钱大小油花的肉汤，也就被油腻得给肉也不想吃了。我们孩子会说被“顶倒了”，或说被“享倒了”。也不知道什么缘故，是原来吃猪肉吃得少，还是现在对猪的饲养方式不同，反正现在吃猪肉，我感觉再也没有那时的猪肉喷喷香了。

那时县里仅有的一家国营南古酒厂，酿造的是高度的地瓜干白酒，不用带着商标的瓶去装，都是零散着卖。这里是人们获取“年酒”的唯一去处，别无他门。人们手里钱少，还时兴以物易物，可以用黄豆去抵换豆腐，用豌豆去抵换凉粉，也可用地瓜干去抵换白酒。但这种以物换物的方法在供销社门市部和代销点行不通，在那里人们只能拿钱才能买到酒。有个例外，去南古酒厂里，就可以用地瓜干抵换出白酒来。在过年前，生产队要派出两个场面人，使用两个轱辘的地平车或一个轱辘的小推车，装上几大麻袋地瓜干，到酒厂里抵换回几大塑料桶白酒，按人均二至三两分给社员。记得有一年腊月二十七，生产队早就向社员们打了招呼，让社员们吃过晚饭后，带着空的盐水瓶子，去打谷场的场屋子里分酒。谁知，社员们都到了，等了好久，却不见两个换酒人的影儿。生产队长怕两个换酒人在路上出了什么意外，便赶紧安排几个小青年前去打探。原来，这两个换酒人太馋酒，觉得好不容易摊上这美差，不喝白不喝，便走上一阵子，就停下车子喝上一两口，喝来喝去，两人就在半道上喝醉放倒了。社员们虽然一直等到大半夜才分到酒，但是并没有责怪这两个人，只是当成一个笑话，讲了好些年。其实，那时吃大锅饭，有些人爱占集体一点小便宜，人们也屡见不鲜。

人们看得金贵的年酒，哪能轻易舍得自饮，只待家中来了客人，才拿出牛眼睛一样大的酒盅子，陪客人喝上几口儿。也有特别馋酒的人，好歹见到酒，三下五除二就把盐水瓶子装的酒喝得底朝天了。我们三弯巷有个老头儿，虽酷好杯中物，可手里没有钱，也不见平日里喝什么酒。每年分到年酒以后，这老头儿不仅白日里要喝上七八次，晚上也要从床上爬起来喝上五六次，饮酒过了量，就跑到大街上瞎闹腾，两脚拌蒜，趺趺撞撞，把一年遇到的藏在心里不痛快的事儿，全都竹筒倒豆子般颠三倒四地吆喝出去。虽说一年才发上一次酒疯，却得了个“醉汉头”的绰号。

乡村有个习俗，从过年的正月初一到十五，不会再去使唤磨和碓这些物件。这是千百年来沿袭下来的不成文的规矩，人们都陈陈相因地固守着。以为大年下，再去打搅不吉利，颇有些神秘色彩。我看这并非什么迷信，可能是人们出于一种敬畏之心，把这些物件人格化了，觉得人都过年了，享受了，它们也该像人一样，停上一停，歇上一歇。其实，它们停下来，人们才能闲下来。过年前，家家户户都忙碌起来，要把这半个月之内的食物准备充足，要磨面粉，要烙煎饼，要做豆腐，还要去做专用于包汤圆的米粉。这需全家齐动手，小孩子也要参与其中帮衬着。那时在生产队里，提倡“干到腊月二十九，吃了饺子再动手”，忙年不能全指望白天，而要披星戴月地去操办。看来一个人干事的心情极为重要，有了期待过年的热情，人们也就忘掉了生活的阴影，不辞劳乏。这一桩桩的活计，前前后后要忙碌上大半个月，才能有个眉目。推磨这活儿，让我颇为头痛，今天要推这样，明日要推那样，连着轴儿转，有转不完的圈儿，再也没有闲空儿，白天去蹦冻（溜冰）、打转（陀螺），晚上去打拐（左腿立，右腿抬，用蜷曲的膝盖与别人对顶）、藏猫猫（捉迷藏）了。我们家人口多，做的过年的食物量也就大，大多从半夜三更起，一直推到白天傍午。我与娘、嫂及挨肩的姐、妹一起，把一根长条的木棍儿，放在棉袄外面肚脐处，在磨道里跋涉着。那时就想，要是有一头蒙着眼睛的小毛驴来拉磨该多好啊！这才叫超负荷，我真的很疲惫，往往转着转着就打哈欠，眼睛也睁不开了。有时姐和妹还挑剔我，嗔怪我偷懒了，没用上大劲儿。但我也有最用力的时候，那是碰上赶年集的日子，为了早推完，早去赶年集，能不使劲儿，我反倒埋怨姐、妹不下力气了。

过年还有个讲究，叫作添新。人们换上一件新衣服，过年也就有了焕然一新的感觉，光彩了不少。这需要花些钱，是家庭中比较大的一项支出。在乡村中，没见过什么财大气粗者，普遍都日子过得紧巴。那时，我听说全县最有钱的是一位当过上校团长的军转干部，也不过号称“八千块”而已。农民家庭来钱的门路少，就是靠卖头自家养的猪，靠卖些自家养的家禽产的蛋，还有就是靠卖些自家自留地里种的蔬菜、太子参、杞柳等。这些虽然能换点儿钱，但要用于人事和称盐打油（煤油），也就捉襟见肘，所剩无几了。人们手里没有钱，一年到头很难添件新衣服，有的人相亲或结婚时，也要临时去借穿别人的好衣服。我家有五个整壮劳力在生产队里干活，挣的工分多些，也就能分得钱多些。记得有一年，我们家分了一百八十块钱，爹和娘不再像往年长吁短叹、懆懆不安，而是有些兴奋不已，也不睡觉了，拉了半夜呱儿，盘算着如何过个肥年，给我们几个孩子添上几件新衣。要知道，那时一个大人一天的工值才一两毛钱，能分这么些钱，在物价很低的情况下也算个大数字了。我除了得到了几个孩子每人都有的一件新褂子，还外加了一顶棉帽子。娘对我说："在学校里不能比别人穿得太孬，那会矮半截子，抬不起头来。"那个年代，提倡"新三年，旧三年，缝缝补补又三年"，即使穿着打补丁的衣服，也并不觉得十分丢人，甚至还觉得有些光荣。我记忆中，过年时，大人很少添新衣，要添新衣的主要是孩子们，尤其是女孩子们。女孩子要添有色彩的花衣，大都添一件，要么是上身褂子，要么是下身裤子，两件一起添，那也太高攀。给女孩子添新，比较普遍的方式是买一种方形的可以折叠成三角的围头巾，既实用，又鲜亮，风行一时。给男孩子添新衣，就没有女孩子那么讲究，大人会说"狗皮也穿瞎了"。大多是给买一块白棉布，到村中的染房里，用靛蓝染一染，再附着上一些简单的白色小碎花儿图案。拿这印染的布去裁缝一下，做件新衣服，也就打发了。当时有一个风气，就是所添新衣除了讲究好看，还特别注重"壮"，即结实耐磨，认为穿得越久，才越是好东西。那时节，就是吃"国库粮"的脱产干部，也把装尿素的尼龙袋子当成好物件，将其染色后做成衣服去穿。搁到现在，这破玩意儿早当垃圾扔了。

那时，供销社门市部里，除了针织品，没有成品衣。要想添做新衣，需要自己飞针走线地缝纫，这对家庭中的女性来说，的确是一项极为劳神的活儿。

在过年前的两三天，村里像被下了一道命令，每家每户都不约而同、无一例外地炸年货，烧热半锅花生油，去炸油条、馓子、面片、丸子、酥果（花生仁）、小鱼、小虾等。穷富不同，食料各异，反正都要炸，不炸就像这年没法过一样。所炸丸子，有拿豆腐、萝卜和肉作为原料的。这肉丸子，有些名不符实，就是把几乎不带肉的猪与鸡的骨头砸碎，掺兑上其他东西捏合成团而炸之，吃起来不仅没有什么肉味，而且粗糙得难以下咽。所炸小鱼小虾，多是从海边倒腾过来的各种小干巴咸鱼，乡村人对海里的东西，叫不出准确的名字，多以形状称之为“大头煷”“鸡毛翎”“青脊梁骨”等。还有出自微山湖的小干巴草虾，以及从当地小沟小河里逮来的小鱼小虾，用面粉裹起，炸得焦黄。这炸的小鱼小虾，刚出锅尚好吃，过上几天再吃，就有些腥气。所炸年货，放在一个筐子或篮子里，要么放在家具高处，要么挂在屋梁上，以免叫猫和鼠偷食了。这炸好的年货，作为过年时用的点心和菜肴，可随用随拿。在大年初一有人来拜年的时候，主家要从这些所炸年货中挑选出几种最像样的，在饭桌上摆上几碟子，让愿意喝酒的客人喝上几杯，这也就再热情不过了。

过年的年货主要是自产自制，也有一些年货要到年集上去采买，如年画、鞭炮、插花和小儿玩具等。

前几年，我住在省城里，到了快过年的时候，在与老家的人通电话时，还少不了去问："忙年忙得咋样？"不料却听到了这样的回答："现在不是过去，要肉有肉，要酒有酒，都很现成，啥也不缺，还忙个啥年，到时候过就是了。"我才知道，忙年，似乎已成了老皇历，早已不足挂齿，我是问了不该再去问的问题。尔后，这忙年的话，我再也不去提及。

时代在变迁，一切都在改变着。过去那令人酸楚的忙年，也一去不复返。人们喜欢怀旧，常念叨昔日的年味儿，但谁也不会去留恋那太苦的岁月。与旧日相比，现在生活好了，似乎天天都在过年，过年也变得直接而简约了。

过年不忙了，变闲了，不能不说是好事，但这闲也得闲得有趣味，不能把年味变淡了。今非昔比，换了人间，那份情感却是不能流失的。

赶年集

小时候赶过的乡村年集，那是20世纪六七十年代的年集，一辈子都藏在心里。

去年腊月二十晚上都到了快要躺下睡觉的时候，我在省城济南接到了住在老家临沭县城里的济浩妹夫打来的电话：“又到了年跟前，咋不回来一趟，一块儿赶老家的年集去。”我这个一大把年纪的人，自打睽离故乡来到省城济南，虽说隔三岔五地也回过老家，但还真没有再去经历一次乡村的年集，真的有点向往。

赶乡村年集，那是一种特别的享受，与过年时的贴春联、祭祖宗、吃年夜饭和磕头拜年等一样，充盈着荡气回肠的年味。这些从老年间一直传承过来的具有仪式感的习俗，缺少了哪一桩，年味都会打折扣。

入了腊月，过年的事儿就在我们孩子心中荡漾开来。年集，如报春花儿，抢先在心中绽放。我和几个对眼儿的小伙伴少不了凑在一堆儿，在渴望中，也是在煎熬里，掰着手指头算计：今日七，明日八，再有多少日子，就可赶上年集。

年集，带着年味儿，自是与平日里的集市迥然不同。早些年，还是人民公社化运动岁月，一把“割资本主义的尾巴”的刀子也割到了集市上，所见不过卖青菜的，卖鸡蛋、鸭蛋、鹅蛋的，卖泥缸、泥罐、泥盆子的，卖猪崽、羊羔、长毛兔的，卖从海边倒腾过来的小干巴咸鱼的。那会儿，有个禁令，凡要粮票、油票等凭证的物品，都不准许在集市上自由交易，谁去大着胆子暗中卖煎饼、豆腐和炒熟的花生果儿，也会被管理市场的工作人员稽查得东躲西藏，弄得集市甚是冷清。年集，则一反常态，不再单调，向乡村的人们准备下了唯独年集才能呈现的林林总总的年货，如同摆上了一大桌子对了人们口味的丰盛的宴席，以特别的魅力，磁铁一般地吸引着所有的人，也包括我们这些平日里没有什么兴趣赶集市（每五天一个）的孩子。约定俗成的年集，只有腊月的十七、二十二和二十七日三个。虽说头两个也是年集，但还处于预热升温阶段，人们对置办年货，还有些踌躇，大都在掂量来掂量去。到了最后一个年集，不管是卖者还是买者，一下子都变得踊跃起来。如果再不去出手，那就过了这个村没有那个店了。

从我家居住的三弯巷的东巷口出来，一抬腿儿，就到了村子东头逢集的地方。那儿是两条乡村土路的交会点，也是放露天电影的地方。人们都称之为“白旄集”，是周围十里八乡最具规模的一个集市。一至年集，人多得超乎想象，人潮如涌。我只是在当地春、秋两季的钟华山庙会上见过这样人声鼎沸的景象。

在我看来，前来赶年集的人，已经超出了单纯的买与卖的范畴，有些人是为了买年货而来，更多的人则是前来看光景的，所享受的是年集所带来的一种特有的氛围。毕竟是年集，才会多了一些特别的身影。一连多少年，我都见有五六位荣誉军人来赶最后一个年集。记得那些年的年集期间，气候大多恶劣，不是大雪，就是冰挂，但这些人还是有的坐着轮椅来，有的拄着双拐来，也有的由儿女护持着来。其中有一位，我早就熟识，曾被请到我们的班级里作革命传统教育的演讲，我们还以此写了作文。人家告诉我，这些荣誉军人，都曾经是当年八路军“老四团”的老兵，人家自己有一个约定，就是每年都要借着赶年集的机会，来到一个靠近年集也是一位“老四团”老兵打理的小理发店里，碰个头儿，聚上一次。按这些老兵的说法，就是一年到头的要在一块儿亲热亲热，叙叙战友情。在年集上，我每当看到这些曾在战场上出生入死的老兵，有的失去了一条腿，有的没了一只胳膊，有的走路一瘸一拐，就会肃然起敬，强烈地感受到这些老兵的碧血丹心，为国家、为江山，抛头颅、洒热血，真的好伟大。年集上，也会有不少“独在异乡为异客，每逢佳节倍思亲”的远归者，就是那些像候鸟一样，从祖国四面八方回家探亲过年的部队战士、机关干部、学校教师、企业工人和大中专学生。人们对这些“国家人员”，特别高看一眼，视为“登上高枝”的人。那个时代，城乡差别还比较大，只要从穿戴上就很容易把这些人与穿着粗布大棉袄、大棉裤的乡村人区分开来。我们孩子认定一个人是不是“国家人员”，就看他的脑袋上留着什么样的发型，身上有没有穿有四个口袋或栽绒领子的制服，手脖子上有没有戴手表，上衣口袋里有没有卡钢笔，脚上有没有蹬皮鞋……如果具备了上述某些特征，我们就能八九不离十地判定这个人是“吃国库粮”的。这些故土的恋者在年集上融入相识和不相识的父老乡亲中，感受到的是一种特别的温馨和慰藉，也缓解了那深藏在心底的乡愁。有一个被我们孩子称为“黄毛”的邻村青年，是大庆油田的石油工人，每年都会回来连续赶上三个年集。“黄毛”头发天生黄黄的，他所穿的缝纫成条状的过冬工作服也黄黄的，尤为惹眼，令人羡慕。那时，毛主席有“工业学大庆，农业学大寨，全国学人民解放军”的号召，可谓深入人心。我们把“黄毛”的形象放大了，见到“黄毛”，就似乎见到了大庆油田铁人王进喜一样。在年集上，只要“黄毛”一露面儿，孩子们就像现在见到了大明星一样地惊呼：“‘黄毛’来了！”“黄毛”走到哪儿，孩子们也就跟随到哪儿。年集上，还有一个特别现象。那些来自周边各村的众多村花，大都三五成群地搭着伴、凑着趣穿行在年集上，成为令人养目的靓丽风景线。这些标致的村花们，显然经过了精心的梳妆打扮，头上都顶着一种当时风靡的有各种色彩的围头巾，甩动着一对垂在背部的扎着各色头绳儿的大辫子，像一只只蝴蝶，也像一朵朵彩云，飘逸在如潮的人流中。人们都说，这些“小识字班”“小花木兰”，赶年集没有别的心思，就是专门到年集上来谝人物的。在众多展示自己风采的村花中，当属邻村的一个叫蒋兰芝的村花，最是袅袅婷婷，风姿绰约。听说其父乃为一位国家机关干部，家庭条件自是优越，其貌也俊俏，打扮也时尚，在年集上也就有了更高的“回头率”，有些小伙子去赶年集，就是奔着瞧一瞧蒋兰芝的。我赶年集，还有爹和娘交代给我的一个特别任务，要我留意前来赶年集的舅家、姑家和姨家门上的亲戚。爹和娘一再叮嘱，年集上遇见亲戚，千万别淡薄，要叫回家里吃饭。我有四个姑母，前三个姑母家，出身成分都不好，说是没脸登门，怕给我家带来不好影响，也就疏远了。我与四姑母最亲，也最盼望四姑母来赶年集。四姑母家住在沭河边上一个有大沙滩的小村里，每年都要踮着一双缠过足的小脚，走上十多华里路来赶年集，也必定趁着赶年集到我家里，不光能带来自家板栗树上结的栗子，还特别想着我，给我买点儿我喜欢的过年的小玩意儿。

对我们没见过什么世面的孩子来说，年集就像一幅多姿多彩的画卷，让人眼花缭乱。除了有各种各样年货的摊位，还有些流动着的叫卖山楂糖葫芦的小商贩。那被高举起的红艳艳的靶子，像燃烧着的火炬，在人群的头顶上飘移着。那些涉及过年习俗的年货，尤其是一些供过年文化娱乐的用品，已在人们的心目中，被定格为过年的象征，或说是标志，受到人们的推崇，特别俏卖。在卖纸花的地方，所卖纸花都插在一个草帘子上展示着。奶奶或妈妈们领着一些嗲声嗲气的孩子，去选购手工制作的堪与真花媲美的圆形或扇形的纸花。有一种能折叠的叫作“三变乎”的纸花，颇为逗人，竟能变出好几种花样。过年时，小孩子所戴的虎头帽子上插满各种纸花，变成了一个花冠，小孩子也就倍儿精神，乐得蹦高。在卖年画的地方，那些卖年画的人把年画垂挂在绳子上，或摆放在地面上，像办画展一样。看年画，我特别用心，那是因为爹叫我去挑选年画，相中哪几种要告诉他，以便他去买。年画品种很丰富，有画领袖人物的，有画英雄人物的，有画戏曲人物的，也有画山水花鸟的。最传统不过的是杨家埠的木版年画，也卖得挺红火，那种带大胖娃娃和大红鲤鱼的最受人们青睐。人们买得比较多的是一种过年张贴在门楣上的叫过门笺子的五颜六色的剪纸，一套四幅或六幅不等，除了剪有吉祥图案，还剪有祝福的文字。我爹每年过年少不了都要买上三四张年画，张贴在一进堂屋门迎面的墙壁上，顿生新气象。记得有一年爹买的年画是《甘露寺》《铡美案》和我们沂蒙山区著名画家王小古先生画的《四季花鸟图》条屏，以后才知晓其原作曾陈列在北京人民大会堂的山东厅里。去卖儿童玩具的地方，我也特别上心。我三哥手很灵巧，他曾跟我吹过牛，说是在年集上看到什么好玩具，不用花钱去买，他就能照葫芦画瓢地给我做出来。当我看到卖的那些五花八门的玩具，才知道巧妇难为无米之炊，有些种类三哥是根本无法做出来的。那里有用手一挤就咕咕叫的泥捏的彩色老虎，有用手一晃就发出沙沙声的木旋的花儿棒槌，有用手一抖就不停蜿蜒的竹节连缀成的龙，有用手在地上一推就吧嗒吧嗒抚掌的小木头人，有用嘴一吹就嘟嘟或吱吱响的竹哨、泥哨和瓷哨，有用手一摇就叮咚叮咚响的拨浪鼓，也有供儿童戏耍的彩绘的木刀和木枪。有些孩子一买到手里，就迫不及待地在年集上耍弄起来。最喜欢去的还是卖鞭炮的地方。我们孩子要花更多时间三番五次地去泡在那里。卖鞭炮的摊位在一条东西大路两旁，摆成一字长蛇阵儿。有几十个卖主立于桌或凳之上，竭力拉着场子，像说相声一样，说着似有些押韵的顺口溜儿，拔高嗓门儿叫卖着："一分钱一分货，就怕货比货"，"丫丫葫芦不是勒的，大山不是堆的，响不响、脆不脆不是吹的"……卖主为了激起购买者的欲望，那要较着劲儿试放推销鞭炮，你放上一挂，我也点上一支，各不示弱，互不退让，挺有火药味，大有卖不掉就放完的架势。那鞭炮声此起彼伏，铿锵悦耳，淋漓尽致地烘托出了迎新春过大年的气象。这鞭炮在整个年货中，在整个年集上，才是最引人注目的闪光点。去卖鞭炮的地方，的确要注意点儿，常有炸摊子的，也有被烧了衣帽或伤及皮肤的。在穿云裂石的鞭炮响过的硝烟弥漫中，我们孩子早已忘掉家中大人的叮咛，抱着头，猫着腰，一哄而上去争抢掉在地上的哑火的鞭炮，往往能捡到几十个，把上衣的兜里塞得鼓鼓囊囊。我们孩子敝帚自珍，把哑火的鞭炮重新装上新捻子，就可以点燃听响。一个叫新集子的村制作的鞭炮质量驰誉四方，最为拔尖，挂在长杆子上来燃放，那叫一个绝，既间隔均匀，又声音清脆，几乎没有一个截捻，也没有一个出溜子。不过，好是好，就是价格不菲，只有生活殷实之家，才舍得花钱去买，反正我们家买不起。

最后一个年集，也是让我翘首已久的年集，那是因为爹和娘要领着我去年集上买我喜欢的年货。那个时代，人们日子普遍过得紧巴，别说我们孩子，就是大人们，对年货也没有过高要求，有个仨瓜俩枣，也就心满意足了。有一个挂在人们嘴边上的俚歌，也不知道什么年月流传开来的："闺女要花儿要炮，老头子要个新毡帽，老嬷嬷要个糖瓜好辞灶。"虽说人们购置的年货不仅限于这几样东西，但也说明当时人们的需求甚低。如果子孙辈的能在过年时，在年集上给自家好犯节气病的耆艾老人买上些山里产的稀罕的"山楂、黄梨、柿饼子"，用来让老人压压咳嗽，喘气顺溜点，也算是做小辈的尽上了孝心。我们孩子两手空空，连一个镚子儿也没有，要买什么，买多少，都是由大人定，自己只能是磨道里的驴——听吭声。有个别小孩子能拿着钱去买自个儿喜欢的年货，那十有八九是从家里偷出来的。我家东邻的"二蹦"

和西邻的“三迎”两个小孩，每年都会从家里偷钱买鞭炮，他们的爹娘发觉了，拿着棍子或鞋子追赶到大街上，把他们打得又哭又叫。那时，我整日里所想的不是过年能不能穿上一件新衣，也不是能不能吃上一年才能吃上一回的猪肉，而是家里大人千万别忘了给自己买上一点儿鞭炮，让我放一放，过过瘾。若无鞭炮去放，这年会过得怅然不乐，味同嚼蜡。实际上，我有些多虑，每年的年集上，爹和娘给我买的年货，都要比自己想要的多得多。记得那年的最后一个年集上，上午娘领着我转了一大圈子。娘在买完用来做油炸年货的小干巴咸鱼后，就带我到一个卖糖板的小摊上，问我想不想吃。我告诉娘，要是真想给买，就少买上几块尝一尝就行了。娘没有犹豫，立马大方地一下子给我买了八块糖板。那糖板我从来没吃过，由大米花做成，吃起来又脆又甜。我不忍心都吃了，便递给了娘一块，娘却摆手说：“大过年的，这是小孩儿吃的，大人还能争嘴吗？”现在一回想起来，心里还挺不是滋味，自己真不知好歹，这不是成了“馋人盼年”的那种人了。爹也会在下午领着我去买鞭炮，说是“收摊货”像拉秧子瓜一样，会便宜不少。爹给我买的鞭炮数量虽不多，品种却不少，有“二踢脚”“钻天猴”“大雷子”等。我最喜欢爹给我买的一种编在一起的像梳头的篦子似的红色的“小豆炸”。这种鞭炮个头虽小，但个数多，我可以把它们拆开一个一个单独放，只要控制得好，就能细水长流一直放到年后的正月十五。还有令我想不到的，爹好像钻进我心里看过一样，带着我去卖新采伐的竹子的地方，给我买了一根最长的竹子，说是过年的时候家里用一用，过完年就归我拿去逮鱼用。我喜欢用一种推网（也称推沟）去村外的小沟小河里抓小鱼小虾，但之前用的是一根又粗又短又沉的杨木杆子，屡遭小伙伴们的腌臜，早就想换上一根又细又长又轻的竹竿了。我把新买的青葱的竹子扛回了家，爹让娘在竹子上端扶疏的枝条上，挂上了一些花生、板栗之类，插到石磨眼里，说这是敬天敬地，能在新的一年五谷丰登、穰穰满家。过了年，我就用爹给买的新竹竿扬眉吐气地去搗小鱼小虾，收获多多，也算是年年有余了。

时代变了，观念变了，追求也变了。那年集也不再是当年的年集了，过去赶年集的那种特别的味道恐怕是很难再完全找回来了。

我还真想再去感受一下年集，也许会有新鲜的感觉：少了一些什么，又多了一些什么。

拜　年

大年初一，在老家沂蒙山区的乡村里，我们小孩子也与大人一样，变得尤为庄重起来，因为要跟着大人们到本族长辈家里磕头拜年。

磕头，这一最恭敬的礼节，在文人笔下称之为顿首、叩首、叩拜。中国文化就是这样，一种事物能变化出许多名称来。

磕头拜年，虽说是一种旧式礼节，但在北方一些乡村里，时至今日也还在传承着。在我看来，这才是正儿八经的拜年，具有郑重的仪式感，特别有人情味儿。

在我的记忆里，这磕头拜年只在20世纪六七十年代的特殊岁月里受到过挑战。那时上边号召，要以摧枯拉朽之势，破“四旧”，立“四新”，在乡村里也要像城市的机关一样，以“团拜”的形式，把磕头拜年作为旧风俗荡涤而去。村里有个挺求上进的青年，是共青团员，既反对母亲祭祖磕头，也反对母亲去磕头拜年，认为这是封建残余，是精神毒瘤，为表示与母亲决裂，一怒之下，就把母亲摆在香案上的铜香炉拿起摔在地上，又一脚踢出门外。我二哥还以此写过一篇《共青团员摔香炉》的稿子，不仅县广播站的有线广播小喇叭里广播了，就连《中国青年》杂志社也来函说：“拟准备采用。”有个别生产队，为应付上边来人检查，也会集合三三两两的人团拜一番，然后生产队长就说：“别再耽误工夫了，赶紧都磕头拜年去吧。”批来批去，改来改去，这磕头拜年还是没有被横扫而去。乡村的人们，把这禁阻当作耳旁风一样，该怎样还怎样，依旧进行着磕头拜年的活动。看来，这有根基有生命力的传统习俗，也不是轻而易举就可以被更替的。

大年初一的拜年，有一个“争早带小”的特点。“争早”，指在时间上，谁都想先人一步去拜年，甚至在凌晨的夜色中就开始拜年了。早饭之前，男人们的年就拜完了。早饭之后，女人们才开始去拜年。“带小”，指参与人员除了大人，特别要紧的是小孩，只要能走能跑都会跟着去。

过年的时候，我们这些孩子对参加具有教育传承意义的上坟祭祖和磕头拜年活动最为上心。尤其是参加磕头拜年活动，能像大人一样走门串户、出头露面、展示自己，这是多么令人兴奋的大事儿。除夕夜深了，爹和娘会一遍遍地提醒我们快去眯眯眼儿，好早早起来给长辈们拜年去。其实，即便钻进被窝里，我们也根本没合眼，支棱着耳朵，听着那远近传来的鞭炮声，等待着磕头拜年时刻的到来。从靠近床头的窗格子向外看，天还黑咕隆咚的，那鞭炮声却由稀疏变得密集起来。就在爹和娘一连声地催促我们赶紧起床的时候，已经有人抢先到我家院子里吆喝着给爹和娘磕头拜年了。我穿上新褂子，到院子里，与爹和娘一起燃放鞭炮，敬天敬地。已经成家立业的三个哥哥来了，带领着我们小孩子跪满了大半个院子，先给爹和娘磕头拜年，然后几个哥哥带着我去磕头拜年。一看大街小巷里，人们来来往往，三五成群，像赶集一样。天还未亮，根本看不清遇上的是哪些人，模模糊糊，影影绰绰，只有走个对面，搭上个话儿，才能分辨出来是哪个家族的人。人们披残月，顶晨星，深一脚，浅一脚，磕磕绊绊地奔走在磕头拜年的路上。拜年，都是一个家族在一块儿，走着走着，串着串着，不断有家族的人加入进来，像滚雪球一样，渐渐扩大成一个几十人的队伍，令你油然而生自豪感，为本家族的人口众多而倍感光彩。我小时懵懂，也不会论这辈那辈，只知道"兰"字辈是本家，对与其他人的亲疏关系并不太明了。经历了磕头拜年活动，我才知道去拜年和被拜年的都是五服以内出自一个高祖的后人，家族观念得以强化。磕头拜年，那是去行大礼，要真诚，要郑重，来不得半点儿戏。到了长辈家里，即使院子里满是积雪和泥泞，也不能犹豫迟疑，只要看见前边领头的大人跪下，我们小孩子也就赶紧趴下。磕头拜年，除了五服以内的本族，还要去本姓最高辈分的人家磕头拜年。每年，我们都要去"小族长"家里磕头拜年，"小族长"虽然年龄并不太大，与我大哥差不多年纪，但人家辈分顶尖，我们务必得去给人家拜年。我们小孩子到各家拜年，还有个小心思，就是搂草逮兔子，顺便收获一些地上哑火的鞭炮，安上新捻子，再去放个响。这纯属儿时的小把戏，而最大的收获当是在幼小的心灵里，潜移默化地播种下了尊老敬长与和睦相处的种子。

这磕头拜年，其要义当然是望慰长辈，表达敬意，融洽情感，祝福安康。那少有的欢声笑语，少有的毕恭毕敬，少有的温馨祥和，也为人们提供了消除误会、化解恩怨、增进情义的机会。人们的情感，得到前所未有的碰撞、释放、交流，往日里由种种矛盾所带来的不愉快被缓解淡化。我的三个哥哥先后都在生产队当过队长或副队长，为生产队的事情难免会得罪一些人。他们大都是借着登门拜年的机会进行化解。记得二哥当生产队长时，把一个近门的二叔得罪了。二叔曾带着儿子，有好几次吵闹到我家里来。从那，二叔扭着鼻子扛着脸的，与我家不再来往。过年的时候，二哥主动上门给二叔磕头拜年，只说了一声："二叔，当小的有做得不当的地方，你老人家别往心里去，那张纸该掀过去就掀过去吧。"我二叔竟被感动哭了，反倒说："不怨你，都是我的不是，从今往后别再提那一壶了。"随后，二叔就带着儿子，也上门给我爹和娘拜年了。乡村里的人们，对于帮助过自己的人，不分族内族外，也要上门磕头拜年，那应叫作"答谢头"或"感恩头"。我们生产队里，有一个姓王的老汉，几乎每年过年时，都要带着几个儿子，到我家里给爹和娘磕头拜年，以谢救命之恩。我问过爹和娘才知道，原来是某一年，村里闹灾荒，饿死不少人。他们家孩子多，已经断了粮。爹和娘把我们家的一垛干地瓜秧，给了他们家一大半，就靠着这些干地瓜秧，他们家才渡过了难关。

我还没等到别人给我拜年的时候，就远离故乡来到了省城济南。真的没有想到，我和老伴会在省城里，享受到一次乡村式的磕头拜年。那年，我们村里有个在济空当兵的本家青年，刚转业到济南工作，按辈分应该叫我老爷爷，在大年三十的晚上，到我家里喝酒吃饺子。当十二点的钟声一响，这个重孙子一下子跪在地上，给我和老伴磕起头来。在城里长大的儿子和刚上小学的孙女，哪里见过这个乡村才有的磕头拜年的阵势，一脸的茫然。我第一次突然接受如此大礼，反倒有点发怔，不太习惯。不过，这浓浓的亲情，还是让我和老伴激动了一阵子。我劝重孙子说：“这又不是在老家乡村里，以后这磕头拜年就免了吧。”重孙子却说：“这可不行，得按老规矩办，俺爹和俺娘千嘱咐万嘱咐的，见了老爷爷和老奶奶，一定得磕头拜年。”

依我看来，这乡村的磕头拜年，作为一个“从远方走来，又向远方走去”的厚重习俗，有着太多的内涵，它是“孝悌”学说的一个载体，“尊老敬长”的一个礼仪，表达情愫的一个机缘，也是促进“和谐”“和睦”的一副良剂。

我真的还想带着儿子和孙女，再回故乡的大年里，经历一次那乡村的磕头拜年礼仪。

过年的大戏

在我老家沂蒙山区的乡村里，人们习惯上把听京剧叫作听大戏。

我小的时候，正值20世纪五六十年代，在我脑际留下的浓墨重彩的一笔，就是在过年时能够听上村里的戏班唱的一些传统剧目的大戏，这年也就过得特别红火，有滋有味。

村里的戏班在十里八乡都颇有些名声，给村子挺长面子。这个戏班有些年头，成立于新中国成立初期。应该是集体化的产物，如果没有集体化的力量，要人没人，要物没物，要工夫没工夫，戏班恐怕难以存续。那时候，乡村并不富裕，但在过年的时候，各个村子都会有些能增添喜庆的文艺活动，如埠上村的锣鼓、刘屯村的舞龙、西玉树村的跑旱船、周官庄村的柳琴戏……虽说各有千秋，但论其影响力，还是我们村的大戏最为拔尖儿。说起来，这戏班还真是顶呱呱，所用的戏装和道具都购置于大上海。我后来看过城市里专业京剧团的演出，单就戏装和道具，我们村的戏班与之比较起来，并不逊色多少。经过逐年积累，戏班竟能演30多出文武大戏，连续唱上大半个月也不在话下。在前些年生活困难时期，戏班中的一些主角儿相约去了关东，集中在一处国营煤矿里干挖煤的活儿。过年时他们露了一手，从别处借来戏装和道具，演出了京剧《芦花荡》，大获成功，受到嘉奖。有一年，这戏班受邀在我们县里大礼堂为参加三级干部大会的人员演出，获得雷鸣般的掌声，县里领导曾几次动议，想给村里的戏班冠以县京剧团的头衔。春与秋两季的钟华山庙会上，村里的戏班也要与别处的几个戏班唱对擂戏，一比试，就占上风头，把爱看戏的观众几乎都吸引到自己台下。村里的戏班还曾作为友好使者，到江苏等地的友好村庄送戏。

村里的戏班，一年到头只有过年才开演，叫作“唱年戏”。村里的人们都这么说：“听大戏，过大年。”似乎过年的一部分就在大戏里，把戏与年不可或缺地交织在一起。这唱大戏，也就成了人们过年的文化盛宴。一年一度才这么集中听上一次大戏，人们能不望眼欲穿吗？

年年都是这样，一进入腊月里，村里的戏班就开启了过年演出的准备工作，那锣鼓家什就敲打起来。戏班的好几十口子人的原班人马，还有新选入的一些培养苗子，都从各个生产队抽调出来，集中到大队里进行排练，既要温习旧戏，又要学习新剧。那个来自外地教戏的大高个儿杨老先生，年年都会被请来。据说，这杨老先生出自京剧世家，在大城市里的京剧团还担任过主角儿，心里装着四五十出戏。小学里放了假，我和许多小孩子一样，受不住诱惑，几乎每天都抽空儿凑过去，看新鲜，瞧热闹，真有些入迷。有个比我早两届的小学同学进入了戏班，只因在第一遭演出时，当了个跑龙套的傍角儿，仅在台上露了一次面，又只说了“抓地虎”三个字，人们就送其混号“抓地虎”。这“抓地虎”同学没入戏班前说不上媳妇，入了戏班就说上了媳妇，便一次次地向我炫耀，一再撺掇我，说是如果不上学了，也要加入到戏班里来。其实，不用他鼓动，我早就心里发痒了。那会儿，每天晚上，爹都要教我打算盘，说是要培养我以后当个生产小队会计，干个不用出大力又比较体面的差事。但我心里十分羡慕那些戏班里唱戏的角儿，真想长大了，在戏班里能够当上个张飞或孙悟空的角儿。我们三弯巷里，有两个戏班的人，一个是近门的二叔，是在戏班里打手锣的，他指点我说，要想以后加入戏班，就得先练上几手。另一个则是本家的大哥，专演能蹿火焰山的孙悟空一类的角色。他身手不凡，的确会个三拳两脚。他曾与我家东邻打架，人家紧闭大门，不让他进入院子，他便从人家房后，跳上墙头，又跃上房顶，一个飞身就落到院子里。我一有空儿，就偷着摸着让大哥教我打旁溜（侧身翻）和翻跟头的一些动作。后来爹和娘知道了，嫌我瞎胡闹，乱折腾，教训了我一顿，说是你不知道，为什么叫你大哥“狗啃头”，还不是喝了二两酒，趁着酒劲儿逞能，在摞起的三张大八仙桌子上朝下翻跟头，把脑袋瓜子磕了一个大疤。听了这个故事，我那想着参加戏班的兴头也就被泼了冷水熄灭了。

过年唱大戏，一般从正月初三开始，要断断续续地一直唱到正月十五。那会儿，一般来说，过了正月初三，生产队就开始出工干活了，所以，演出很少安排在白天，大都安排在晚上。那些日子，村子里一派喜气洋洋，老老少少都沉醉在听大戏的欢乐气氛之中。

村子的西街口算是村中最大的广场，有时看露天电影就在那个地方。那里有一个早年就筑起的大土台子，就是年年固定使用的戏台子。夜间演出，要在戏台两旁各竖起一根高高的木头柱子，悬挂上两盏汽灯，汽灯发出嘶嘶的燃烧声，台上台下也就被照得雪亮。那会儿也没有什么扩音设备，唱戏的人得提高嗓门儿，虽有些嘈杂声，但演员在台上的唱词大体上还是能听得清楚。

看大戏的，除了本村人，也有周边村子来的人，在戏台底下，拥挤成黑压压的一大片。我发现了一种现象：看露天电影，在银幕最前边的是坐着小板凳的孩子，而在戏台最前边的则是坐着椅子或大板凳的老人。这些老人，看露天电影未必去，但看大戏必定去。过年看大戏，村里人有邀请亲戚来看大戏的习惯。这是朝脸上贴金的事儿，谁不乐意为之。我那上了年纪的四姑母特别爱看大戏，都是由我奉爹和娘之命，用小推车把她老人家从外村接过来，一连看上几天大戏。我的任务，就是提前扛着一条大板凳，去给四姑母在戏台子前边占个好地方，由爹和娘陪着一起去看大戏。有的人家，连没过门的儿媳妇，也都会邀请来看大戏。我那个“抓地虎”的同学，也请自己新说成的媳妇来看大戏，人家长得比“抓地虎”漂亮多了，这媳妇对人家说：“要不是年底下能看上大戏，俺才不出门子到你们庄呢。”

我们小孩子看大戏，不像那些大人们比较固定地坐或立在戏台下边，喜欢游动，转来转去。一会儿骑在台侧的猪圈墙上，一会儿攀到台侧那一排或柳或榆的树杈上，又一会儿钻到站立着的人群前面去。甚至还会跑到后台边上，去看那些演出人员扮装的情形。其实，大人们最不愿意与小孩子挤在一起看大戏，他们嫌弃我们小孩多嘴多舌，在那里随着剧情进展评论这个是好人那个是坏人的。每次演出，大都要演文武搭配的两出戏，唱罢也就深更半夜了。露天里看大戏，有时会刮起大风，也会飘下雪花，这些都没有给兴致勃勃的人们带来怯意，几乎没有多少人会半道儿离去。小时看大戏，与文戏相比，更喜欢的还是打打杀杀的武戏。这与看电影一样，喜欢看打仗的故事片。一旦看到舞刀弄枪的武把子登场，我们孩子就瞪大了眼睛。那武戏《芦花荡》《捉放曹》《三岔口》《火焰山》等作为戏班的保留剧目，几乎年年都去唱，人们却屡看不厌，越看越咂摸出滋味来。文戏中的《铡美案》，不仅大人喜欢，小孩也喜欢，大家对刚正严明、不畏权势的包青天，怒铡攀龙附凤、喜新厌旧的陈世美，感到正义得到伸张，尤为解气和痛快。看大戏就是这样，“润物细无声”，在潜移默化中，那艺术、历史、正义、忠孝的种子，在我们幼小的心灵里，就不知不觉播种下了。我们孩子最喜欢的有三个主角儿，也就是村里人们公认的台柱子，他们分别扮演包拯、张飞和马超，只要这几个角色一亮相，就是满堂喝彩。扮演包拯的叫刘昆荣，个头也大，脸也黑，嗓子还天生有些沙哑，唱包拯这个角色再合适不过，唱起来粗重有力，震撼人心。扮演张飞的叫刘建仁，身板敦实，唱腔铿锵，特别是他上台吼上一嗓子，如雷贯耳，特有气势。扮演马超的叫刘昆德，身手矫健，干脆利落，在台上翻飞腾挪，一条枪舞得出神入化。这个人也不知咋捣鼓的，在一次政治运动中，因为对抗大小队干部，被戴上“坏分子”帽子，要不是村里“贫协”说了话，让其“戴罪立功”，那恐怕连大戏也不让他唱了。其实，这几个好角儿，也包括整个戏班的人，没有几个识字识谱的，那都是勤学苦练出来的。看来，人都是有潜力的，甚至很多人是有某些天赋的，只是没有得到挖掘或碰上机遇而已。看得久了，我也就慢慢看出京剧的门道，懂得区分生旦净末丑的角色装扮，知道什么样的脸谱表示忠勇、奸诈、美丑、善恶人物，什么样的道具与招式代表什么样的意境。看大戏，就像看电影一样，在某些剧目里，依着剧情，主要人物一露脸儿，我们孩子也就能大概分出好人坏人来。小孩子看戏，哪能像大人，更多的是喜欢热闹，喜欢分出戏剧人物的胜败和孬好来。

每年看大戏，人们尤为关注的，那是每年都要上演的一出新戏。在我 15 岁那年，也就是 1965 年的春节，上演的那出新戏《九江口》，因难度大些，就连教戏的杨老先生，也破天荒地登台唱起了主角儿。谁也不会料到，这竟是我离开乡村前，看的最后一出戏，也是乡亲们看的最后一出戏。

我目睹了老家戏班的消亡，着实痛心。在那个特殊岁月里，村里的戏班以歌颂帝王将相和美化才子佳人的罪名，被列入“四旧”横扫之。那西街口土筑的大戏台也被铲除，原地立起一个带有浓厚政治色彩的大牌坊模样的建筑物。也不知哪里来了一伙毛头小子，挥动大铁锤，砸开了上着铁锁的几个盛戏装和道具的大木箱子，抢走了戏装和道具。他们真能想得出来，从生产队牵来几头小毛驴，将龙袍等戏装披在小毛驴身上，用木棍挑着凤冠和乌纱帽，再加上不知从哪里捣鼓来的旧时缠足女子穿的三寸金莲鞋子，敲着锣，打着鼓，吆喝着口号，在大集上来来回回地招摇着。有不少戏装被不三不四的人顺手牵羊，拿走了，一些刀枪剑戟的道具沦为孩子们的玩物。

从此，人们再也看不上过年的大戏了，不免有些失落，也有些怨艾，甚至把村里出现的一些不良现象，也归结到毁坏戏班的事上来。那年春天，我从省城回村里，与蹲在三弯巷东首墙角晒太阳的一帮老头儿拉家常，他们悄悄地告诉我："这些年不唱大戏了，少了教育，有些小青年犯法不当回事儿，你们这三弯巷里，连枪毙带坐牢的，一连三个了，这在头两年是没有过的事儿。"

我在省城，曾对山东画报出版社主编《老照片》一书的冯克力先生，扯起村子里戏班的一些难忘的事儿，他很有些兴趣，提议我找些戏班的老照片，为他们写一篇回忆戏班的文章。我真的回到村里，在一个小饭店，专门请了仍在世的几个戏班的老人。说起老照片，却是一张也提供不出来，但说起戏班的往事，个个激动不已。他们告诉我，在改革开放以后，县里的电视台，从保护非物质文化遗产的角度，曾策划要为过去几个有些名气的戏班主角儿拍摄一些视频，重现他们当年的舞台形象，但这些主角儿多已去世，剩下的一两个也都80岁以上，这件事只好作罢，遗憾已无法弥补。

有些美好的东西失去了，遗憾却永久地留在心里。

倔强的爹

爹和娘的性格差别很大，娘温和，爹倔强。

爹的身板非常硬朗，虽饱经风霜，不知疲倦地劳作，却尤为抗折腾。

在我的记忆里，爹很少生病，偶尔患个小病，也不大在乎，不去医院，说自己是叫苍蝇踢了一爪子，用不着大惊小怪。爹手指头上生了一个疔疮，别人说长的这玩意儿力气大如牛，爹照常干活儿，一边吃碾碎的牛牙，一边找了个猪苦胆套在手指头外面，坚持了些日子，也就熬了过去。冬季夜里，爹突然肚子疼得厉害，说是可能肠子扭劲了，让娘从宅外草垛上扯来一大抱陈年豆秸，在泥做的火盆里点燃起来，自己靠近熊熊的火苗，直烘烤得大汗淋漓，肚子竟然不疼了。但也有一次例外，爹的左腿上长了一个好大的毒疮，爹起初没当回事，后来毒疮愈发严重，疼得爹几天几夜都无法合眼。这次爹支持不住，就拄根棍子，一瘸一拐地到设在村中的公社卫生所求治。一个姓刘的老中医看后，一连地摇着头说："怎么撑到这个地步才来看呢？耽误了，化脓了，非动手术不行了。"爹倒是不惧动手术，只要求越麻利越好，别耽误了下地干活挣工分。刘老中医沉吟片刻，告诉爹有个简便法子，能治得快些，但必须咬紧牙，受点罪。爹对刘老中医微笑着说："我又不是三岁两岁的小孩子，难得好的快些，不怕受罪，什么法子简便就按什么法子来。"刘老中医见爹是个硬汉子，也不再顾忌什么，把一根铁的火摐子，插入喷吐着鲜红火苗的炉口，烧红了拔出来，一下子插到爹的毒疮上，哧的一声，一股青烟冒出来。但爹抽着旱烟袋，既不咬牙，也不切齿，面不改色，一声没吭，一副若无其事的样子。刘老中医赞叹不已，逢人便讲，自己行医大半辈子，只听过关公刮骨疗毒，还从没见识过这样坚强的人。在手术后的第二天，爹就下地干活了。

在人生旅途中，经历过生死关口的人毕竟是少数。爹碰到过，那完全是一个误会所导致的。那是在 1947 年前后，我们那地方以沭河为界，河东边是共产党占领的区域，而河西边则是国民党统治的地盘，你攻过来，我打过去，处于拉锯战状态。战况特别复杂，敌我双方对往来沭河两岸的人员，非常警惕，严加盘诘。有那么一次，爹从沭河东边到沭河西边的重沟集市上卖东西返回来，走在东岸边小树林中的羊肠小道上，与一个从未识面的穿戴比较讲究的中年男子走在一块儿。谁知那个中年男子脖子底下挂笊篱——捞着说，主动与爹东一句西一句地攀谈起来。当时，有个共产党的地方武工队的队员，在巡查中认出与我爹走在一起的那个人，是曾参与残害共产党村干部事件的不法地主。他与另外几个武工队员一嘀咕，认为爹与坏人在一起，聊得还挺热乎，肯定是一伙的，甚至可能是那个地主的狗腿子。这几个武工队员不由分说，就把那个地主与爹一并抓起来，分别用绳子捆绑在沭河岸边的两棵大树上，哗啦一声，把子弹推上了枪膛，就要把两人一块儿枪毙。那个地主当然心里有鬼，早已吓得魂飞魄散，哀求饶命。爹没有做什么亏心事，很沉着，就对那几个武工队员说："这个玩笑开不得，东西两庄的人都知道，我是穷人，不是坏人，要开枪也得打听打听，不能冤枉好人，我也跟着共产党抬过担架，上过前线，见到八路军对自己人像亲人，可没有见过你们几个这样的。"就在几个武工队员迟疑之时，过来一个曾同爹一起给地主扛过活的大高个子武工队员，他一眼认出爹来，证明爹是个好人，并为爹解开了捆绑在身上的绳子。爹获救了，那个地主却真的被枪毙了。爹曾对我说过："遇到这种危险情况，沉不住气，慌了手脚，连个该说的话都说不出来，还不得吃枪子儿，小命就搭进去了。"

在"大跃进"年代，大刮浮夸风，最流行的一句话就是"人有多大胆，地有多大产"。我们邻村一个叫刘一耿的小学公办教师，不知听了上级哪个领导干部的指示，用黏性大的黑色泥巴，做出来一个大地瓜模型，上面贴满了真地瓜皮子，以假充真，号称"八十三斤大地瓜"，并吹嘘是小学里的师生，在校园的空地里，追了一千斤大粪，使用各种科学方法栽培出来的。那个姓刘的老师带着一帮子学生，用一辆地板车拉着这个假的大地瓜，敲锣打鼓地轮番到各个村庄炫耀。有好多人信以为真，认为是"大跃进"的奇迹。我爹是个耕田种地的老把式，哪里会相信这鬼把戏，当场守着许多人就挖苦说："吹，吹，使劲吹！别吹鼓了底。我当了一辈子庄户人，心里跟明镜一样，要是一个地瓜能长到八十三斤，那地蛋（土豆）就能长到五十斤一个，黄豆粒就能长到半斤一个，这不是大睁着两眼说瞎话，跟小孩子泚尿窝一样吗？"有人劝爹少说不中听的话，别叫"毛窝子嘴"（驻村脱产干部的绰号）知道了，给你拔了“白旗”，扣上破坏“大跃进”的帽子。爹不听劝，还说怎么了，一不偷二不抢，嘴上又没糊膏药，不兴说话了。爹还是照样人前人后地去说。

说来也巧，在这个当儿，村里与公社里的干部，让爹和村里另一个老农搭档，到村东的一块试验田里，搞什么小麦“密植”试验。他们怕爹不听吩咐，就先给爹打预防针，一个劲儿地说什么：“多下一粒种，就能多长几穗麦，多下种子，就能放卫星，一亩高产上万斤。”那个老农在前边扶犁开沟，爹就挎着柳编的篼子，跟在后边撒麦种子。实际上，爹已经够放开，撒得够多。而盯在后边监督的公社干部，还是嫌爹撒得太稀太少。爹早已把生气变为赌气，就一把一把地撒麦种子。但那个公社干部还是训斥爹老脑筋，太落后，榆木疙瘩不开窍，不懂科学种田，那麦种又不是你家的，咋不舍得多撒呢？爹忍无可忍，哪里受过这种窝囊气，就把一篼子麦种，足有十七八斤，一下子全倒进犁沟里。爹对那个公社干部发脾气说：“别以为吃了两天公家饭，穿着四个口袋（中山装），两手插在裤兜里乱拽摇，就灯笼挂在树梢上——高明了，这叫啥密植？还不是买个鳖烧着吃一样，白白糟蹋粮食，还高产，还万斤，恐怕连种子也都打了水漂。就算俺村里的‘愣大仁’，也干不出这种没边没沿的事来。说我不会种，那就另找会种的去种吧！”爹撂下这番话，就扬长而去。爹就是这样的脾气，信奉“有理走遍天下，无理寸步难行”。碰到要理论的事儿，要他心里信服，必须占着理，不占着理，怎么打压他也不会服气。

爹这个人不懂什么是唯物主义，还真挺“唯物主义”，从来不信有什么鬼神，说那些都是迷惑人、忽悠人的。有人把夜晚飘来荡去的磷火，说成是“鬼火”，是亡灵之魂。爹虽不会用科学方法去解释，但绝不认同这种迷信说法。村西的“祥林”，是一片好大的坟地。爹就一个人晚间去那里追“鬼火”，就是想看看“鬼火”究竟是个什么东西，追了好几次，也没有追着。听别人说，如果倒穿着鞋拖拉着地皮去追就能追上，爹如法炮制，这样去追依旧没有追上，爹也就不再追了。爹哪里知晓，人们所说的“鬼火”不过是人和动物的尸体腐烂时分解出的磷化氢，那自动燃烧的白色带蓝绿色的火焰，随风飘荡，人行生风，岂能追得上。村里也有胆量大些的人，但没有一个人敢像爹一样，在夜里独自去坟地里追“鬼火”。

那年夏天闹“水鬼”，谣言四起，弄得草木皆兵，人心惶惶。我就听人家说，这“水鬼”晚上才会出来，还会变幻各种花招儿，专找小孩子下手，伤害小孩子。一到晚上，在三弯巷里，大都是一家子，或是几家子，集中到一家院子里，一块儿纳凉睡觉。我们这些小孩子，都要睡在中间，周边大人保护着。我们家人多，都在自家院子里纳凉睡觉。每到晚上，爹就对家里人说：“我不害怕，由我站岗，你们都放心睡大觉，都说有‘水鬼’，都没有见着‘水鬼’，哪里有什么‘水鬼’，我倒想看看‘水鬼’到底啥模样，是三头六臂，还是青面獠牙，最好能逮住一个，也让大家都看看新鲜景儿。”我们家东邻是二大娘家，二大娘特胆小，整天疑神疑鬼，家中院子又大，就拉来别的两家子，一块纳凉睡觉壮胆儿。我所目睹，一墙之隔，我们家里安然无恙，二大娘家里却接连闹了两次“水鬼”。一次，天刚黑不久，忽听得二大娘家惊叫声一片，许多人拿着翻地瓜秧的秆子等物件，打得墙头乒乓乱响。我爹抄起一把铁锨赶过去帮着捉“水鬼”，问二大娘“水鬼”在哪里，二大娘讲，自己从茅厕出来，一抬头看见从墙头上忽地闪过去几个小黑影儿，吓得喊了一声，大伙就抄家伙对着墙头开打了。我爹一听就知晓了原因，对二大娘说：“这不是什么‘水鬼’，是几个蝙蝠捉蚊子吃，我早就看见了几次，在墙头上飞过来飞过去。”再一次，已到了深夜，又听见二大娘那边众人吆喝：“‘水鬼’来了，钻到堂屋里去了。”爹又抄起一把粪叉子赶过去帮着捉“水鬼”，问二大娘果真看见“水鬼”进堂屋了吗。二大娘说：“我想上堂屋里拿把蒲扇，但又害怕不敢进去，从门缝里看见屋内地上有亮光，不是‘水鬼’是什么？”爹进到屋里，看了一阵子，又看出了门道，从堂屋出来对二大娘说：“这哪里是什么‘水鬼’，你也不仔细瞅瞅，就一惊一乍，那亮光不是从门缝里透过去的月亮光吗？”二大娘连续折腾了两次，把那两户人家也折腾走了。

爹科学知识懂得少，一些本来属于有科学道理的事物，人家说服不了他，他就跟人家抬杠，难免闹出一些笑话来。一年夏季，一连多日阴雨连绵，田地里杂草丛生，生产队组织社员在地瓜地里，一人一沟用手拔除杂草。与爹挨在一起拔除杂草的是一个在县一中上过初中的人，懂得一些天文地理知识，便告诉爹，我们都生活在宇宙里，人类居住的地球，与太阳、月亮和众多星星一样，都是悬浮在太空中的。爹不相信那个初中生的说法，认为那么大的一个地球，怎么能像一个气球一样，在天上悬浮着掉不下来呢？爹从地瓜沟里抓起一把泥巴，攥成一个小圆蛋儿，猛地使劲抛向空中，泥巴球很快就掉落下来。爹对那个初中生说："你看看，这么个小泥蛋子，都在天上悬浮不住，地球那么大，怎么能够悬浮得住呢？"看来那个初中生对太空的知识，也是只知其一不知其二，竟被爹问得哭笑不得，无言以对。爹把这桩事，当成一生中的光彩事之一，你想想，一个老农民难倒了初中生，能不光彩吗？爹不知道把这桩事给我讲过多少遍，从我上小学，一直讲到我上初中，上师范学校。终于有一天，我告诉爹，那个初中生讲得对，你讲得不对，爹才不继续讲下去了。

爹除了教育我们孩子，要忠孝，要实诚，要勤快，要有正当心眼儿，还特别教育我们：人生一世，草木一秋，为人不能像软柿子一样，任人捏合，活得窝窝囊囊，要挺直腰杆子，说话叮当响，甭叫人家门缝里看人——瞧扁了。我们兄弟姊妹七个，大都没有从爹身上学到那种倔强的劲儿。我虽然不是那种失了火就趴床底的人物，但比起爹来，相距甚远。只有我那当过大队干部的二哥，在性格与行事上与爹有几分相似。那一年，二哥与大队书记产生了点小摩擦，二哥嫌大队书记收了一条想入党的青年所送的三斤七两的鲤鱼，在开党支部会议时，二哥就给大队书记直截了当地提了出来。二哥说那个送鲤鱼的青年，把送鲤鱼一事传播得满庄人都知道了，影响不大好。大队书记多想了，以为二哥想把自己赶下台，去抢班夺权。大队书记跑到公社里告状，公社便派一个专管杀猪卖肉的脱产干部，到我们村处理两人的矛盾。这个脱产干部为了讨好大队书记，就念着伟人的最高指示，组织一帮子好出风头的人批判二哥，说二哥就是《毛主席语录》中所说的混进党里的资产阶级阴谋家、野心家，暂且以敌我矛盾，当作人民内部矛盾来处理。那时我还不大，很是替二哥担心，觉得二哥难以逃过这一劫。但是爹安之若素，似乎并不当作什么大事。爹很支持二哥，给二哥撑腰打气说："这是运动，运动来了就找靶子，运动完了就撤靶子。你说大队书记不清白，收了人家的礼，就是走到天边上，也不能说你说的有什么毛病。"二哥被批判了五六次，越批二哥越硬气，就是不后退，不低头，那个帮大队书记整二哥的脱产干部毫无办法，只好灰溜溜地收兵了。二哥受了委屈，岂能善罢甘休，把大字报贴到了那个脱产干部院子门口，要他纠正错误，赔礼道歉。过了一段时间，二哥不仅没有倒下去，反而当上了大队副书记。

爹虽然叫"守权"，但无权可守，倒是不软弱，不俯仰，守住了刚强与尊严，已实属难得。

娘的口头语

在老家沂蒙山区的乡村里，人们把一个人经常不自觉地挂在嘴边上的话，叫作口头语。

我娘也有个口头语，只要一见到可怜的人，就一定会去说："太可怜人。"娘的口头语，可不是石灰抹嘴白说说，那是要吐口唾沫砸个窝出来的。

我家所居的三弯巷里，从东到西住着二十多户人家，在上了大岁数的女性中，被众人以人性好高看一眼者，除了巷子里的"老虎"（独生子乳名）的娘，那就要数着我娘。我听说"老虎"娘（我称大奶奶）的爹是一位很有名的老中医，所以她从小耳濡目染，会用一些草方法，给小孩子医治一些常见的小病。我也没有少被娘领着找大奶奶看病，在我看来，大奶奶和蔼可亲，像菩萨一样。我娘被许多人尊重，不是靠有什么技能，靠的是慈善心肠。在三弯巷里，也不仅仅在三弯巷里，谁家有个什么灾，有个什么难，一时碰上过不去的沟沟坎坎儿，我娘大多会去搭把手儿，设身处地给人家一些力所能及的关照。就凭着这一条，我娘也跟大奶奶一样，有着非常好的人缘儿。其实，在乡村里，有娘这样人性的人，还真不少，他们善良，见不得别人可怜，总会以微薄的力量施以援手。

我小时候，与三弯巷里比我大几岁的“立站”大哥好得一个头一样。一有空儿，我就跟随他折腾一些杂七杂八的事儿，捞鱼、摸虾、捉蚂蚱、逮知了猴……但在春日里，娘从不允许我跟随“立站”大哥拿逮鼠铁夹子，去村西边与北边的杂树林里，捉那些过路的候鸟儿。我娘屡次对我说：“这些雀儿，南来北往，一年才好不容易飞过来一趟，一对对，一群群，在天上飞得自由自在的，一下子就给夹死，太可怜人，有的人怎么会忍心干这个呢？”在夏日里，娘也不允许我跟“立站”大哥去蛙声一片的东大荷塘（亦叫“东大沟”）的芦苇荡，或岸边的庄稼地里，用寻来的豆虫之类的昆虫作为诱饵钓青蛙。我娘也屡次对我说：“你看那些人，逮到青蛙，用树条子穿着，蹲在大沟水边上，用镰刀锯掉头，还要扒了皮，弄得血淋淋的，太可怜人，有的人怎么会下得去手呢？”我不能不听娘的约束，不敢去干被娘视为“伤天害理”的捉鸟逮蛙的事。

在三弯巷里，人们都知晓，我爹特别勤劳，我娘也非常会持家，过的是那种不太愁吃也不太愁穿，但也不太舍得吃舍得穿的小日子，要不也没有什么本钱去帮衬别人。

住在我们家大门口斜对过小夹道里的邻居，不像我们家东边、西边和后边的邻居那么几十年不变地固定着，而是常有变换。我上小学三四年级的那阵子，就变换过两家。那是一座带个小院子的三间草房子，房子真正的主人，我从未见过，听说是早年间闯了关东，好几十年没有回来。这空闲着的房子，也就被大队里临时用来安置一些外来的暂无住房的人家。

那年夏天，一户从南方来的受了水灾的难民住了进来。这家人除了40多岁的夫妻俩，还有一个出门就拄拐棍行走的多病的老爹，一个同我年龄相仿的叫“福心”的男孩子。他们家带着被洪灾摧折的伤痕跨省远道而来，要面对的困厄肯定不少。娘爱揽事，人家也没来求助，就登门把事揽了回来。娘回家说：“人家叫大水淹了，抛家舍业，要什么没什么，太可怜人，人心都是肉长的，能帮一把就去帮一把。”他们家缺少什么生产、生活用具，甚至柴米油盐，只要人家一张口，我娘都是有求必应。他们家也想吃在南方从来没有吃过的煎饼，用石磨推出杂粮糊糊后，却不会用鏊子烙，我娘就给他们烙出来。他们家缺少蔬菜，我娘就隔三岔五地送些自己家菜园子里种的白菜、萝卜、茄子、辣椒等。入了冬，一天比一天冷，我娘瞅着他们家的“福心”仍穿着来时的单衣，冻得老是抱肩膀儿。我娘又操上了心，去问他娘：“大冷的天，怎么不赶紧给你家小子套棉衣呢？”他娘连连叹气说：“这不正愁着，上哪儿弄棉花，想套也套不了。”我娘比人家都上紧，还埋怨人家咋不早言语一声呢。娘回到家里，把我穿过多年的一件大棉袄找出来拆了，让弹棉花的人，把旧棉花套子弹巴松软，就抱着到他们家里，一起帮着把“福心”的棉裤棉袄套出来。第二年春上，他们南方家里被洪水冲垮的房子重新盖好了，他们也就返回了家乡。他们一家曾让“福心”给我们家写过几次信，每次信中都是一大堆感激的话儿。

过了年余，这座空的房子里，又新住进一家从上海搬来的，老少七八口子。这家人原本就是早年从我们村里走出去的，在上海什么工厂里当工人。那节骨眼上，我听见家中的有线小广播里，一个劲地播送“我们也有两只手，不在城里吃闲饭”的内容，大概他们家就是响应这个号召回乡务农的。我最初以为，这户人家与上户人家不同，在大城市里混过，还能手里不趁钱？但接下来发生的一件事，让我知道他们家手里还真没有多少钱，有点钱也在搬家与安家中花光了。他们家有一个五六岁的女孩子叫“猫头”，几乎没有一天不在巷子里与其他孩子活蹦乱跳地玩耍，特别乖巧，尤为讨人喜欢。我娘是个有心之人，发觉有好些日子，巷子里不见了“猫头”的踪影。我娘挺纳闷，觉得不太正常，忍不住要去打听。我娘从他们家回来，就抹着眼泪对家里人说：“小‘猫头’长病多天了，身上都是脓泡泡，一直躺在床上，不吃不喝，眯眼不睁，看样子病得挺厉害。他们家又没有钱给治，老是拖着，太可怜人。人家跟咱对门守户，咱咋能在一旁装没事人，这不是毛猴子（狼）啃蓑衣领子——没人味了。”我娘一点儿也没有犹豫，从自己的枕头底下找出五块钱，赶紧给他们家送去，叫他们快点儿上公社卫生院给孩子看病，别再耽搁下去。那年头，生产队里一个壮劳力干一天活，也不过工值一两毛钱，五块钱也是大钱了。过了不长时间，“猫头”娘就给我娘来报好消息，说是找大夫看过了，拿了药，打了针，“猫头”已经好利索了。这家人过惯了城市生活，不甘心待在农村，后来又去了外地城市，那“猫头”却留下来，出嫁在邻村，逢年过节时，大都会带着孩子来看望爹和娘，老说大恩情一辈子忘不了。

挨着我家宅子后边住的叫刘居行，是一个四十多岁的光棍儿，虽说不傻，但也缺个心眼。因为跟别人打赌，硬充大个的，一次吃下八斤鲜豆腐，差点撑死，得了一个“胀蛤蟆子”的外号。我都不愿搭理他，老大不小的人，还跟一些偷瓜摸枣的小儿一样，在夜间攀爬到我家宅子外面的杏树上偷摘杏子。说起来，他过的日子也太稀里糊涂，家里的烟囱只是早上冒一次烟，做好一次饭，要吃上一整天。有天早上，我娘准备烙煎饼，从宅子外边的草垛上扯柴火回来，就对二嫂说："我怎么这两三天早上都没看见居行的小屋子里冒烟，恐怕是出了什么不好的事。他也有哥有侄子，从没见踏过来望望他，太可怜人，怎么也得过去瞅一瞅，别有个什么三长两短的。"我娘叫二嫂替自己烙煎饼，便匆匆来到他的屋门前，连敲带喊，也不见动静，娘就知道凶多吉少，一下子把屋门推开，看见他不在床上，正趴在灶旁的草窝里，吐得满地都是污物，已昏迷很久了。我娘赶紧奔回家里，对刚从小沙河挑水回来的二哥说："可不得了，居行跟死了一样，太可怜人，赶紧请大夫去。"我二哥一溜小跑，找来村里的"赤脚医生"刘宪华，连打针带吃药，弄了大半天，才把他抢救过来。刘宪华说："挺危险，已烧糊涂了，有了肺炎，再治晚点，有大麻烦。"有好些农村人就这样，有病也不治，就那么熬着撑着。有好几天，我娘都给居行做点好吃的送过去，不是面叶子，就是面疙瘩汤，我生病的时候也不过是这个待遇。那天早上，令我诧异的一幕发生了：我们全家人正在堂屋里围坐着饭桌吃饭，就看见居行过来，他什么话也不说，一下子趴在屋门口，就给爹和娘磕了一个头，跟受委屈的小孩子一样，抽抽搭搭地哭起来。这又不是过大年，我平日里还真没见过这样特殊的磕头方式。我家宅子后边地势低洼，下了大雨就会积水，爹就会叫我穿上雨衣去挖沟排水，以防浸泡坏房基。那日又下大雨，爹又叫我去排积水。去了一看，真是太阳从西边出来了，居行正穿着雨具在那里挖沟排水，还不停地摆手示意叫我回去。我明白，这是以人心换人心的结果，人家是在报答我们家。我还想，他恐怕以后再也不会偷摘我家杏子了。

我娘对一个“缺心眼”的人不嫌弃，对村里的“愣大仁”也不嫌弃。

村里的刘居仁是个“楞子”，被人们呼为“愣大仁”。这“愣大仁”祖上为大户人家，在家塾中受到过良好的传统文化教育，在村里是最系统的读过程朱理学的人，也是认识繁体汉字最多的人。爹告诉我，“愣大仁”小时候并不太傻，长大以后，才变得一天比一天傻，都说是痴迷读《易经》读傻的。在他父母去世后，他老婆带着儿子改嫁，他也就成了居无定所的以乞讨为生的流浪汉，唯一的嗜好就是在大街小巷的墙壁上，用自制的石灰粉团，无休止地书写村里几乎没有人看得懂的“四书”“五经”的章句。村里的人对“愣大仁”议论最多，既议论“愣大仁”生存的悲惨，也议论周围人对待“愣大仁”所暴露出的丑恶的人性。我娘在“愣大仁”活着的时候，关照颇多。我娘常对我们孩子说：“‘愣大仁’是村子里最可怜的人，整天叫人踢过来踹过去，没有几个人拿他当人待，他一肚子学问白瞎了，要不是愣，谁敢拿下眼看他，谁要是没有人性，在他身上丧良心，会遭天打五雷轰的。”“愣大仁”在村里讨饭，只是到谁家门口一站，也不言语，站上一阵子，人家不给也就走了。他跑个十家八家，也讨不上一口吃。因为饥饿，常去扒苘麻的种子吃，也常去菜园里薅韭菜吃……因为胡乱吃，不知是中毒，还是难以消化，死过去又活过来很多次。“愣大仁”讨饭久了，也就知道谁家会给，也就只去谁家要。我们家也就成了“愣大仁”选定的几个定点式的乞讨点。“愣大仁”每次到我们家门口，我娘都尽量多给一些，为的是让他少跑几个门就能吃饱。在冬季大风雪天气里，身上缠满破布条破棉絮的“愣大仁”，就靠钻入一些人家的地瓜窖子生存下来，在里面不仅暖和，也可饿了吃些生地瓜。他钻入人家的地瓜窖子，多是被发现后揍一顿赶出来。因为钻入自己亲哥刘居吉的地瓜窖子，被他的亲侄子“小黑”用铁锨齐刷刷地铲掉了左脚的五个脚指头。那年冬天，又是大暴风雪天，屋檐上都挂着尺余长的冰锥，是多少年不遇的冻死人的天气。在傍晚，我姐拿着篮子，到宅外自家地瓜窖里取地瓜，掀开封堵在地瓜窖门上的草苫子，朝下一打量，在朦胧中发现头上扣着讨饭瓢的“愣大仁”正蜷缩在里边。其实，他已经住进地瓜窖里好多日子。我姐想把他撵出来，但任凭怎么吆喝，“愣大仁”也不出来。我姐回到家里对娘说了，娘不让把“愣大仁”从地瓜窖里撵出来。我娘对家里人说：“天太冷，小家雀还有个屋山头住着，‘愣大仁’连个屋山头也没有，太可怜人，咱要是把他撵出来，他说不定一夜就冻死了，咱先让他在里头暖和着，好了天再叫出来。”在春、秋季节的晚上，“愣大仁”的存身之处，就在村西头一个废弃的破屋子里，曾有几个缺少教养的半大小子，在夜间不止一次地向破屋子里投掷石块和砖头，以砸中“愣大仁”从而听到他发出的哀号为乐。我娘听我说了，气得浑身哆嗦，也不怕得罪人，直接找到几个小孩的门上，让家长们好好管教自己的孩子，别去伤害一个不能再可怜的人。我娘告诉人家说：“人在做，天在看，愣子的命也是条命，一石头砸死，吃不了兜着走。”那几个小孩不是被家长训了，就是被家长揍了，从此不敢再去干这种缺德的事儿了。每年过春节，当热气腾腾的饺子从锅里捞出来，我娘就会说：“咱们过年吃饺子，也得让‘愣大仁’过年吃上饺子。”娘大都让我在村里转一遭儿，在什么地方找到“愣大仁”，送上一碗饺子。“愣大仁”只知道好吃，不懂得言谢，但娘不是为了赢得回谢。

说起来，我娘一个字不识，不懂得什么书本上说得头头是道的大道理。我真的不知道，娘的善良是骨子里就有的，还是村俗民风熏陶的。我只知道娘常言：“但行好事，莫问前程。”这也许就是娘存有爱心的动力之源，要不每当家里有了什么喜庆的事儿，诸如孩子考上大学了，孩子到国家机关参加工作了，家里又添了孙子、孙女了……我娘都会归结到一句话上：“这都是修好修来的。”我娘是一个平常的人，做的也是平常事儿，但一些看来不平常的人，哪怕是富有的人，高贵的人，做大官的人，也未必能做出这些平常事儿来。

想起娘，我就不由想起那东大荷塘里盛开着的白莲花。娘就像那圣洁的白莲花，在我心中一直绽放着。

兄弟姊妹

人老了，也就会去更多地翻捡兄弟姊妹的那些往事。

在我们第三生产队里，说起兄弟姊妹多的家庭，我们家占不了第一，屈居第二。有王姓一家，人家是八个，比我们家还多一个。在我们七个兄弟姊妹排行中，我排第五，前边还有三个哥和一个姐，后边还有两个小妹。外人咂舌，都说我们家户大兵多，人丁兴旺。我们家却有一个大大的特殊，就是有两个哥一块儿过继给别人家当儿子了。在我们偌大的村子里，这至今还是未被打破的纪录。

我爹弟兄三个，他的两个哥，也就是我的大伯和二伯家，每家都只生了一个闺女，没生出小子来。这在乡村人们浓厚的传统观念中，算是断了香火，会在死去时连个摔丧盆的都没有。两个伯同病相怜，一齐发力，非要从我们兄弟四个之中，各过继一个男孩当儿子。爹和娘面不辞人，哪里顶得住两个伯轮番地软缠硬磨，也就极不情愿地答应下来。这对爹和娘来说，还真是一个大难题，叫谁去，谁都把头摇得像货郎鼓儿一样。最后，爹和娘只好想出一个办法，让两个伯自己去挑，挑中哪一个，就领走哪一个。爹和娘心里有数，两个伯至少不会挑我，我才 3 岁，他们把我领到家里，既不好养活，也不能立竿见影。两个伯坚决不选二哥，也坚决不选我，二哥和我算逃过一劫。两个伯说二哥像我爹，性子倔，说话冲，几句话就打发一个主儿；还说我是小苗儿，养个三年五载，也是白搭上饭，中不了什么用。大伯先挑，挑走大哥，认为大哥最勤快，最利索，也最有劲儿，吃不了闲饭。二伯挑走三哥，认为三哥长得俊，脾气好，不愁说媳妇，打不了光棍。过后，我听娘说："他们还不想要小四，想要也不给，我看我们小四以后一定有出息，爹和娘能沾上光。"我也不知道两个伯怎么想的，对待自己选中的我的两个哥，却没个疼热，一点儿也不好，不仅不让上学，还嫌他们吃得多，动不动就甩脸子，甚至夺走他们正拿在手里吃着的煎饼，两个哥没少受委屈。我都见过有那么好几次，大哥和三哥，尤其是三哥，偷偷跑回家里，给娘边诉边泣，娘能不痛心，也陪着抹眼泪。这叫娘怎么办，这事儿已经一瓢水泼在地上难以收回。我也记不清，在以后的岁月里，两个哥当着我的面唠叨过多少次，说："那时候爹和娘是不是有点偏心眼，怎么不让你们两个去，偏让我们两个去，挨这个折腾。"一直到那年，我从省城里回去，听到他俩还说这种话，就想起刚读过的《红楼梦》里写的"山木自寇，源泉自盗"的话，就对他俩说："别去怨爹，也别去怨娘，谁叫你们太过优秀，把我们俩比了下去，才叫人家挑走的。"我这么一理论，还真把他们俩的嘴巴堵住了，他们再也不扯这个话题了。

这砸断了骨头连着筋，大哥和三哥虽离开了家，但对我这个小弟，依旧一往情深，呵护有加。

打我记事，大哥就在生产队里一直当副队长，换了三任队长，哪一任队长都愿意让他当助手。作为长子的大哥，一见我有个病儿灾儿，都是最上紧奔在前边。我 9 岁那年夏天的一个傍晚，突发疾病，一个劲地抻着脖子，呕吐很苦的黄汤，那胸膛里边，疼痛得像刀扎一样。我从娘的背上挣扎着栽在地上，打了一阵子滚儿，就什么也不知道了。大哥听人传信儿，一口气从“六大片”的坡里跑回家来。这时天已漆黑，偏又遇上滂沱大雨。爹在前边打着灯笼，大哥赤着脚走在泥水里，把我背进乡里的卫生所。一位姓刘的老大夫，整整抢救了一夜，才保住了我的性命。在我上小学和中学那会儿，星期天或寒暑假期里，也大多会到生产队里参加劳动挣工分。我和同村的老伴常回忆起这段往事，老伴就揭我老底儿说：“谁不知道，是亲三分向，你大哥当队长，没少让你干惬意活儿。”想一想，还真是那么回事。我去生产队里用镰刀割麦子，人家男的壮劳力割六个垅儿，小“花木兰”（代称女青年）割四个垅儿。我这样的小孩子，也不知道该割几个垅儿。但自己要面子，也要按趟割四个垅儿。大哥走到我跟前，递个眼色，又用手指头朝我身上一戳，悄悄说：“割三个垅儿。”我割三个垅儿，也被人家甩在后边，人家都割到了地头，我还有大半截子没割完。大哥六个垅儿割完，就过来给我接趟。这接趟与被接趟，那都是有情与爱在里边，无缘无故的，谁去操这个闲心。除了大哥给我接趟，还有一个男青年，专给一个小“花木兰”接趟，谁都看穿不说，他们俩是情发一心相好的。大清早，一听到大哥在大街小巷里吹响的嘟嘟哨声，社员们便陆续聚集到一个叫“大肚子”的沟边，听大哥分派当天的农活。别人都被点了兵，就剩下我一个没有领到活儿。我便着急问大哥自己去干什么，大哥神秘一笑，不是告诉我去跟着老妇女捣粪，就是告诉我去旋粉皮。这捣粪的活轻快，与老妇女一堆儿，干一小会儿，能歇一大阵子。这用地瓜淀粉旋粉皮，不仅能学个技术，而且还有机会吃到旋碎的粉皮，一桩美差儿。

小时候，最喜欢三哥带着我去寻乐。那会儿，三哥被选到大队里当羊倌，所牧之羊，不是十头八头，而是好几百头的一大群。去时与归来，我也像三哥的样子，在羊群的前边或后面，嘎嘎地甩着鞭子挺风光。我被三哥领着去得最多的地方，当为村南边那条叫"泥腿沟"的小河。那条小河状如两边微卷着的大芭蕉叶儿，清澈的水流能照出人影儿，如舞动的飘带蜿蜒远去。那覆盖岸畔的蔓草、野花、红草、灌木，纵横杂乱地疯长着。这里鱼儿多，鸟儿多，蛙儿多，蜻蜓多，蚂蚱多，各种各样叫出名来或叫不出名来的昆虫多。这里有着原生态的自然风光，真是令我们孩子着迷的天然乐园。不过，这里蛇也特多，连水中都有蛇，三哥知道我怕蛇，总是不让我远离他眼前随便乱跑，怕出什么意外。三哥会带我去东风干渠与泥腿沟交汇处的大水洼子里，隐在一片蒲草后边，窥探打鱼郎子（翠鸟）和野鸭子捉鱼戏水儿。三哥还会带我去红草地里捉蹦的、飞的蚂蚱，去清浅的水流里围追堵截一种有着红眼睛和红鱼鳍的马口鱼，去临水浸润的滩涂上挖食红褐色的荸荠，或去拔一种能用来编织蓑衣的葱绿的鸡冠子草。最让我难忘的是三哥让我提着他给我用高粱莛儿（穗杆）做的小笼子，去灌木丛或豆子地里捉公的蝈蝈，每次都能捉上几只，放在小笼子里，挂在家里听它们唱曲儿。三哥不管是网鱼还是钓鱼都是高手。他几乎每一次去逮鱼，都少不了带着我去。那一回，午夜里又下起大雨，三哥又来我家咚咚地砸门，说是东风干渠上游的龙窝水库又放水了，一块儿用邀网子，到干渠闸门口下边逮大个的土鲫鱼去。我跟着三哥到了这个很少有人去的地方。三哥把带来的一根长绳子，一头拴在岸上一棵粗大些的槐树干上，另一头系在我的腰上，怕我掉进水里去。那天晚上，真的网到不少大个的土鲫鱼。那一条鲫鱼竟有半斤或一斤重，脊背高高，嘴巴撅撅，近乎鲂鱼模样。三哥好舍得，挑了最大的五条鲫鱼，让我带回去，一再提醒说："千万别叫俺家你二伯知道，知道了会说我有外心，你拿回家里，好给咱爹和娘炖炖吃。"在风和日丽的天气里，三哥也会带我去沟里河里，用缝衣针弯成的鱼钩，挂上逮的苍蝇，去钓脊青腹白的餐条鱼。他在前边挥竿甩钓，叫我在他身后摘钩捡鱼。有一回，三哥失手，甩回的鱼钩，钩在了我的眼皮上。打那，三哥小心了，再也不敢叫我干那事儿了。

在我 10 岁那年，作为家中顶梁柱的二哥，决意要闯关东，说是老这么守在家里打死坷垃头子，连个来钱的门路都没有，如果不出去挣点钱，就是弟与妹上好了学，也供应不起。二哥一去，家中就剩下老的老，小的小。在这种情形下，我和姐及两个小妹，要想都去上学，已经很不现实。首先是姐提出不再去上学，在家里协助爹和娘操持家务，去生产队里挣工分，让我和两个小妹继续上学。姐虽身子单弱，但在家里干家务，手脚不识闲儿，不是放下挑水的钩担，就是摸起扫院子的扫帚。我要帮着她一起干，她就不让伸手，说："看你的书，做你的作业去吧，别耽误了你的正经事儿。"在冬季的星期天，我与姐搭档，抬着好大的棉槐条子编的圆筐，从东风干渠的岸边向生产队的养猪场里搬运垫猪圈的黄土。所装的黄土要过磅秤，我们装得越多，才能挣越多工分。每次筐里的黄土都冒尖，重达200多斤，已经到了我们所能承受的极限。我俩抬着走，我的两条腿不作主儿，想着走直线，却老走曲线，不是歪斜到路这边，就是趔趄到路那旁。姐姐担心压坏我，总把系筐的绳儿，在扁担上向自己那头挪移，尽量地靠近自己那一端。抬上一趟黄土，要跑二里多路，抬到了地方，我看见姐的嘴唇都是紫的，腿都是抖的。姐从小辛苦劳作，备受煎熬，埋下了心脏病的祸根。姐虽然后来找了个比较好的军人对象，组建了比较幸福的家庭，又儿女双全，但没有过上几年好日子，就过早地先我们而去。

二哥闯关东后没过几年，娘患了一场大病，虽然医治得好些，但身板儿一天不如一天，家中连烧火做饭都成了大问题。无奈之下，二妹也只好提出不再上学，只让我和三妹继续上学。那时，二妹正上小学三年级，在班里当班长，学习拔尖，老拿奖状，话虽不多，但有板有眼，特别有准头，搁点儿。她这学业中辍也太可惜。我所内疚的是，同为兄弟姊妹，却没得到同一个待遇，他们用自己的付出，铺垫了我和三妹的人生道路，我们俩能考上学，参加工作，过上好生活，都有他们的功劳。

二哥上过高小，也跟爹学会了打算盘，要不也不能从东北回来后就当上村里的大队会计，又当上村里的副书记。在村里，二哥那个年龄段的人，有个高小文化的，也没有几个人。在我看来，二哥最大的心事就是支持我和三妹完成学业。二哥在东北的时候，每次来信，都必定嘱咐我和三妹要好好上学，千万别半途而废。

我清楚地记得，二哥曾在给我寄到学校的信中这样写道：“乡村的孩子，要想混出个人样儿，一是当兵，二是上学，这两条路走不出去，就一辈子一条腿插在墒沟里了。”二哥从东北归来送给我的礼物，是一支我之前从未见过的英雄牌的铱金钢笔，还有一个极为精致的笔记本。那时，我上学从未使用过钢笔，而是带着一小瓶从小商贩那里灌装的蓝色墨水，用的是长杆儿的蘸笔。二哥给我的两件东西，我一直珍藏了很多年，给别人炫耀过，但没舍得去使用。我在学习上有些偏科，语文还好，也喜欢写作文，但数学不大行，考个及格，也就欣然。我第一次考初中，便名落孙山，当时挺失望，很灰心，决计不再复读，打算这一辈子一条腿插在墒沟里算了。但二哥坚决不愿意，逮着我的手，把我硬硬地送到了学校里。那时，按常理说，二哥已有几个孩子，早该分出去单门独户过日子，二哥却说：“爹和娘年龄已大，如果分了家，这个家就塌架了，小弟和小妹的学业，也就打了水漂。”我从中学下来以后，就死心塌地地在生产队里当社员，接受一条腿插在墒沟里的现实，不再追求什么。二哥是个有执着追求的人，一有空儿，就看杂七杂八的书，与村里一个从部队回乡的懂些哲学的人谈古论今，喜欢写个广播稿儿。二哥见我不大长进，特别生气，一下子把我用一块木板搭在床头上的书架掀掉，又用脚朝着落在地上的几本书上跺去。我那本厚厚的日记本，是用两根铁钉子钉在一起的。那铁钉子正好扎在二哥的脚底板子上，二哥虽然十分疼痛，也不好声张出来。二哥发现了我写的日记，连看了几遍，以为写得还挺是那么回事儿，就又高兴了。二哥用据说是朱熹的一篇《不自弃》里的话教导我说："物有一节之可取，且不为世所弃，可谓人而不如物乎！"二哥鼓励我要学习写东西，去搞通讯报道。二哥不断从大队里拿来报纸和杂志，供我学习。按说我也没有什么写作的潜质，但在二哥的影响带动下，多写多练，熟能生巧，还真写出了一些好的稿件，先后被县级、省级、中央级的新闻单位采用。在我考上师范学校和三妹考上银行学校后，二哥按捺不住心中的喜悦之情，跑到集市上，又割肉，又买鱼，请村里至亲好友，给我和三妹送行。在喝过几杯酒后，一向不曾轻易落泪的二哥忍不住哭了，郑重地对我和三妹说了一句话："小弟，小妹，你二哥的任务完成了。"

在兄弟姊妹间，亦难免有求全之毁、不虞之隙。那牙齿还会咬着舌头，遇到些磕磕碰碰的事，也在所难免。在我们兄弟姊妹中，也产生过一些抱怨和责怪，但念及同胞情谊，也就通过沟通交流和好如初。在我们生产队里，还真有那么几家反目成仇的兄弟姊妹。有一家子，有 6 个儿子，在赡养老人上互相攀比，一毛不拔，老爹想向当脱产干部的儿子要 10 元钱去医院看病，被骂出门外，悲愤不已，悬梁自尽。还有另一家子，在分家时，兄弟几个争家产，将家里抢个精光，就连老爹刚从沟里逮到的一条鱼也提走，老爹恼怒不已，喝农药死了。我们兄弟姊妹间，所发生的个别不愉快的事儿，既不是为了争夺家产，也不是为了攀比赡养老人，而是出现在对子女的管教上。我去省城后，村里又有几家的小男孩，因犯罪锒铛入狱，让人触目惊心。这引起我的警惕，深知一个家族的败落，是从一代不如一代开始的。我心里很着急，忙致信二哥，信中说到几个哥家有的孩子出现不好的苗头，要多加管教，不然会在外边惹是生非。二哥拿到我的信，立马找到大哥和三哥家，因为太过急躁，又不计较方法，就直来直去地说人家孩子这不好那不济。大哥和三哥以为是挑刺儿，找碴儿，反说二哥家的孩子也毛病不少，还有脸说道别人。这样一来，事与愿违，闹僵了。过了不久，几个哥家的小男孩还真的惹了祸，在一块喝多了酒，打了另一伙也喝多了酒的人，还砸了人家房子的玻璃窗子。这时候，几个哥才幡然醒悟，毕竟是血浓于水，一拃不如四指近，不计前嫌地凑在一块，共议管教孩子的事情。他们定下了一个杠杠：按咱们四弟说的办，什么他家的孩子，你家的孩子，都是咱自家的孩子，谁都可以去管教，该训的训，该骂的骂，该揍的揍，谁也不能袖手旁观，也不能护犊子，决不能坏了家风，让一个小孩下了正道儿。

爹和娘在世的时候，我和住在县城里的两个妹妹回老家的次数多一些。爹和娘不在世了，也会在每年大的节日里，带些钱和物，看望几个哥与嫂。我只要回老家，少不了会选一个好饭店，请几个哥与嫂吃上一顿团圆饭。2021 年春节，本想着回去，但遇上人人自危的疫情，也觉得已到“倚杖数栖鸦”的年纪，就没有再回去。哥与嫂们已经都是 80 岁上下的人，我这个当弟弟的也该给予更多关照，便给每家送上几千元，让他们过年买点好吃好用之物，算是我和老伴的一点心意。其实我也知道，他们的子女还比较孝顺，也不太缺钱，没啥大困难。如果几个哥与嫂不在了，也许我和老伴回去的次数就更少了，或者也就不回去了。人就是这样，你想回老地方，那是因为那里有你想念的人，如果没有想念的人，还回去干啥呢？

四时泛碧波，
终生皆有节。
相契风雪里，
情缘一脉血。

这是我前几年回故乡，看到与爹有缘的那片竹林，思及兄弟姊妹的情义，在感慨之余写下的几句顺口溜。我和老伴都非常赞赏竹子。这竹子是根根相连、株株相依的君子，也是可以被喻为“亲如兄弟”“情如姊妹”的象征。在兄弟姊妹之间，要是有了竹子的情操，能以责人之心责己，恕己之心恕人，何而不能敦睦相处呢？

捉　鼠

儿时捉鼠，有些上瘾，很是着迷。

初来只是觉得挺好玩，后来则不单是为了好玩，而是视为有担当的正儿八经的大事儿。

在乡村里，那会儿不像现在，没有什么讲究生态环境保护的观念，冬去春来，曾跟随着本族里长我几岁的小名叫“立站”的大哥捉过几次迁徙过路的鸟儿，因遭到老娘的斥责也就住手了。其实，由于不得要领，也几乎没有捉到过什么像样的鸟儿。咱捉天上飞的外行，但捉地上跑的鼠，在我们三弯巷里的一帮孩子中，除了“立站”大哥，那就数着我了。俺老娘都戏言我是猫儿托生，生来专门对付鼠的。

在我手里送命的鼠，往少里估算，也少不了百儿八十只。

不是吹牛，我 6 岁那年，就生擒过家鼠，不过纯属偶然，关门挤着鼻子——巧了。

那是一个冬日早上，晨曦透进窗棂，我从梦中醒来，朝屋巴（顶棚）上一打量，看到一只后来才知道类别的屋顶鼠，如一片鸡的羽毛大小，攀缘在秫秸把子上。我一时也没想出更好的捉它的办法，想到鼠胆小，就声嘶力竭地吼了一声。真没想到，它会被吓得应声而坠，还偏偏落在我的脸蛋上。我快速抓住它，狠狠摔在地上，眼瞅着它蹬跶着四条腿儿一命呜呼。这是我第一次捉到鼠，感到好有趣儿。我用两个手指捏着死鼠的尾巴跑到灶间里，向正在忙着烙煎饼的老娘炫耀。娘也感到意外，笑着说了一句："瞎猫撞到死老鼠。"娘让我把它深埋在院子里那棵月季花根部，说这比什么肥料都好，能让我们看上一年的好花儿。

在"大跃进"的当儿，我刚刚7岁，懵懵懂懂的，也记不清多少事，但凡记清的都是启蒙的事。

有一件事，却清晰地刻在我的脑海里。在我们村子东头的集市上，我连续见识了规模一次比一次大的好几次除"四害"大游行活动。在喊着口号、举着彩旗、敲打着锣鼓的游行队伍中，有一些比我大不了多少的"红领巾"们，手里擎着长短不一的竹竿或木棍，上面挂着用细麻绳儿连缀着的一串串干瘪的鼠干，还有一串串弯曲着的鼠尾巴。这是在展示灭鼠的丰硕成果。我只怪自己太小，尚不能参与。在我的心中，有了这样一种朦胧的感觉：灭鼠不是一件小事，国家都当大事。

我从小就特别憎恶鼠，还有一个非常特殊的原因，就是鼠给我造成的伤害。在我上小学的土道边有一条臭水沟，那水面上经常漂浮着一只或几只膨胀的死鼠，我也弄不清这些死鼠是别人打死丢进去的，还是鼠自己掉进水里淹死的。那鼠身上，围满了忽起忽落的发出嗡嗡声的红头和绿头的蝇子，还有成窝的一刻不停地蠕动的蛆虫，催人呕吐，令人窒息。我那像吃了死老鼠一样感觉的病，就是从那个时候滋生出来的。别说是见到鼠，就是脑子里浮现出鼠，我也会不由自主地从嘴里一口接一口地吐清水儿，是那种沤过的苘麻的味道。娘见我这样，生怕落下什么病根，就把村里一位懂些针灸之术的老人请到家里给我诊治。老人也不切脉，只是用手摸摸我的肚子，也没说出什么病因来，就在我肚子上扎下七八根那种大号银针。这疼痛还不说，我只是担心会把我肠子扎破了。这样治疗了一阵子，我那像吃了死鼠一样的毛病，还是依然如故。但我自己心里清楚，这一切都是不共戴天的鼠造成的。娘对爹说："家中不能有鼠，有鼠会把小孩引出病来。"从那时起，我就帮爹捉鼠，不为别的，就是为了自己，也不能让鼠在我家里兴风作浪了。

在三弯巷里，爹和娘都是勤俭持家过日子的一把好手，每年总是新粮下来时，那陈粮还余下好多。这鼠也有势利眼，会去挑肥拣瘦地选人家。有些缺粮少草的人家，连鼠也不去光顾，人们形容谁家穷，就会说："闲死猫，撞死鼠。"虽说我家"手中有粮，心中不慌"，但也会招来络绎不绝的鼠。那年秋天，爹首先发现，我也随之证实，家中新来了一只像小猫儿一样大的鼠，并且还是只母鼠，已经生出一群鼠崽儿。一到夜间，它们就猖獗起来，那挖洞声、咬食声、厮打声，还有那如同不停抖动纸张的窜来窜去声，不绝于耳，闹得你连个安生觉也睡不成。本来，在诸多的小动物和昆虫中，我只怕蛇，还有毛毛虫，虽厌恶鼠，并不怕鼠，但这次见到了这样大的鼠，也有些怵意。爹也郑重其事地向我下达了消灭它们的命令。爹说，自己在生产队里拼死拼活地劳作，一个汗珠子摔成八瓣儿，也就一天挣个一两毛钱。这伙鼠不知要吃掉多少粮食，咬坏多少物件，它们还在墙根打洞，让雨水灌进来，还不把墙泡倒了？娘也向我报警，说是藏在床底下毛窝子中的一沓钱，有的被鼠啃掉了边。我知道，那些钱是我二哥下了三年关东挣来的，娘舍不得花，又怕别人偷去，才放在那儿的。如此情景，乃如火上浇油，一下子点燃了我那灭鼠的激情，这鼠分明是在吞噬我们家用血汗换来的劳动成果，给我的家庭带来破坏和威胁，我决不能等闲视之。爹本来要求我“十天八日”就要除掉这窝鼠，我作出保证，表示用不了那么长时间，就把它们连窝端了。

我的目标是擒贼先擒王，只要先捉住那只危害大的大鼠，那些小鼠崽儿就好收拾了。

我还真是低估了那只大鼠的狡猾程度。初用铁夹子捉，但大鼠不上当，夹住的只是几只小鼠的尾巴梢儿。我又用上陷阱法，找来一个深腹大盆，将水注至半腰深，在水面上撒上一层漂浮的秕糠，放上一些鼠爱吃的食物，在大盆的边沿上搭上一块倾斜的木板，如果贪吃的鼠从木板上跳下去，就会被淹死。但又让我失望了，大鼠还是不上钩，只是淹死了有尾巴或半截尾巴的小鼠。

我只好去求助“立站”大哥，他在我眼里是个无所不能的人物，鬼点子多。人家那弹弓打得准，指哪儿打哪儿，连树上的知了都能打下来；人家那小鸟养得乖，听说听道，人走到哪儿，它就跟着飞到哪儿；人家捉鼠，不光是家鼠，还有田鼠，那捉的办法都是一套套的。“立站”大哥告诉我，这种大鼠是老油条，警惕性特别高，也许你使用的捉它的办法，它早就领教过了，捉它得用新的高招儿。我在“立站”大哥的指教下，根据鼠爱溜墙根的习性，新设计出一种吊机子，就是用两块大砖头，安装上触发机关，并排放在墙角处，把里边那块大砖头高悬起来，形成一个狭窄暗道，只要鼠从里边通过，咬食装在机关上的鼠饵，那块高悬的砖头，就会瞬间落下，把鼠砸死。对这种新的捉鼠方法，我是信心满满，以前从未使用过，那只大鼠也未必见识过。

那天傍晚，我把吊机子支起，静候佳音。半夜里，爹一脚把我从梦中蹬醒，说："快起来，你支的吊机子可能砸着不小的老鼠了。"我也听到了鼠挣扎着的吱吱叫声，赶紧端着点燃的煤油灯去查看，只见被砸在砖头下的鼠好大劲头儿，把砖头都顶得向上一抬一抬的。我生怕它逃掉，一只脚狠狠地踏在砖头上，那鼠尖叫了几声，也就断了气。我用手提起砖头一瞧，乐坏了，正是那只大鼠。爹高兴地点燃起一烟锅子烟，吧嗒吧嗒地抽起来。在一闪一闪的光亮中，我看见爹一个劲儿地微笑。爹破天荒地批准管钱的娘奖赏我五毛钱，说是叫我去买学习用的铅笔和本子。爹说这钱不是白给的，是从鼠嘴巴里节省出来的。

我虽然在家里捉鼠从未停下来，但是也有个苦恼，就是家里捉光了，过不了多久，别人家的鼠又来我家串门了。我想，要是村里的孩子也像我那样都去捉鼠就好了。我还真等到了一个机会，让村里更多的孩子也参加到捉鼠中来。

我的班主任张老师好别出心裁，于是背地里有些人常嘀咕他神神道道的。在搞爱国卫生教育时，他在班里推出了"两周一主题作文"的活动。他设计的第一个以吃驱蛔虫药打肚中蛔虫为主题的"除虫"活动似乎不太成功，尤其是遭到了女同学的拒绝。最后，这个活动不仅打蛔虫的数量没统计出来，而且同学们的作文也大都没写出来。张老师又找我这个班长议定第二个主题活动，我连思考都没思考，就脱口而出："捉鼠。"谁知正中张老师下怀，称赞说是个好点子。说起来，张老师也是个恨鼠之人。他有个与捉鼠有关的“孝母鱼”的故事，传播挺广。说的是他给他娘买的油炸黄花鱼，被鼠偷食，他娘没吃上，他就一怒之下，带领全家人围剿鼠儿。尤为出名的是他写的《缉拿食掉孝母鱼之恶鼠》的打油诗，我至今还依稀记得几句：“老鼠老鼠瞎胡闹，把俺的一片孝心全啃掉”；“一家老小干劲鼓，同仇敌忾打老鼠”。张老师向我们提出要求，每个同学的捉鼠数量为“一只不嫌少，三只不嫌多”，并据个人捉鼠实情，写出一篇不少于800字的作文。这次的捉鼠活动受到了班里同学的一致热烈响应，大家纷纷行动起来。活动启动的第四天，离活动截止还有十多天，就有36个同学上报了捉鼠数字，已经捉到了79只鼠。

我作为班长，又是捉鼠统计者，看到别的同学捉鼠数量日益增多，真有些坐立不安，跑不到前头，心有不甘。家中鼠源太少，在家中捉肯定捉不过别人。帮助其他同学捉，又不能记在自己名下。我一下子想到了前不久当生产队长的大哥跟我说过的话，说今年队里的花生长得比往年好，结果也挺多，可就是叫田鼠祸害得不轻，要不灭灭，明年糟蹋得还会更厉害。我以前只捉家鼠，还从未捉过田鼠，何不独辟蹊径，把这个空白填补上呢？

我找到“立站”大哥，还有一个是鼠年出生的小名也叫“鼠”的小伙伴，一起筹划着去收获过的花生地里捉田鼠。大风天不能去，因为在这样的天气里，田鼠会用泥土封住洞口，捉鼠的人不容易找到洞穴。我们选风和日丽的日子去，拿上对付田鼠的各种物件去捉它们。先选择一个或两个田鼠出入的大洞口，或用烟熏，或用水灌。那田鼠忍受不住折腾，就会从另一个比较隐蔽的用来逃生的小洞口窜出来。一个洞内大都住着一家子田鼠，少则四五只，多则七八只以上。这样连续搞了两次，一共捉到大小田鼠 24 只。田鼠与家鼠不同，都是毛色偏黄的个头短粗的样子。有时，我们还会对捉到田鼠的洞穴进行挖掘，在其四通八达的洞穴里，把田鼠准备过冬食用的若干个仓库里的花生果儿挖出来。这些花生果儿都是田鼠精心挑选的最为饱满的双种仁或三种仁的果实。我们每次都能挖到一大篮子，足有一二十斤。挖出的这些花生果儿，人不会去食用，而是送到生产队饲养员那里，制作成喂猪的饲料。

按说从小捉鼠这件事也不是什么大事，却会比较清晰地存储在记忆里，这也许是因为我经历的有担当的事太少，这捉鼠就是我做过的有担当的大事之一。

捉　蝉

小的时候，在老家沂蒙山区的乡村里捉蝉，只是单纯地图个乐，为自家餐桌上增添个“知了猴”（蝉的幼虫）拌蒜泥的佳肴。

人老了，再没有什么兴趣去捉蝉，却常会把蝉与人联系起来，发现那蝉与人的一些生存境遇，何其相似。

上小学时，我就盼望着六一儿童节，因为过了这个节，就会立马放暑假，便可去捉蝉。捉蝉的时机，大体可与麦子开镰同步。俗话说：“麦子上场，蝉儿哭娘。”人们对蝉的问世，不用“笑”字，而用“哭”字，这大概是知其生存不易，才故意这么说的。我们小孩子们会在傍晚太阳的斜晖里，去村子内外的柳树、杨树、榆树、槐树或梧桐树下的知了猴洞里抠知了猴。抠知了猴，要打开小如蚁穴的土盖子，或注水淹灌，或用细小的棒儿诱吊，或干脆用铁铲子往外挖。有的孩子太性急，把手指探到洞里，生拖死拽，往往会把知了猴折磨得破头烂腚，甚至四分五裂。

夜幕垂落，就去摸那些正向树干上攀爬的知了猴。看似平静的夜，对知了猴来说，却是危机四伏。我去村东东舍林子大沟旁边的小柳树林里摸知了猴时，就看到让人悚然的一幕：一大一小两只野猫，还有七八只背上湿漉漉的大肚子蟾蜍，正在树下跑动或蹲伏着，在那里捕食知了猴。黎明时分，要起个大早去找“金蝉脱壳”的白知了。这是蝉最靓丽也最孱弱的时刻，它们像刚出生的婴儿，尚不具备飞行能力，人们一撼动树干，它们就会扑哧一声，从高处一个跟头栽下来。我们听见从树林中远近传来像打锣一样的密集蝉声，便会用蜘蛛网或面筋去粘知了。把粘到的知了从头部穿过去，穿在一根柔韧的细长的柳枝条上，左边穿一只，右边穿一只，排列得如一挂鞭炮。对粘到的雄蝉，还要给它们动手术，将腹部的发音器，用手指捅破，使之变成哑巴，以防它们用凄厉叫声给那些树上的知了“通风报信”。

我还真见过螳螂捕蝉的画面。那是在一棵歪脖子柳树上，一只特别瘦长的灰褐色的螳螂，用一双镰刀似的前臂死死抱住一只蝉的背部，正歪着脑袋啃食蝉的头部。那蝉只是打着哆嗦，毫无反抗力，任凭螳螂啃食。我将缠斗的它们一起从树上粘下来，一看那蝉的头部已被咬出一个小洞儿，那蝉在地上扑扑棱棱一个劲地打着转转，再也飞不起来了。村子西头，有一大片在 1958 年就栽下的高得钻天的毛白杨树林子，那些“居高声自远”的蝉，在那里躲静偷安地扎着堆儿。夜间，有些大人带着孩子，在树林中央的空地上置放一大堆干燥的柴草，点火燃烧起来。那些蝉朝着火堆，像下冰雹一样，从高处噼里啪啦地撞下来，上演了一出“飞蛾扑火，自取灭亡”的悲剧。那纷乱中的蝉鸣，也变了声调，或短促，或尖厉，哪里还有什么悠扬。这也太恐怖了，与电影里见到的飞机受打击坠落的情景极其相似。有些蝉直接撞进火堆里丧命，有些蝉跌至火堆周边疯狂挣扎。这一次火攻，一下子捉到了 300 多只蝉。

去年夏天，我和老伴又一次从省城回到故乡，在县城一家叫

"勿忘我"的小酒店与几个朋友相聚，餐桌上摆了一盘油炸金蝉。我们边吃边聊，便扯到了一些捉蝉的趣事。有个朋友讲了一个在往年流传颇广的捉蝉的故事，由于太过怪诞和荒唐，逗得众人喷饭。我却没有笑，为啥没笑？那是因为，所讲的这个故事就发生在我上小学时的班主任王老师身上，实在笑不出来。如果不是那个特殊岁月过来的人，会以为王老师的这些事儿是杜撰。我是见证者，知道这件事不仅没有虚假，而且还更甚。我们那个地方的许多人都知道，王老师的爹是上过私塾的财主，在土改时期佯狂了。在学校里，如王老师一样，也有几个男老师，家庭出身成分比较特殊，但人家都心无二用地埋头教学，也过得平平安安。独有王老师有些特别，好唱高调儿，刻意地去表现觉悟，竭力去粉饰自己，却也没能防护好自己，被一些别有用心之人把他当蝉一样地捉了。退休后的王老师不再像先前那样辛苦，生活得挺滋润，还有兴趣两三次到省城找我拉呱儿。他至今还健在，已年近九旬。那个捉蝉的事儿已经过去50多年，人们还作为谈柄，足见其影响之深。

王老师与捉蝉有关的两件事，就像两场精彩的戏剧，令人难以忘怀。

第一件算是与我有些关联，是由我的一篇作文引起的。

那年放暑假时，王老师给我们布置的唯一一项作业就是写一篇800字以上的反映自己暑期生活的作文，至于写什么具体内容，也没有什么限定，可以自由发挥。开学后，我上交的作文即《捉蝉》。我自己也没想到，这篇儿戏之作却受到了王老师的谬奖，被当作班里唯一的范文进行宣读。我琢磨着，这篇作文肯定对了王老师的心思，要不也不会这样被抬举。更让我意料不到的是，王老师又拿这篇作文来了个节外生枝。王老师向我们下达了一个继续捉蝉的任务：“每个同学，不分男女，限在两日之内，不管上刀山，还是下火海，都要上交五至十只蝉，必须作为一项光荣而艰巨的政治任务，义无反顾地、不折不扣地完成好。”听老师一说，同学们就像听到圣旨一样，谁敢违拗，一声令下，八方响应，乖乖地去捉蝉，后来几乎每个同学都实现了达标要求。在课堂上，王老师有些神采飞扬，极力地赞扬我们说：“咱们班的同学，个个觉悟高，人人有神技，以忘我的革命精神，挥热汗，战酷暑，像堵枪眼炸碉堡一样，一共捉拿到了328只公的和母的蝉，可以毫不夸张地讲，史无前例，战果辉煌。”继而，王老师还故作神秘地说：“同学们响应我之号令，我也要给同学们一个革命的惊喜。”下午放学后，我们终于破解了这个“革命的惊喜”的谜底，也明白了为什么把捉蝉说成是光荣而艰巨的政治任务。王老师把班干部和几位女生留下来，一本正经地说：“这些蝉来之不易，那是同学们的心血，也是爱心的结晶，我就是垂涎三尺，也不能多吃多占，‘贪污和浪费是极大的犯罪’，咱们要作为重要的礼物，郑重地献给那些在旧社会苦大仇深的五保户去享用，让他们体会到社会主义大家庭的火热的温暖。”那天罕见地热，热得狗都伸着长舌头。王老师依然像授课时那样，穿着长裤长褂，如同上了行头的演员。更想不到的是，王老师还带上了自己的小提琴，说是要在送蝉时给五保户演奏一曲。我们在王老师的率领下，按照王老师要造些声势的要求，排着整齐的队伍，打着鲜艳的少先队旗，不走近的小路，反绕远的大道，还唱着《学习雷锋好榜样》的歌曲，把两小串蝉送给了居住在我们村西头的外号叫“橡壳子眼”的五保户赵大娘。所送之蝉，我暗中数过，仅有100多只，那剩余的200多只去了哪里？据我所知，王老师并非担风袖月之人，其裹着小脚的妻子，还有三四个正上和未上小学的儿女，都靠着他的那点工资在比较拮据地生活着。我猜测，那200多只蝉，应该是他拿给家里人解馋了。在这之前，王老师对赵大娘还有“砸锅卖铁”的慷慨之举。他先是把自己罩在床上的新添置的蚊帐送给了赵大娘，自己用旧报纸糊了一个闷罐车一样的所谓“蚊帐”，还不住地对别人说：“自己躲在里面忍受着常流水不断线的煎熬。”王老师又把自己盖着的一床七八成新大花棉被送给了赵大娘，自己从供销社里讨来废旧商品包装布，填充上苇花当被子，还经常对别人说：“自己在冬日里冻得跟蜷缩的知了猴一样。”赵大娘感受到了情切切、意绵绵，王老师自己却落得个伤累累、凄凉凉。王老师绞尽脑汁打出的这套组合拳，不仅未获得一些人的同情和赞美，反而招来争衡者的嫉妒，受到一顿殴打。在送蝉后不久，王老师夜间在校园里纳凉，一个受人指使的脸上带有疤痕的刺儿头，挥舞着一根铁锹木柄，袭击了王老师。那人对王老师说：“你真是个神经病，送完蚊帐送被子，又钻鲜点子送知了，羊群里跑出个驴来——数着你啦，要论出身成分，哪个老师不比你强八冒头子，山高还高过太阳？你算哪根葱，哪瓣蒜，也不撒泡尿照照自己，早该挨揍，揍了你白揍，别再逞能压着别人抢占上风头了。”王老师被打得着实不轻，要不是当时他用胳膊挡住挥来的铁锹柄，脑袋就开了瓢儿。我看他左胳膊连着背上，有一片凸起的青紫，肿胀得像个发面馍馍。在我看来，王老师像被人捉的蝉，一只有冤屈无处诉的蝉。挨了这顿打，王老师仅留的一丝向往破碎了，一线光亮泯灭了。

另一件则是发生在班里一个小伙伴身上。

有那么一阵子，不光是我，不少同学都发觉，王老师情绪低落，脸色阴沉，动不动就发火。我们都在暗地里嘀咕："王老师这些日子，鼻子不是鼻子，脸不是脸的，可能是碰上什么倒霉的事了。"谁都怕撞到王老师的枪口上，连那些好调皮捣蛋的学生也特别小心地抿翅了。终于还是有人成了王老师的出气筒。那天下午，王老师给我们上第一节语文课，在我这个当班长的喊完"起立"和"坐下"后，我的那个小伙伴才气喘吁吁地奔到教室门口。小伙伴是去小沙河大堤上的柳树行子里粘蝉，太过忘情，迟到了。王老师眼睛一瞪，将其罚站在教室门旁，谁知那藏掖在小褂子下面的别在裤腰带上的一小串蝉，其中有一个雄性的蝉，发音器尚未完全弄掉，吱啦一声叫了，被王老师逮了个正着。王老师把搜出的那一小串蝉，提在手里晃动着，展示着，对我们气愤地说："这就是罪证，无可抵赖的罪证。"王老师将课本掷于教桌上，用教杆不停地敲打着那一小串蝉，让我们班干部带头，对那个小伙伴的行为进行批判。王老师听了我们几个人的发言，极不满意，说是批判得火力不猛，没上纲，没上线，没击中要害，起不到应有的教育震慑作用。王老师把袖子向上一撸，批判道："这个家伙，人小鬼大，不为革命发愤学习，却怀有一个不可告人的罪恶目的，就是妄想把这捉到的蝉放到沸腾的油锅里，煎得油汪汪，炸得香喷喷，送与人民的公敌蒋介石呷酒去。"那个小伙伴听到与蒋介石挂上了钩，感到了严重性，不再淡然，一咧大嘴，放声大哭，一个劲儿地辩解说：“我不是想着送给蒋介石吃，蒋介石还稀罕这个？我是给你王老师粘的，想叫你说我好。”小伙伴这么一说，引得全班同学哄堂大笑，王老师也尴尬地笑了。批判归批判，那一小串蝉，还是被王老师作为战利品提走了。

古人认为，蝉栖高枝，餐风饮露，与世无争，似君子一样洁身自好。我们从古人诗词中，可以读到不少赞美蝉的佳句：“饮露身何洁，吟风韵更长。”“蝉发一声时，槐花带两枝。”“风蝉旦夕鸣，伴叶送新声。”……人非蝉，焉能知蝉，那蝉就只有笑声，而没有泣声？依我看，唐代大诗人骆宾王的《在狱咏蝉》乃是最懂蝉的作品。一个被诬下狱之人，拿自己不幸遭遇的人生咏蝉，抒发了这样的感叹：“露重飞难进，风多响易沉。无人信高洁，谁为表予心？”蝉的幼虫“知了猴”要在泥土里吸食树根汁液，熬过好几年，才能发育成熟。这段时间有多长？村里的老人说是三年，但有的昆虫学家说是四年，反正需要经历一个比较漫长的地下生活。如遇到天旱无雨，泥土硬邦邦，知了猴拼上性命，才能冲出来。也许由于生态环境的改变，一些知了猴被封存在地下再也出不来。就算知了猴成功爬上枝头变成蝉，面临的生命威胁也不少，人捉、鸟啄、野猫捕、蟾蜍吞，甚至连成群的蚂蚁都不放过它们，能活下来的，皆为死里逃生的幸存者。我们平日里见到树上的蝉，大都是头部向上，否则会失重。但据说雌蝉在产卵时，都是头部向下，那是为了繁衍后代的需要，才把头低下来的。

由捉蝉而知蝉，蝉非禅，却也可让人参悟出一些人生道理来。

清　泉

在我19岁还在乡村的时候，我有幸遇上了我人生中的第一个贵人，那就是年长我20岁、喜欢我和提携我、心地如清泉一样的人物，名如其人，即吴清泉先生。

我上了几天中学下来，到1970年当上母校白旄小学的民办教师时，特别热爱写广播稿的我已经在人民公社的生产队里当了三年多的社员，颇有些灰心，也有点潦倒，对曾有过的理想——成为一名能骑上一辆大金鹿牌自行车和戴上一块上海牌手表的脱产干部，感到有些渺茫，不再抱有什么幻想。

那时的小学校长解宪科对我高看了一眼，在学校里给我安排了一间可以落脚栖身的只有夫妻分居的公办教师才能有的小草房。我的好兆头也是从小草房开始的。如果不是这间小草房，我也许就与好运失之交臂，错过了有知遇之恩的吴先生。我的西邻虽也是一间小草房，但从那里面时不时走出一些成功的励志人士。先是一位小学教师走出去了，奋斗成了中学教员；接着又一位小学教师走出去，奋斗成了县教育局的官员。于是，那间小草房空了出来。我期盼着第三个奋斗人士入住进来，以排遣我的孤寂。不久，吴先生搬来。他还真是一个奋斗人士，之前是什么地方的小学校长，调到我们公社担任专职的扫盲干部。按官阶来说，他是我们这些教师们正儿八经的顶头上司。白天初识，他就给了我一个仰望的印象：身材颀伟，脸膛白净，谈吐儒雅又自信向上。刚入住的他，就在靠近窗口的长条木桌右上方洁白的墙壁上，张贴上了自己用毛笔挥洒书写得颇为端丽的岳飞的那首名词《满江红》。不难猜测，这是吴先生喜欢的座右铭。我认为能以这样充满浩然之气的翰墨勉励自己的人，其修养和志向绝非一般。我天性有点木讷，也有些怯生。入夜，我在吴先生闪烁着灯光的窗前徘徊许久，也终究没有勇气登门拜访，还是吴先生主动敲开了我的房门，与我满面春风地攀谈起来，真应了唐代李商隐的“心有灵犀一点通”的诗句，情感的火花引起了共鸣。在交谈中，他很郑重地向我打听一个人，更确切地说是在寻找一个人，说：“听说你们西白旄村里有个青年人，虽从未谋面，但知道他非常勤奋，经常从县广播站的有线小广播里听到他写的广播稿。”我只好如实回答：“我就是那个爱写广播稿的青年，不过已经大半年不怎么写了。”他听了似乎有些吃惊，也有些兴奋地说：“真是踏破铁鞋无觅处，得来全不费工夫。”他也直言告诉我：“自己除了爱读古典名著，爱拉个二胡儿，就是爱好写作，也常写个广播稿。咱俩像是一个泉眼里流出来的水，喜好相同，志趣相投，以后就共同携起手来搞通讯报道。”他看人很准，似乎觉察到了我半含半露的低沉的情绪，一个劲儿地给我鼓劲打气。记得当时我最受激励的话语是：“人怕泄气，更怕半道泄气，那会狗熊掰棒槌——前功尽弃，只要奋斗不止，农民的孩子也会有前程，也许将来你也能成为咱县里的‘一黄’‘两光’那样的笔杆子。”我长这么大，写过那么多稿子，跟着公社武装部长写过稿子，也跟着公社书记写过稿子，但还从来没有听到他这样一位领导干部说出那样掏心窝子的温暖的话、开导的话、鼓励的话。这恰似一股清洌的甘泉，沁人心脾。那一夜，我真真切切地感觉我遇到了一个喜欢我的人、关心我的人，心灵被激荡起来，燃起了希望的火苗。这一席谈话，成了我和吴先生之间纯情链条上的一个结结实实的焊点，成了我人生旅途上再次扬帆的转折点，也成了我一生中永不磨灭的美好回忆。

像一篇文章中的章节一样，我度过的那些岁月，可大体划分为"公社——县城——省城"三个章节。在公社里跟着吴先生搞通讯报道，这是开篇的章节，也是让我最难以忘怀的章节。这个章节，我自己无力完成，那是喜欢我的吴先生用心血帮我写就的。这是关键的章节，如果没有这个章节，我人生的后续章节也就难以写下去。

前后有 5 年之久，无论是吴先生住在小草房的时候，还是住公社大院的时候，也无论是吴先生担任扫盲干部的时候，还是升迁为公社党委秘书、公社党委副书记的时候，喜欢我的吴先生自始至终都没有间断让我跟着他搞通讯报道。在我身上，吴先生一直充当着一个园丁的角色，就像大人拉巴孩子一样，一心要把我栽培起来。为了支持我更好地搞通讯报道，他好几次找到县教育局局长，特别为我开了一个小口子，让我成为一名代课教师，从此我不用再去挣"工分"，每月能够拿到 24 元钱，在采访写稿方面有了更大的自由度。我采访写稿的范围，也由过去的"井底之蛙"——只局限在自己的一个小村庄里，变成了"天高任鸟飞”——放眼到了整个公社。吴先生为我提供的展示舞台的确有点大，那时全公社有40多个生产大队，160多个生产小队，还有6万民众。我似乎有了取之不尽的素材，如同一个常食单一食品的人，一下子吃上了丰盛的宴席。吴先生不仅喜欢带我下乡采访，还经常安排我单独下乡采访。我也就被激发出更强的写作热情。哪管赤日炎炎，哪管冰天雪地，哪管风里雨里，我和吴先生一起，都乐此不疲地奔波在乡村的或宽或窄、或直或曲、或平坦或泥泞的采访道路上。如果没有这个大舞台，我绝不会一年写出上百篇稿子，几年写出几百篇稿子。在外人眼里，我几乎形影不离地跟着吴先生写稿子，别人都认为我是他这个大秘书的小秘书，是帮助他写公文材料的左膀右臂，其实不然。在我看来，吴先生这个秘书当得挺辛苦，本来肩负的各种上传下达的材料就把他压得喘不过气来，偏偏又雪上加霜，摊上了一个大会小会没有秘书写好的讲稿就不能讲话开会的头儿，就连招待四五个人芝麻绿豆的小事，也得让吴先生郑重其事地写个“海内存知己，天涯若比邻”的祝酒词。我真的替吴先生着急，真想为他代劳，为他减轻点负担，但吴先生不允许，他要自己扛着，要我集中精力搞好通讯报道，还说：“你缠到这里头，就拔不出脚来了，写这些无聊的文字，一点儿名堂也没有。”我心中明镜一样，不论在学历、经历、资历上，还是在写作能力上，吴先生都是当之无愧的“传、帮、带”的老师，但我从来没有看到他显示出老师的样子，哪有老师把学生抬举得那么高的：他写的一些稿件，屡屡让我把关修改，对我写的一些稿件，他却说比他写得更有文采，更有味道。这才是润物细无声的高明激励之法。吴先生摸透了我的脾性，他知道再怎么褒奖我，我也不会翘尾巴，也不会飘飘然，只能是再接再厉，一直向前。我跟着吴先生写稿子，到了最后的两年，他似乎看到我有了些厚积薄发的潜力，向我提出了“爬大坡”的要求。用吴先生的话说，这“爬大坡”就是能扛得起大材料，能在顶尖的中央级的新闻单位发表稿件。我写习惯了那些“小消息”“小通讯”“小评论”和“小故事”之类，这无疑是赶着鸭子上架，要我鲤鱼跳龙门。在吴先生的鼓励之下，我还真写出了几篇像模像样的稿子。每当此刻，吴先生都称之为“抱了个金娃娃”，比我还高兴。记得那年春天，他发现了一个事迹突出的生产队的饲养员，让我写了一篇人物通讯《模范饲养员》，长达 3000 余字。不久，中央人民广播电台打来电话告知我，说这篇通讯将在《人民公社社员》节目中播出，请注意收听。吴先生抱着个收音机，在大院里忙这忙那的，也不让收音机离身，唯恐错过了收听时间。吴先生一向简朴，自己连一辆自行车、一块手表都没有，隔上一段时日，都要从家中背些新鲜地瓜和磨碎的豆面子，自己开火煮着吃，把节省下来的钱用来照顾住在农村的老爹老娘和老婆孩子。这一次也许是因为我的稿子上了“中央台”，太激动了，他从公社食堂里打了两个好菜，一个猪耳朵拌黄瓜，一个肉炒土豆丝，非要与我一起喝二两酒，以示庆祝。我还没喝多，他早已喝得有些失控、撑不住劲了。

我跟着吴先生写稿子，只是写稿子，也只知道写稿子，从来没有向吴先生提出任何让他为难的非分要求。但我也知道吴先生的一些心思，他希望能有一个从农村选干的机会让我走出去，但这样的机会始终没有等到。我知道吴先生喜欢我，与他交情深了，我也不愿意离开他，觉得能跟着他写稿子，也就很光彩了，很满足了。然而，吴先生喜欢我，不是为了把我留在他身边，而是要我尽早有离开他的出头之日。所以，也就出现了先后两次赶我走的情况。1973 年，大中专学校又招生时，吴先生对我说："去年，有个上郯南劳大的机会，你等着选干放弃了，今年无论如何不能错过了，一定得上学去，先把饭碗解决了。"我参加了考试，吴先生不放心，又找到县教育局局长，做了重点推荐，教育局局长说既然是个有培养前途的青年，叫他上咱县师范学校去，毕业了还能留在咱县里。在上师范学校期间，每逢星期日或者假期里，我还是跟着吴先生写稿子。1975 年，我从师范学校毕业后，已是公社党委副书记兼秘书的吴先生，又把我要了回来。我一边完成公办教师应担负的教学任务，一边继续跟着吴先生写稿子。谁知过了不久，吴先生又赶我走。他对我说："主持团县委工作的副书记于清玺同志已经请示了县委的领导，要把你的党籍问题抓紧解决了，把你调到团县委工作去。"我有些留恋吴先生，不愿意离他而去，觉得这样做太无情无义了。这次他变脸了，以前从来没有批评过我，这次批评了我，说我目光短浅，志向太小，人哪有不往高处走的。我不能让吴先生不高兴，就乖乖地眼里含着泪走了。

2003 年，也是我到省城济南工作的第 25 个年头。那是一个大雨来临前乌云翻滚的早上，我接到了一个令我心碎的电话：吴先生去世了。前几天我们通电话时他还好好的，怎么才62岁就走了？这对我是个晴天霹雳，悲痛的泪水止不住流下来。县里的许多人，包括他新带出来的四五个青年农民通讯员，都知道我和吴先生的特殊交情，他们的电话也不停地打过来。“思君如流水，何有穷已时。”吴先生在我心中永远会像一股清泉一样流淌。他虽然在我离开他后，也从我们公社调走了，做过别的公社的党委书记，还升为副县级的县委党校第一副校长兼党总支书记，但在我的梦中，无一例外的都是他在我们公社任职时的旧景，或是我拿着稿子到他的办公室里找他，或是他拿着稿子到我的小草房子里寻我。这段交情已经像化石一样，在我的脑海中固化了。

至今珍藏在我手中的，还有两件与吴先生相关的旧物。人已走，物尚存，这既是两人交情的印证，也是吴先生留给我的念想。

一件是吴先生剪报剪刊的集子。这个集子是一个“双胞胎”。吴先生把我俩在报刊上发表的文字，都一式两份剪贴装订起来。那是吴先生和于清玺、李兰夫先生在那个夏季晚上沭河岸边小果园里为我饯行时送给我的。“桃花潭水深千尺，不及汪伦送我情。”那天的夜晚，由于有了别样的心境，沭水似乎特别澎湃，蝉声特别悠扬，果香也特别浓郁，情至浓处，那高度白酒也被忽略得淡了。几个人都喝了不少，吴先生喝得尤其多，他是把留恋、友情和祝福都蕴藏在一杯又一杯的酒里了。吴先生是个有心之人，也许他早就料到有一天我俩要各奔东西，特地早早给我备下这个“睹物思人”的物件。对这个报刊集子，我现在还常常去翻看，一翻看就想起我和吴先生在一起的那些往事。

另一件是一张我全家三口人与吴先生全家四口人的合影照片。这应是40多年前的老照片。那是我调到省城济南的第一年，回家过春节，我和爱人带着小儿子，到吴先生居住的农村老家，去看望他。由吴先生提议，我们两家前往当地一家小照相馆，拍下了这张彩色照片。照片上除了吴先生夫妇，还有他的两个小女儿。这算是合拍的两家的全家福。这张照片，在他去世前我看的次数比较多。但在他去世后，我害怕多看，不忍心多看，看多了只能是更伤心，只能是更悲哀，只能是相对无语，唯有泪千行。

但愿这世上有更多的清泉一样的人，也愿有更多的人遇到清泉一样的人。

追　求

我从赵镇琬先生身上领悟到：路走多远，山登多高，那完全是凭依着自己追求的脚步丈量出来的。

赵先生的同事兼朋友、山东文艺出版社的资深编辑董乃德先生，曾送给赵先生一幅自撰书法作品，内容为："少年虎子，山羊回家，小猪哼哼，乡伯进城，赵兄响名。"这说的既是赵先生所创作过的《小虎子》《山羊回了家》《哼哼》《乡伯老》等一部分连环漫画作品的名字，也赞扬了赵先生的艺术追求精神。

"文革"时期，我这个乡村的孩子，常骑着自行车，跑到县城瞧热闹。我眼中的一大亮点儿，就是临沭县文化馆墙壁上的一块方方正正的漫画宣传栏，上面张贴着许多新奇而精巧的漫画。这让我大开眼界，不禁感叹：这是何方圣手，竟能画出只有在书刊上才能见到的精美的图画儿。这个谜底，直至我到县委机关上班时才揭晓，原来这是县文化馆的赵镇琬先生所画。

1978 年秋，我被调入省城济南的共青团机关。时隔不久，赵先生也由先前的借调而被正式调到了省城的明天出版社，碰巧的是后来我也改行到了出版系统，两人凑到了一块，由相识相交到相知，彼此间关系越来越密切，我对赵先生的了解也越来越多。

赵先生虽比我年长 13 岁，但所经历的工作岗位并不比我多。

他所任职过的单位，就“小学——中学——县文化馆——出版社”这么一条线儿。他一直没有离开自己所喜欢的文化领域，从事着自己所笃爱的绘画、诗文和著书、编刊等工作。他那些用心血栽培出的累累硕果，就像一盏一盏的明灯，全都集结在这株文化艺术之树上灿烂地闪烁着。

赵先生在工作过的地方和涉足的漫画界、诗歌界、出版界颇有些名气，让人刮目相看。那些搞漫画、诗歌或出版的评论专家们，有的说他是“奇才”，有的说他是“怪才”，也有的说他是“灵异之才”。所言大都带有渲染天禀之色彩。依我看，赵先生应该是一个自学成才的追求者，一个坚韧不拔的追求者，也是一个不管在顺境或逆境中从未放弃过目标的追求者。他就上了三年半的小学，上了三年的初师，满打满算上过六年半学，如果没有持之以恒、一往无前的执着追求精神，就不会有我们称赞他的那些美名儿了。

赵先生自打当教师起，就凭借着一本苏联的克鲁普列卡亚所著的函授绘画教程读本，开始了在漫画艺术道路上的长途跋涉。一出征即初露锋芒，他在《临沂大众》《大众日报》《农村大众》《前哨》等报刊上连续发表了《讲解员如此讲解》《曲身运动》《报（抱）来了》《爷爷，你怎么又忘了》等漫画。但在那时，赵先生的有些大作，我还真的一开始都不知晓。1962 年春，赵先生向《中国少年报》的“小虎子”专栏投稿，一次发去了其创作的七组“小虎子”连环漫画，均被采用刊发。该报美术编辑也是“小虎子”形象的原创者沈培先生，对赵先生的画大加赞赏，并写了两封信说要到临沭县拜访他。这件事，我是在很多年后与他一次无意交谈中才获知的。我儿时特别喜欢的“小虎子”，竟有一些出自赵先生的笔下，这着实让我感到意外。我就是在读“小虎子”、做“小虎子”的活动中成长起来的，“小虎子”对我们那代小学生的影响太大、太深了。

1961年，县上认为赵先生是个少有的能写会画的人才，就把他从正干得红火的教师岗位上改调到县文化馆工作。赵先生在县文化馆度过了整个“文革”时期。在赵先生的故乡莱阳，其祖上可是个“耕读”大户人家。前几年我撰写出版《山东明清进士通览》一书时曾考证过，赵先生的先人中，在清代就先后出过文与武两个进士。在那个年代，这对赵先生来说并不是个光环，反而让其背上了沉重的家庭出身不好的包袱，遭遇到了不少坎坎坷坷的事儿。对这些往事，赵先生曾不止一次地像讲故事一样给我讲述过，但也不止一次地说过，这是一段特殊岁月，那些荒唐的事儿别再翻腾了，过去就过去了。“草拂之而色变，木遭之而叶脱。”在逆境中，赵先生虽有过困惑，但仍不改初衷。他在追求漫画艺术的道路上，勇于尝试，标新立异，将突破点选在了连环画上，冲破当时所谓正面人物不能运用漫画形式的桎梏，创作了可以作为他的代表作的连环画《山羊回了家》。人民美术出版社慧眼识珠，连印三版，发行数量多达六七百万册。《人民中国》杂志和吉林延边人民出版社也先后推出了日文版与朝文版。上海电影制片厂根据同名连环画《山羊回了家》改编成了剪纸动画片。要知道，在那个年代，在一个小县城里，就连谁发表一篇短篇小说或发表一篇民间故事，甚至谁发表一则“豆腐块”的新闻消息，都会引起热议，被人高看一眼。赵先生这样的大作无异于平地一声雷，让他声名鹊起，轰动一时。就连县委书记都在常委会上直呼要重用赵先生。这次成功更加激发出了赵先生旺盛的创作热情。

他继而又创作出版了《班长探家》《奇怪不奇怪》《捉鼠记》《王小乐与大喇叭》《小猴放猪》《人虎斗》《六一的早晨》《小哥儿俩》《公鸡下蛋》《调皮鬼王小椿》等一大批连环画。至今，还有全国各地的一些爱好连环画的收藏者登门拜访他，求他签字留念。除此之外，那时赵先生还借迎新春之际，在《大众日报》和《齐鲁晚报》上发表大篇幅的风俗画。尤其在《大众日报》上以整版篇幅刊登了《人民公社处处春》的风俗画，着实令人耳目一新。赵先生的《办沼气》和《萝卜快了不洗泥》等漫画作品，也入选全国美展。他所画的《借问酒家何处有》的漫画，还被选入日本出版的《中国现代讽刺画选》。

前些年，作家忆明珠和漫画家丁午先生都来看望赵先生，我有幸作陪。在交谈中，两位名家都对赵先生那股子锲而不舍追求艺术的劲头儿称赞不已。我更是见证了赵先生到了出版社以后，对其所钟情的漫画艺术更加奋力地深耕细作着。他像推出电视连续剧一样，在人民美术出版社《儿童漫画》杂志上，以《祖孙情》为题，连续推出了90余组三格连环漫画，又在《齐鲁晚报》上以《乡伯老》为题，连续推出70余组四格连环漫画。他还独辟蹊径，将自己创作出版的小猪《哼哼》系列漫画故事，改编成动画片故事脚本，拍摄成36集动画片，分别在中央电视台和凤凰卫视播出，获得动漫“金童奖”。

赵先生可以说是个通才，并非只是在漫画上一枝独秀，在更多艺术门类的追求中也绽放出熠熠光彩。很少有人知道他创作过曲艺、歌曲、表演唱，乃至小戏曲，尤其是当年他所创作的《老嫂子听广播》《来了亲人解放军》《明灯一盏心里挂》等歌曲，有的在省级广播电台播放，有的被部队文工团演唱，有的至今还被人们念叨；很少有人知道他曾参与电影幻灯片制作，经其设计与制作的《班长探家》幻灯故事片，获得山东省电影幻灯会演一等奖，在全省巡回展映；也很少有人知道他创作的20余种剪纸，卓尔不群，其中反映儿童生活的4幅剪纸被刊发在《人民中国》杂志上。赵先生在出书编刊上更是出类拔萃，由他独自策划和长期主编的幼儿读物《幼儿园》杂志，被孩子视为心中的乐园，每期发行量曾高达30多万册，成为幼儿杂志中的常青树，被中宣部评为“全国35家好刊物”之一。由他独自策划主编的大型美术类图书《幼学启蒙丛书》，真乃皇皇巨著，多达20卷，含80个分册，设计精美，图文并茂，讲述了80个中华民族传统故事。该丛书获得第一届国家图书奖。他那率性挥洒的书法，亦拙亦雅，像陈年老酒一样有味道。

赵先生从50岁开始，又步入了诗歌创作的殿堂。每隔一两个年头，赵先生就会送给我一部他创作的诗歌集。我先后收到了他的《雕虫集》《魂旅》《魂曲》《咏图集》《墨语集》《雕虫咏》等6部诗歌集。他咏虫咏魂咏图咏墨，畅想着人之生、人之情、人之梦。他那别出心裁的构思，独具慧眼的开掘，独一无二的排列方式，竟一时成为引人注目的“赵镇琬现象”。山东大学、山东师范大学、山东省作家协会联合举办了“赵镇琬诗歌讨论会”；山东大学硕士研究生导师章亚昕先生撰写出版了《赵镇琬的艺境与诗作》评论专著，称赞赵先生为“性灵的歌者”。

一路走来，赵先生成果斐然，获取的各种“头衔”也众多。我只记得他是中国美协和中国作协的老会员，还有“全国百佳出版工作者”，至于这“拔尖”那“津贴”的，这“会长”那“理事”的，我或者不知晓，或者知晓过记不清了。我曾问他还有些什么值得一载的，他有些不以为然地笑嘻嘻地说：“我都忘了。”赵先生对曾经的荣誉看得很轻淡，以至于轻淡得都忘了。

如今，我也退休了，与赵先生互倾情愫也就更频繁了。当下的赵先生又在做些什么呢？他又把写与画的情怀倾注到了牛儿身上。他写出了长诗《犊儿赋》，刊登在《时代文学》杂志上，描述了牛儿“拉犁拉耙度春秋”的艰辛一生。他曾经给我诵读过这首长诗，让我动情，感慨。我看着，听着，心潮也在起伏，眼睛也有些湿润。他画了各种各样的牛：遥望夕阳的牛，奋力耕耘的牛，迎风而立的牛，静卧山岗的牛，老牛带着小牛……这些牛儿好像都在诉说着什么。我想，赵先生写牛也在写自己，画牛也在画自己。他这风风雨雨的一辈子，不就像一头拓荒的牛儿，一直在默默地奋力前行着、追求着吗？

在故乡的文人中，我最敬佩的当属赵先生，曾写下一段顺口溜：

赵老生梨乡，
却居柳乡长。
品同梨花洁，
名如柳絮扬。
艺苑耕耘勤，
满园花芬芳。

相识忆明珠

说起来，山东有些名气的作家确实不少，但隔行如隔山，我与作家们没有多少往来，除了与作家张炜先生有过交往外，还有一个人，就是山东莱阳籍的南京知名作家忆明珠先生。我与他有着一段难忘的交情，不能不说是一种少有的缘分。

上小学高年级的时候，爱写作文的我，从爱好文学的班主任老师那里借到了一本《诗刊》，在上面读到了忆明珠先生的长诗《跪石人辞》。就是这篇美妙的诗歌，使我将忆明珠的名字清晰地存到了记忆里。这个名字是记住了，但我年幼无知，却存有一个困惑：怎么在百家姓之外，还有姓忆的人呢？连名字都弄不清楚，至于忆明珠是怎样的一个人，也就一直模糊着。

一直到2006年春，我才开始对忆明珠先生有了比较多的了解。那时，我酝酿着将自己收藏的部分清代进士书法墨迹，整理出版一本《清代百名进士墨迹》的书。对于书名，我想找一位书法水平比较高且又是山东籍的老作家来题写。与我素能推心置腹的、曾为明天出版社社长的赵镇琬先生，向我推荐了他的堂兄忆明珠先生。我这才知晓：忆明珠先生原名赵镇瑞，又名赵俊瑞，是一位诗文书画俱佳的老作家。为了让我对忆明珠先生了解得更多些，赵镇琬先生送给我由江苏文艺出版社出版的三卷本《忆明珠文集》，由湖北文艺出版社出版的以介绍诗文书画为内容的忆明珠、冯骥才、贾平凹、汪曾祺先生的《四才子丛书》。赵先生还送给了我一幅忆明珠先生写有柳宗元诗句的书法作品，还有一幅画有菩提达摩面壁的绘画作品。我越读忆明珠先生的诗文，越品忆明珠先生的书画，便对他愈加仰慕，越坚定认为由忆明珠先生题写《清代百名进士墨迹》的书名最合适不过。经赵镇琬先生联系，我给忆明珠先生写了一封恳请题写书名的信，很快就惊喜地收到了忆明珠先生的来信，信中对我出版这本书，写下了溢美之词："山东人做事，每有豪举壮学出人意表者，如先生之此书便是。这需要花大功夫搜求研究以成，甚难事也。"并随信寄来题写的四幅书名墨迹，供我择选而用。由此，为书的出版增辉不少，我心中充满了感激之情，遂有了能够早日登门拜访答谢的念头。

2006年冬，我到南京参加一个全国的出版工作会议，终于有了一个登门拜访忆明珠先生的机会。在那个下午，我在与忆明珠先生电话相约以后，便搭乘出租车，赶到了江苏省作协的肚带营街道宿舍附近，刚要打听，一抬头，瞧到一位在寒风中站立在巷口的向四下里张望的老者，我根据赵镇琬先生曾经给我描述的忆明珠先生的"头大，眼大，鼻子大"的特点，就猜想那个长得就像忆明珠先生自画的菩提达摩一样的老者，十有八九就是忆明珠先生。我压根就没有想到，年已80岁的他能恭候我。听赵镇琬先生说过，他已很少自己下楼，来了客人，都是以门槛为界，站在门槛里边迎，也站在门槛里边送。他能屈驾下楼跑到大街上相迎我这个比他小了24岁的人，真是抬举我了。他的夫人蓝桂华，也像忆明珠先生一样热情，听得忆老一声“山东老乡来了”，匆忙从为招待我而准备饭菜的厨房里跑出来，送上一杯热茶。我给他带去了由他题写书名的《清代百名进士墨迹》的新书，还有我也不知道他喜欢不喜欢的产自老家沂蒙山区的徐公砚。我见他爱不释手也就心安了。他告诉我，他乃一介书生，平生所爱不过笔墨纸砚而已，山东出的几种砚台，加上我送的这一方，品种差不多凑齐全了，故乡的砚兄砚弟在他家里大团圆了。作为回赠，忆明珠先生送了我好几张书画小品，我自是喜欢得不得了。那天晚上，交谈了很多，也交谈到很晚，进入了一见如故、相见恨晚的境界。我自知浅薄，主要是恭敬倾听，听他谈童年、谈坎坷、谈诗文、谈书画……但他谈得最多的还是远离故土的乡愁。我被忆明珠先生的学识渊博、妙语连珠所征服，真有那种“听君一席话，胜读十年书”的感觉，难怪与先生要好的一些文友评说：“忆明珠文比诗好，字比画好，这还都不如谈吐好。”我倒觉得不能这样类比，应当是诗文、书画和谈吐皆妙不可言，真乃锦心绣口之人。之后，我又收到了忆明珠先生的来信，他在信中道：“前时您因公来宁期间，蒙拨冗光临寒舍见访，深为铭感。阁下与我虽素未谋面，而一见如故，得作倾心长谈，这该是一种缘分吧。”这次相见，一下子拉近了我们之间的距离，我们的交往也频繁起来。除了书信和电话形式的交往，我单独或与赵镇琬先生结伴，先后四次到南京去看望他，也曾委派孙辈明天出版社副社长刘尚礼去看望他。我一直以为，与忆明珠先生交往，乃我人生一幸事也。

每当我收到忆明珠先生用毛笔挥洒书写的来信，读着那信笔写来的富有诗意的文字，都有一种久违的传统通信方式的“见字如面”的亲切之感，遂萌生了为忆明珠先生出版一本信札墨迹的念头。我特别感叹忆明珠先生对中国传统文化的那份执着追求，正如忆明珠先生所说，他“之所以坚持使用毛笔，只因觉得中华千百年来文化之发展维系，是始终与毛笔联接在一起的，诸以当电脑书写兴起之际，我却把毛笔握得更紧了”。从出版的角度审视，在中华民族几千年来传承的用毛笔书写信札的方式渐行渐远之时，能够出版近乎填补空缺的当代名人信札这样一本图书，其传承价值、艺术价值、收藏价值自是不言而喻。我即与时任青岛出版社社长孟鸣飞和副总编辑高吉民先生进行了沟通，与二位的选题意图一拍即合，决定出好这本书。当我与赵镇琬先生商量后，便将出版这本书的想法告诉了忆明珠先生，老先生随即给我致函说：“决定出版我之手书信函墨迹，这实出我意料。”他请赵镇琬先生组织准备稿件，还要我为该书写序。我确实不敢当，再三推辞，并建议由赵镇琬先生或其他德高望重之人为其写序。但忆明珠先生不改初衷，依然坚持由我来写序。我真是犯了难：给这样一个文学名人写序，我觉得胆怯，觉得不相称，自知才识浅陋，难以把握深浅，哪能不知天高地厚，打死我也不敢贸然开笔。我只好金蝉脱壳，反正我与赵镇琬先生是彼此不分的挚友，即把难以担当的责任推诿给了对忆明珠先生知根知底的赵镇琬先生代为操劳。赵镇琬先生把序写好后，我没有什么改易，只是建议在序首加上一句：“我非常敬仰忆明珠先生。”其实，这序的著作权应归属赵镇琬先生，属于我的只有这一句话。忆明珠先生是十分乐意在自己的故乡山东出版他的著作的。之前，已有山东的出版社为其出版了《小天地庐漫笔》《小天地庐杂俎》与《抱叶居墨迹》三本书。由青岛出版社出版的这本《抱叶居手函墨迹》，应是他在故乡山东出版的第四本书。忆明珠先生拿到这本新书后，在给我的来信中，除对故乡山东为他出版这本书给予“壮举、豪举”的赞扬外，还对我在序中加的那句“我非常敬仰忆明珠先生”，说是对他的“溢美之词”，说“我这个老头可不敢当啊”，说“一定要坚决地奉还给你”。我对忆明珠先生的敬仰绝不是玩弄文字游戏，绝不是言不由衷，而是发自肺腑地对他敬之仰之。忆明珠先生的这本书问世后，至少在全国作家圈子里引起了不小的反响，得到了不少好评。有位在《中国收藏》杂志供职的作家和书画家，也喜欢收藏忆明珠先生墨迹，专门将山东出版忆明珠先生手书信函墨迹一事，作为文坛的鲜见之事，单设篇章，记载在自己出版的著作里。令我高兴的是，青岛出版社慧眼识珠，继而又为忆明珠先生出版了《抱叶居墨迹二种》一书。我觉得能为我敬仰的忆明珠先生做一点力所能及之事，心中十分欣慰。

2017 年秋，受荣宝斋（南京）拍卖公司老总邀请，我去南京参加拍卖会。我与也仰慕忆老的潍坊市的满孝全先生一起，带着山东潍县的青萝卜，又去看望忆明珠先生。这是我第四次看望，也是最后一次看望。之所以说是最后一次，是因为在这次拜访后，仅相隔两年多，忆明珠先生以 92 岁的高龄驾鹤西去了。我记得，忆明珠先生见了我们送去的潍县青萝卜，随口而出了在山东民间流传的对这青萝卜的赞美：“烟台的苹果，莱阳的梨，赶不上潍县的萝卜皮。”“吃着萝卜喝着茶，气得大夫满地爬。”我有点惊讶，老先生怎么连家乡的这些俗话都记得这么清楚呢。老先生让夫人蓝桂华洗净一个青萝卜，切成条状的小块，用一个白色瓷盘盛着，放在了我们围坐的茶桌上。老先生让我们吃，自己也拿起一块吃起来。他吃着，好像陷入了沉思，意味深长地喃喃地说：“小草恋山，萝卜恋窝，人老了恋故乡啊！”并且把“萝卜恋窝”这话，接连重复了好几次。我在与忆老的接触中，还是头一次听他说这样深沉的思乡之语，这分明是故乡的青萝卜牵动了他埋藏在心中的乡愁啊！鲁迅先生有言：“野人怀土，小草恋山，亦可哀也。”忆老的著述我挨个儿读过，在其文章里从未使用过“萝卜恋窝”这句话，与鲁迅先生说的“小草恋山”真乃是相对应的佳句。更令我拍手叫好的是，我送忆明珠先生以青色萝卜，而忆明珠先生却赠我他昨夜刚画好的盛满两篮子红色樱桃的樱桃图，上题一首自作诗：

林间樱桃枝头鸟，
皆我幼时老相好。
画个篮儿盛樱桃，
又当窝窝巢小鸟。

我想，这不就是忆明珠先生把自己比喻成时时想飞回巢儿的鸟儿吗？忆老的恋乡之情也牵动出了我所知道的忆老的怀念故土的那些事儿。忆老自 17 岁离开莱阳后，只是在 1974 年母亲病危时回了一次莱阳。母亲去世后，他在莱阳也没有什么至亲的人了。这也许就是他再也没有回莱阳的缘故。他说作为一个远离故土的游子，“怀乡病”是美好的。在 3 卷本的《忆明珠文集》中，有 30 多篇诗歌、散文写出了他对故乡的怀念之情。有的怀乡文章，读之令人落泪。他曾写道：“芳草啊，芳草！这几年我特别怀念故乡，特别怀念故乡那一片芳草的山坡。”他和山东的老作家孔孚、桑桓昌、许评等人，都是书信往来的赤诚文友。在这之前，他到过山东的菏泽、淄博、莱芜、东营等地，留下许多赞美故乡的诗歌、散文。尤其那次去菏泽看牡丹，浓浓的乡情，艳艳的花海，引爆了他的创作激情，一次竟写下了以牡丹为题的两篇散文和 19 篇诗歌，尤其是其中一首：

花大如斗，
胆大如斗；
敢红敢绿，
敢醉秾春似酒；
敢让百花先，
敢殿三春后。

这激情澎湃的诗，似奔腾的江河，如汹涌的大海，寄托着一种对故乡热烈的情怀。尽管我和赵镇琬先生数次邀请他回故土，我也知道他山东的许多文友，包括莱阳县作协的同志，都数次邀请他，但由于他年龄和身体方面的原因，忆明珠先生终究也没能再踏上山东的故土。山东和莱阳，是忆明珠先生永久的烙印，这个烙印也将永远地出现在记载他的篇章里。

忆明珠先生仙逝后不久，我和赵镇琬先生受邀参加由青岛出版社为他在故乡首次举办的书画作品展。那一幅幅鲜活的作品，情景交融，似乎在敞开自己的心扉，向故乡的人们畅叙心曲，其中有一张《采得黄花回》的绘画拨动了我的心弦。你看，一位身躯向前稍倾的老翁，背着交叉的手儿，拿着一朵盛开的黄花，沐浴在夕阳的余晖里，正向我们缓缓走来。我仿佛觉得忆明珠先生真的回故乡来了，带着一生创作的丰硕的成果回故乡来了。

在我的心中，忆明珠先生亦师亦友。

邵老头

邵老头，这是对我们临沭县曾经长期担任县委常委、组织部部长邵立祥的称呼。他已走了好多年，人们回忆起他来，还是这个称呼。这样一个亲切的称呼所表达的是一种敬重之意。

在20世纪70年代，大概有两年多时间，我曾先后在团县委和县委办公室做过一段秘书工作。在我与他的接触中，我俩逐渐增深了情感。邵老头身上那种特有的老一辈领导干部的品质和作风，一直深刻地影响着我。

就像《红楼梦》中的第二回，冷子兴演说荣国府，是让读者未见先识。对于邵老头，我也是未见先识。

我还在乡村里上小学时，我的父亲，一个几乎没有去过县城的老农民，就不止一次地给我讲过邵老头当时在社会上流传颇广的一个故事。老父亲讲，县里有个邵老头，挺厉害，老革命，穿戴不像个官，倒像个老百姓。这老头去下乡，路经一个公社的邮电所，临时想起个事来，要打电话告诉县城的部门，便走进邮电所，对一个守着电话机的正忙着打毛衣的小姑娘说，想打个电话。那小姑娘睄了一眼，见这老头土里土气，以为是个种庄稼的，上来就一顿呲哒，叫他出去到院子里南墙根蹲着去。这老头瞪着眼对小姑娘说："我说，你这孩子，咋吃了枪药一样，你领导没教育你好好为人民服务？”那小姑娘蹦着高儿吼道：“你还人民，就你这样的人民，算哪碟子咸菜，还给你服务，你不够格。”这老头生了一肚子气走了，电话自然也没打成。这老头回到县城里，把县邮电局的头喊过来说：“我说，这邮电所里的小姑娘，瞧不起老百姓，怎么为人民服务，在这个岗位上不合适吧？”那小姑娘是个临时招选人员，还真的砸了饭碗，被辞退了。那时，我就觉着，这老头像个包公，一身正气，谁不好好为人民服务，就去收拾谁，真是个好官。

1976 年，我从公办教师队伍里调入县委机关工作。调入前，邵老头派出两位组织部干部去考察我。我也是后来才听说，他对两位考察干部说：“我说，听说这个小青年写材料写得不孬，光听说不行，要严格考察，特别是看看他政治上和品行上过不过关，如果真的行，先去团县委工作一阵子，再放到县委办公室里去。”两位干部考察回来，向邵老头作了汇报，得到邵老头肯定。我接到通知，叫我赶快去县委组织部报到，说是组织部部长邵老头要专门找我谈话。我早就从父亲那里得到了他“挺厉害”的印象，有些紧张，也有些打怵。咱之前见过的最大的官是公社党委书记，哪见过县里这样大的官，而且还是个挺厉害的大官呢。

在去报到时，时为分管干部任用的组织部干事徐敏瑞，叫我等邵老头来跟我谈话。坐等大半天，也没见邵老头的影子。徐敏瑞便对我说：“邵部长有事过不来。部长对你很重视，说好的，他要亲自跟你谈话，嘱咐你几句。以后，部长还会再找你谈的，先到团县委去上班吧。”我到团县委后，还是隔着玻璃窗户认识的邵老头。邵老头有一个习惯，会在上午或下午，也不分个点儿，在县委机关大院里，前前后后地转上一圈子，看看各个部门的干部在干什么，有点巡查的味道。大多是在门口望一眼，有时也会直接进门。走这一两趟很有震慑性，各个部门的干部，都得板板正正地工作，生怕叫邵老头抓着什么毛病，吃不了兜着走。看上去，这老头真的好威严，不苟言笑，令人敬畏。邵老头的穿着那叫简单，整个大院里老老少少的没有再比他朴素的了，他活脱脱一个农民老汉形象。他是光头，有时戴帽子，有时不戴帽子。穿的上装外套是洗褪了色的国防服，褂子的对襟敞开着，似乎那扣子是多余的。在一个季节里，什么时候都是比较固定的一身装束，没见他时常替换什么新的衣服。估计他讨厌穿皮鞋，脚上穿的是布底鞋子，都是他来自农村的夫人韩大娘纳了鞋底做的。唯一有点洋气的，就是他随身不离拎着的一个装得鼓鼓囊囊的人造革手提包，似乎过大，与他 1.68 米的个头显得不成比例，反正我看着有些别扭。他对人讲话也有特点，开头有个铺垫的发语词，必有“我说”二字。邵老头对个人生活不大讲究，马虎了一些。有人就讲他个人生活简单的笑话，诸如说他洗脸，也就是用双手捧起水，在脸上一推一拉，再双手一甩一弹就完事。这些笑话，并没有什么恶意，其威望也丝毫不受影响。

我在团县委工作的那段时间，与他有三次近距离接触。

首次，那是我刚到团县委不久，吃过晚饭，在办公室里加班赶写材料。邵老头拎着他那个大手提包猛不丁地推门进来。我赶紧站起来，去给他让座倒茶水。他也不坐，也不喝水，只是一口接一口抽着烟，老半天也不说话。我终于等到他开口说：“我说，小刘啊，好好干！”他扔下这一句话就转身走了。我想这是不是就是要对我的谈话呀，这也太简洁了。别人告诉过我，那邵老头对干部有两句最常说的话：一句就是“好好干”，这就是对干部的要求；另一句就是“稀好同志”，这就是对干部的肯定和鼓励。当时，我就想，一定得“好好干”，争取叫邵老头说“稀好同志”。

另一次，我写的《胸怀革命志　丹心为人民——记模范共青团员陈冠顺同志的英雄事迹》的长篇通讯，在县广播站播出以后，也是在晚上，我在办公室里整理上报团地委的汇报材料。邵老头还是拎着他那个大手提包推门进来，一边抽着烟，一边对我说：“我说，小刘啊，我听县广播站的大喇叭头子广播了，你写的那个叫什么陈冠顺的材料还怪带劲来，这是个稀好的青年，跳水库里救人献身了。我给孙承金（时任县委副书记）和于清玺（时任团县委副书记）碰头了，这青年生前就有强烈加入党组织的愿望，得追认他为共产党员，把这么好的青年好好树立起来。”这次，邵老头说陈冠顺“稀好”，没说我“稀好”，但话里有肯定我的意思，我想离说我“稀好”不远了。

再一次，是在我将要离开团县委去县委办公室的时候。那是一个星期天的上午，我去团县委办公室拿材料，一位新上任的团县委副书记正跷着个二郎腿，在那里吱吱嘎嘎地拉二胡。看来他也是初学，拉得断断续续，上气不接下气，挺刺耳。我听见门响，一抬头看见邵老头背着手进门了。他这回没拎手提包，可能把手提包放在隔壁的组织部办公室里了。他点上一支烟，凑近那个新来的副书记，就问：“你捣鼓的啥玩意儿？”被问者只好回答：“邵部长，你怎么连这个都不认识，这是二胡。”邵老头哪里能不知这叫二胡，分明是明知故问，以表达不满意。事后我才知晓，人家邵老头正在组织部办公室跟干部谈话，受此干扰，能不生气。那新来的副书记也觉出不妙，赶紧夹着二胡溜了。邵老头见他走了，便用手一指门外的那个副书记的背影，对着我道："我说，这就叫烧包，显摆什么。有这个闲工夫，多看看书，多学学文件不好吗？小刘啊，你千万别学这个样子。""烧包"乃方言，意为炫耀。乡村人说"烧包"，往往还要带上"不知姓什么了"，或还要带上"不知道吃几个馍的"。这"烧包"二字，我记了一辈子，切忌"烧包"，一辈子也不敢去"烧包"。

时间长了，尤其在粉碎"四人帮"之前，我被从县委办公室抽调到由邵老头牵头负责的"清理资产阶级帮派体系办公室"，在他的具体领导下工作了几个月，对邵老头有了更多的了解，他那几乎被固化的带有革命传统色彩的精神和作风，我似乎找到了其根源，那就是战争年代的锤炼，那就是不忘初心，这正是我们后人所缺乏的。

邵老头是从战争年代走过来的人，那些参加革命的往事是他最深刻的记忆。这些往事是他的闪光点，他也屡屡给我讲述过。邵老头的老家，乃盛产金银花的平邑县。他 1912 年出生，正儿八经的清末民初出生的人。1942 年，他 30 岁时，入了党，参加了革命。他当过平邑县历东区区委书记，县委组织部部长，也曾兼任属于地方武装的区中队的指导员。他到我们县任县委常委、组织部部长，已是新中国成立后的 1961 年了。邵老头也是新恢复的临沭县第一任组织部部长。邵老头给我讲得最多的是两件事情：一件是打了个漂亮的伏击战。他说："那年夏天，听说国民党还乡团要从盘踞的地方，到我们这边祸害老百姓，杀干部，抢财物。我们就召集区中队开会，准备打伏击，口号就是‘咱们舍上命，也不能让敌人伤害着老百姓。’我们带领着区中队，埋伏在敌人必经处的高粱地里，看见一大帮子敌人上来了，前边是个背大刀片子的胖子，一看就是一个小头目，我就先瞄准一枪打过去，把他打倒了。其他区中队的队员也一齐开枪，又打死好几个，硬生生地把敌人打回老窝去了。”另一件是保卫老百姓安稳过年。他说：“过年的时候，那炮楼里的敌人也想着钻出来抢猪抢羊，过个肥年，祸害老百姓。我们区中队就在要害之地加强岗哨。天冷啊，还飘着雪花，区中队的人可怜啊，大多穿着灯笼裤子，脚上哪有棉鞋穿？为了两只脚暖和，我们找一个条编的筐子，里边放上麦穰，脚埋在里头，才冻得轻点。我们也主动出击，去敌人炮楼边上，放上几个手炮，打上几梭子机枪。敌人一看咱早有准备，不知虚实，也就吓得不敢露头了。”邵老头每当讲完这些，都会情不自禁地发出感叹，那是一连串的不能忘：啥时候不能忘本，啥时候不能忘艰苦奋斗，啥时候不能忘老百姓，啥时候不能忘这江山是咋打下来的……看来，这些不能忘的观念，已在邵老头的心中牢牢扎根了。

我还在团县委时，一天上午，我和团县委副书记于清玺都在办公室里。白旄公社党委副书记化子玉从外面走进来，于清玺笑迎道：“化司机来了。”我很诧异，这化书记怎么成了“化司机”了呢？化子玉走后，于清玺便告诉我，在这之前，化子玉曾在县委组织部里当干事，邵老头不会骑自行车，如果下乡，都要叫化子玉用自行车载着他去，所以，人们都称化子玉是邵老头的专车司机，也就给他送了个“化司机”的绰号。于清玺还告诉我，不光化子玉是他的司机，给他当司机的多了。他上中学的儿子放了假，也要被抓着给他下乡当司机。就连于清玺自己也多次给他当过司机。于清玺便给我讲了一段给邵老头当司机的往事。那是在1977年夏天，邵老头从县城出发，步行8里地，去周庄公社检查县里派驻的农业学大寨工作队的工作情况。时为工作队副队长的于清玺便与另一位工作队的干部，用自行车轮流载着邵老头走乡串村，一连检查了七八个村的工作队。中午，他们在前琅琳村工作队，吃了午饭后，邵老头掏出两毛钱，放在饭桌上，说是饭钱。工作队的人哪好意思收钱，便推来推去，像打架一样，直到邵老头变了脸，才把钱收下。邵老头说："我说，一次不交钱，就破了一次规矩，小处不检点，大处也会撒风漏气。"据我所知，县委从1973年开始，才慢慢有了几辆吉普车，大都供主要领导使用，邵老头一般也不用。1977年夏，我曾陪同邵老头下过一次乡，借用的是县公安局的一辆很破旧的吉普车。那车遇到大陡坡，就老牛大憋气爬不上坡。我和邵老头要从车上下去，在后边推着车爬上去。车行驶到东风干渠的西边堤岸上，有一根村民抽水浇地的橡胶管子横在路上，司机想一使劲从上面开过去。谁知邵老头大喊："我说，停住！"他叫我和他下车，一起连拖带扛把橡胶管子移到一边，等车开过去，又移了回来。邵老头变了脸，对司机一顿教育："开过去，压坏管子，这是损害老百姓利益，共产党的干部时时为老百姓好，老百姓才能拥护咱们啊！"谁知，那天抽水浇地的太多，我们一连搬了七八根橡胶管子。小车开进公社院里，公社党委书记迎上来，一看我们两个就说："这咋弄的，怎么身上那么多泥巴汤子？"邵老头说是在路上搬橡皮管子搬的，锻炼了胳膊腿了。在公社里，到了吃中午饭时，公社书记问邵老头中午饭怎么安排，邵老头一摆手，说老样子。我也不知道老样子是啥样子，以为这么大的官下来，还不得炒上几个菜。谁知，邵老头对我说："我说，小刘啊，你去食堂花钱换个饭票，一人买一个馒头，买一碗菜，吃了，咱回县里去。"我头一次跟邵老头出发，真没想到是这个样子。

我对邵老头有挺深的感情，那是出于对他为人做事的敬重，也是出于他对我的爱护和关心。在清查办公室时，邵老头和县委书记李守克有一致的意见，那就是在那个特殊的历史岁月里，不管是这一帮，还是那一伙，谁搞违法犯罪，谁搞打砸抢，就追究清理谁。但有的人，说是各打了四十大板。当时，我按县委领导的意见，搜集整理了几个为首搞打砸抢人物的材料，有人说是"黑材料"，要我交出来。邵老头站出来对这些人说："我说，别难为小刘，一切由我负责好了。"这些人还要我交出记录本子，说是能从中找出线索来。邵老头说："我说，小刘是县委秘书，那本子上有记录的县委常委会会议上讨论的东西，你们没有权利查看的。"由此，我没有受到任何伤害。事实证明，让邵老头盯上的这些搞打砸抢的人，先后都受到了惩治，有入牢的，也有被开除党籍的。记得一天下午已临近下班时，邵老头才从刚开完的县委常委会上回来，说是确定明天上午开清查工作大会，要我连夜准备县委领导同志的讲话稿。我在晚上加班时，邵老头从家里出来，分别在 9 点、10 点和 12 点来看了我三次。当我告诉他大体在凌晨 3 点前就能写出来时，邵老头连连点头说："我说，不孬，真不孬，还真是快当手来。"脸上笑得像开了花一样。到了一点，县委食堂的人给我送来了两个煮熟的鸡蛋，并说是邵老头吩咐的，说是我熬夜，太累了，加个夜餐补一补。有一次我病倒了，在宿舍里一连躺了 7 天，邵老头每天下午都去看我一次，还安排人到县医院找来医生，给我治疗。我调往济南后，妻子告诉我："邵老头怎么这样牵挂你，一见到我去县委食堂打饭，就追着我问你在济南怎么样，什么时候回来……"过春节时，我从省城回县城里，也不知邵老头怎么知道的，好远的路，他步行到我蛭石厂的宿舍里看望我。我非常感动，少不了叫妻子炒上几个小菜，一起吃个饭。邵老头用手拍着我的肩膀，给我说了掏心窝子的话："我说，小刘啊，真舍不得让你走，用着真顺手，走了想得慌，话又说回来，要是不让你走，那会耽误你的前程啊！"

这次回故乡，少不了与邵老头的子女接触交流，又收获了新的感动。

据我所知，别看邵老头当组织部部长，他的几个子女在参加工作时，都被他送到企业当了普通工人，不是开车床的，就是开货车的。他对孩子说："我说，人家小孩能当工人，咱家小孩也能当工人，凭什么比别人高出一肩膀头子。"邵老头见子女进步了，入党了，也会特别高兴，但总是对子女讲："早着来。"现在，邵老头的几个子女，有的还住在县城，有的去外地与子女住在一起。我通过各种方式与他们取得联系，他们谈起邵老头对自己的管教，都不约而同地说出："服从领导，听从安排，积极工作，不提要求。"这样的家训，你能不感动？邵老头是 84 岁辞世的，组织上问其子女还有什么要求，子女们也几乎一致回答："俺父亲一辈子没提要求，当子女的也不能提什么要求，唯一要求，给一份悼词，作个念想。"这样的要求，你能不感动？

在我的心目中，邵老头不仅是一个高大美好的人物形象，更是一面镜子。

草儿青青

前几年，我从济南市的一张小报上看到一则消息，说是有家城里人，在星期天带着孩子去郊野游玩，一时兴起，自以为是，在野地里胡乱采集了一些野菜食用，造成全家中毒，住进了医院。我觉得太可悲，不了解野菜的良莠，何能盲目采食呢？我断定这家人不是农村出来的，也更没有割过青草。像我在老家沂蒙山区的乡村里，从小就带着铲子或镰刀，在道旁、水边、坟场、荒坡、地头、田间割着青草长大，那是无师自通，对各种野菜有毒无毒、毒性大小，可谓是小葱拌豆腐——一清（青）二白，绝不会犯下这样低级的错误。我还猜测，他们家虽食野菜中了毒，而未致命，里边绝不会有毛猴子眼（狼毒花）一类东西，如若有，小命都得搭上。

对乡村小孩子来说，在夏季的田野里割青草，那是一桩充满苦与乐的有担当的农活儿。与其他农活不同，这割青草的农活小孩子是唱主角的。

在乡村里割青草，大致从清明节一直割到中秋节，从草儿不大的苗苗一直割到衰萎枯黄。夏季的几个月，草儿茂，棵儿壮，养分也足，才是割草旺季。那会儿，在小学里下午放学以后，我们孩子大都会去村子附近的周边割些青草，但割不多，一般会用来喂养自家的猪、羊和兔子。但在星期天，尤其在暑假里，则会去离村子更远的地方，把割到的更多的青草，一律交给生产队里，按过秤的斤两挣工分。那时节，生产队里也要抽出一些男女半劳力，专门割青草。我们这些从学校里放假的孩子，只不过是补充力量。说起来，这割青草还真是特别要紧的事儿，生产队里的那些牛、驴、骡子，咀嚼了一冬天的干巴巴的农作物的茎与叶，再不让它们在夏季里吃上肥美的青草，怎么还有力气去拉犁拉耙的？

在同年龄的孩子中，我每次割的青草几乎都会大大超过其他孩子。我有真经：除了比他们能吃苦，还比他们胆大。小时候常说："胆小捞不着将军做。"这胆小也割不到更多的青草，只有敢到一般孩子轻易不敢去的地方，才能比别人割得多。其实，我的胆子大些，也是在割青草的一次次惕厉中磨炼大的。

田野上的坟场、青纱帐和沼泽地，对我们这些割青草的小孩子来说，颇有些挑战性。

村子南边的南老林是村里刘姓的一片好大的祖坟，有着上百座坟头。爹还说过，这里边还出没过野狸子和獾八狗子。这片坟地势高，像个大台子，一棵树也没有，除了长青草儿，也就长青草儿。坟地周边低洼，多种旱稻和稑子，也杂生着挺多青草。这里可以说是"青草大全"之地，尤以俗称的顿倒驴（牛筋草）、福苗秧（打碗花）、刺刺牙（小蓟）、马齿菜（马齿苋）、蛇虫苗（苦菜）、奶浆草（地锦草）居多。有些割青草的孩子，对这里打怵，不大去涉足。我在七八岁的时候，曾独自大着胆儿去坟地里割过青草，虽说没碰上爹说的两种小动物，却碰上了突然从草丛中钻出来的一条带有黑红斑纹的吐着芯子的大长虫（蛇）。我最怕蛇，瞬间毛骨悚然，方寸尽失，拎起装草的篮子，逃出坟地，跑回家里。我哭着告诉娘，碰上了大长虫，吓得连割草的小镰刀也丢了。娘却望着我笑着说："你这是被吓掉魂了，小镰刀哪里丢了，你瞅瞅，这不是还在你手里好好地拿着吗？"我这才回过神来，破涕为笑，切切实实体验了一次"骑驴找驴"。我真是被吓傻了，要不然怎么会出现这种阴差阳错的怪诞事儿。也许是去南老林割青草的次数太多，我终于碰上了爹说的两种小动物中的一种，就是獾八狗子。那是一天下午，夕阳西下，我在靠近坟地的西边的稻田里，割了一阵子青草，想直个腰歇口气儿，抬头朝坟地一瞧，就见这家伙立在一座新坟上，跟爹说的模样一样，仰着黑白相间的脑袋，像戏曲丑角中的小花脸儿，呆呆地与我对视着。我听爹说这獾八狗子挺凶猛，不好惹，也不知道它会不会朝我发起攻击，心里挺紧张，不由得攥紧了小镰刀柄儿，哪里还敢再去低头割青草。谁知它倒是先害怕了，一转眼溜走了。

在村子西边，集中着各个生产队大部分耕地，人们称之为"六大片"。大多数割青草的孩子，只是在地瓜、花生、豆子等低矮些的庄稼地里转来转去地割青草，对那一块连着一块的高粱、玉米地，则有些胆怯，轻易不敢进入。一个人单独钻进去，的确有些冒险。我们去割青草，各有自己的小九九，不会成群结队，要单独行动。如果发现草多之处，与别人一起去，自己还割什么？这高粱、玉米地里有许多青草，那也是同住三弯巷的"立站"大哥偷偷告诉我的。他在生产队里专管拾粪，在田野里没有转悠不到的地方，一旦发现青草多的地方，都会给我透信儿。我大着胆子钻进这青纱帐里，走到了深处，真是眼前一亮，这里一大窝儿，那里一小片儿，分布着茂盛的青草。这里的青草不杂，主要就几样儿。除了俗称的茎儿直立的扯涎头草（乡人把鳝鱼称为扯涎）、张张萝（香附子草）、谷友（狗尾草）、灰灰菜，最多的是一种俗称为"秫秸秧子"的青草（有些资料上称马唐草），淡紫色的茎儿，匍匐在地面上。之所以给它取这个名字，可能是因为它叶片极像秫秸（高粱）叶儿。这种草儿，有些棵儿好大，挓挲开来，如磨盘，似筛子，喜煞个人。我用一个上午或下午时间，就能割上一挑子两筐儿，少不了七八十斤。入了青纱帐，就如进了迷魂阵，在又高又密的高粱、玉米地里，除了仰望到高空中飞翔的云雀儿，外面的情景就什么也看不到了。尤其这青纱帐里密不透风，闷热得像个蒸笼一样，雨淋一样的汗水，把湿透的短袖小褂儿紧紧贴在脊背上。那高粱、玉米的叶片边缘有些锋利，我穿行其间，会把赤裸的手臂划下横七竖八的伤痕，那伤痕红红的、浅浅的、细细的，被汗水一浸泡，火辣辣的。这并不可惧，可惧的是在里边，会冷不防地窜出什么伤人的野生动物，那可就惨了。这心老是悬着，我一边割着青草，一边不停地朝周围打量着。我在里边连续割了十多天的青草，庆幸的是并未见到什么大的动物，只不过是些蜥蜴、青蛙、野兔和鸟儿之类的。有人告诉我，在夏季里，村子东方的苍山上的毛猴子（狼）会在庄稼长高的时节游荡到我们这里，我也不晓得这是真的还是假的。我们生产队里有个被人们叫作"小迷糊"的孩子，说在"六大片"的台田沟里看见了小毛猴子，那毛猴子脸长得像"老嬷嬷脸"一样。想到这儿，我心里就愈加惴惴不安。我就想，在我们这个一马平川的地方，别说他"小迷糊"这个小不点儿，就是大人也没见过真实的毛猴子，他遇到的十有八九是一只饥饿至极、瘦弱不堪的狗崽子。我从来没有听过毛猴子的叫声，只要一听到庄稼地里拉着长音的嗡嗡声，就想会不会是毛猴子叫的，便赶紧避而远之。我后来才知晓，其实这是一种叫鹌鹑的鸟儿的叫声，人们也叫它地嗡子。它在求偶时，会把嘴巴插在泥土里连续不断地发出这种怪异叫声来。

村子南边的叫“泥腿沟”的小河边，有着连片的沼泽地，生长着丰茂的水草。我去割草要穿着短裤，赤着脚，立于水中，方能割到草。但水中那种细长条的蚂蟥也太多，我进到水里才一小会儿，那腿上与脚上，就会被叮上好几条，叮得流血。我要在水中匆匆割上一阵子，就赶紧跳上岸来，挥动手掌，左右开弓，噼里啪啦，一阵猛击，才能将它们逐一清除下来。后来，我听别人指点，在入水前，先将用嘴巴咬开的大蒜瓣儿，在脚和腿上擦一擦，挨蚂蟥的叮咬也就少些了。唉，这割点儿青草，也要付出血的代价。

在我看来，那夏季被高低错落的庄稼覆盖的田野，自是与其他季节的田野不同，充满着野趣，也充满着神秘色彩。割青草儿是艰辛的，但割青草儿时我也没有去不到的地方，会获取许多未知的新奇，增长见识。有那么一次，是在暑假里，我本来打算要去比南老林更远的村西的青纱帐或村南的沼泽地里割青草，但在吃过早饭后，看到西方的天边上，乌云越积越多，那是要下雨的征兆。我也就舍远求近，又去了南老林，待在坟地里割满了一筐青草，正欲离去时，却看见了田鼠搬运孩子的一幕。那是一只硕大的田鼠，用两条后腿儿，紧夹着花生果儿大小的粉红色的鼠崽子，像扭秧歌一样，以极快的摆动频次，将鼠崽子转移到比较高的更安全的地方。这一奇遇，我以前从未见过，也从未听说过。

我回家讲给娘听，娘也说："怪稀罕，这田鼠成精了，还有这能耐呢。"还有更鲜见的，也更奇葩的。那天上午，我去村西高粱地里割青草，竟然看到了一只刚破壳的小鹌鹑，脑袋上还顶着未及脱落的半个蛋壳，就矫健如飞。我撒开腿去追赶，却怎么也追赶不上。我这才相信，大人们常说的"没扒蛋壳就会跑"的话，那是千真万确。这两件新鲜事儿，直到现在，我还常常给小孙女讲起。割青草这活儿，之所以让小孩子们乐此不疲，那是因为它有很大的自由度，什么时间去割，要去哪里割，还有割多割少，也没个限制，完全是自己骑马自己喝道，个人说了算。我们也会忙里偷闲，少不了逍遥一阵子。在高粱地里割青草，有一个好处，就是在高粱孕穗时，能寻食美味的高粱乌霉，吃来吃去，把嘴巴染得黑黑的。挑着两大筐青草，走在回村的路上，大人们见了，都会逗你几句，说是嘴巴上怎么抹上锅底烟子了。在沼泽地里割水草，可以顺手捉一种喜欢在水草茎上转来转去的油蚂蚱，也可以去挖食甘甜的红褐色的荸荠，还可以拔一种葱绿的鸡冠子草，将其晒干后，学着用它编织蓑衣。割青草割累了，歇一歇时，我们会蹲在或趴在草地里，从洞里吊叮当油（中华七纺蛛）。

那时，若非生在乡村，若非农民的孩子，我们这般大小的孩子，还在拉着大人的衣角，牵着大人的手儿，去撒娇使性呢。我们这些农民的孩子从小就成了"小社员"，去干割青草、拾粪、拾柴火等一些农活儿，扮演着"穷人孩子早当家"的角色。自古道："成人不自在，自在不成人。"一个人有了这样的经历，这样的磨炼，在以后的人生中遇到苦，碰到难，也就觉得算不了什么了。

我从小割着青草长大，这青青的草儿已经绿到心里，一辈子都记忆犹新。

柴火垛子

现在说起来，在我们沂蒙山区的乡村里，人们去田野里拾柴火，那都是几十年前的老皇历了。

拾柴火，这也是时代的产物，什么样的时代就有什么样的产物。

那个岁月，你走进村庄里，在每家每户的宅前屋后，甚至在庭院里，都会看到许许多多的大大小小的柴火垛子。这些柴火垛子，有一些是从生产队分来的玉米、稻子、麦子的秸秆儿，也有一些是人们从田野里拾来的杂七杂八的柴火。这些柴火，主要用来煮饭和烙煎饼，还用来冬季取暖。从生产队所分的柴火不够用，只能自己再拾些做添补，这也是无奈之举。

在乡村里，如果叫人们选择的话，还是更倾向烧煤。但那时节，乡村人的日子大都过得窄巴，哪里舍得花钱买煤烧，能节省尽量节省，也只好主要依赖烧柴火。再说，即使舍得花钱买煤，因为煤属于计划物资，也难以买到。若要去公社供销社买煤，必须去公社机关批条子，还受限制，最多不能超过 200 斤。家境好些的人家，也只是冬天在堂屋里支个炉子，取暖与做饭并用。但这毕竟是个别现象，在我们有 20 多户人家的三弯巷里，也只有一两户人家家里支了炉子。冬天里，我们家从未支过炉子，只是在堂屋里放了一个泥做的火盆，天气太冷时，烧上几把草，把屋里烘一烘，驱赶寒气。

我从小就知道，这拾柴火是特别要紧的一件事儿。

在三弯巷里，有对父子俩特别懒惰，在大雪封门的天气里，饿了煮食地瓜，但缺少柴火，就把床上的席子底下的麦草扯出来烧了。在堂屋的地上挖了一个深坑，蜷缩在坑里御寒保温。当爹的还想为儿子找媳妇，人家女方到他家天井里转了一圈，连堂屋门都没进去，扔下一句话转身而去，说连个草垛子都没有，不是过日子人家。不过两年，我亲眼见的，父子两个人前后脚儿，就在饥寒交迫中死去。爹和娘常用这懒汉父子的例子教育我们孩子，说从小就要勤快，多去拾粪，多去割青草，多去拾柴火。在那个岁月，庄户人过日子，所能彰显的财富无非就是屋子、粮囤子和柴火垛子。按人们常说的，孬好有个住的地方，不缺吃，不缺烧，也就算好日子了。

我们那地方虽地属沂蒙山区，却没有“高高的山峰入云端”，乃为一马平川的黑土地与黄土地。没有什么山林，这就少了些柴，多了些草。其实这“柴火”与“柴草”的含义相差不到哪儿去。我们所拾的柴火，不过是些凋谢的树叶、枯死的野草，还有庄稼收割后的茬子。在秋收以后，我们孩子就不再去割渐渐枯黄的野草，而去专心拾柴火。就那么一个小小的地盘，就那么点资源，要想在僧多粥少的情况下，拾到比别人更多的柴火，也颇为费心费力。

说起来有点可悲，那个时候拾点柴火并非完全自由。在秋收时，大队里的大喇叭头子里，一日好几次广播甚为严厉的禁令，不允许个人擅自到生产队收割后的庄稼地里用竹筢子搂庄稼叶儿。说是谁去搂柴火，谁就是“损公肥私”，谁就是“资本主义尾巴”。虽说这也挡不住我们孩子依然去拾柴火，但弄得我们心里挺紧张，像做贼似的，害怕被抓着。其实，也就大队书记一人管这事儿。我们还是东躲西藏地去拾柴火，一旦看见远处的大队书记背着手来了，早就撒开脚丫子撤离了。我们最喜欢去收割后的豆子地里去搂豆叶。那金黄色的豆叶在地里铺满了厚厚一层，人一踩上去沙沙作响，带来一种特别爽快之感。有一次，还是因为麻痹大意，我们让大队书记逮着了，先是那草筐被踢了一脚，滚出去好远，然后是我们被训斥了一顿，最后是我们搂到的豆叶也被没收扣下了。我和小妹等到大队书记背着手走远，就又返回去，把搂好的两人堆豆叶装进筐里挑回了家。也不知咋的，这件并不大的小事在我心中留下的阴影却一直抹不去。这也许是过早地品尝到了人生不易滋味的缘故吧。

前几年，我曾看到一本书上有古人“敲泥拾草”的记载，一时难以理解，怎么拾草还要去敲泥呢？后来，我联想到小时候的拾“疙瘩子”，才一下子悟了过来。在夏、秋两季，生产队里割完庄稼所留下的麦茬子乃是我们孩子拾柴火的主攻目标。这些麦茬子不允许个人随便拾取，生产队里要丈量好后分到户，各户带上镢头去刨挖。但收割后的高粱、玉米茬子，生产队里不会去分，个人可以随便拾取。但因刨挖过于艰难，也就没有人先去下手。那要等到生产队里耕、耙之后，才可省去刨挖之力。爹在生产队里是使用大牲畜耕耙田地的老把式。先耕哪一块茬子地，我和小妹都能先知先去。人们把拾取高粱、玉米茬子，叫作拾“疙瘩子”。这些根须发达的茬子，被结实地包裹在黄色或黑色的泥块里，小的像个大人拳头，大的像个足球。对付它，要使用小型的挠钩和镢头，更多的是使用一根又短又粗的木棍儿。我们在地里跑来跑去，像打棒球一样，用力挥动着木棍儿，左一棍子，右一棍子，打得“疙瘩子”满地滚来滚去。对每个泥球儿，少则击打七八下子，多则击打十五六下子，才能把茬子包着的泥土清理干净。不知晓的，还会以为这是在玩游戏。其实，每一个干净的“疙瘩子”，都是用力气与汗水换来的。这古人所说的“敲泥拾草”，应该指的就是拾“疙瘩子”一类的活计。

冬天里，我们孩子也不闲着，继续千方百计地去拾柴火，主要去村子西边的“祥林”里拾柴火。“祥林”是一大片坟地。坟地里除了几棵橡树，就是众多的树龄挺大的侧柏树，遮天蔽日，阴森可怕。每当北风啸鸣，我就心中窃喜，因为坟地里会摇落下许多枯枝败叶和球果、籽粒。我和小妹做着伴儿，壮着胆儿，去拾取这些特殊的柴火。不能用竹筢子，要用竹枝做的扫帚和黍子苗做的笤帚，把这些杂七杂八的东西聚拢成堆儿，选一风口处，像扬场一样，借风力去掉小的石块和坷垃，收获到的是混合粉碎物。我们身处坟间，始终怵惕着，每当听到乌鸦哇的一声，看到塌陷的坟包里露出的棺木，还有从坟洞里窜出的鼠类，就心里发毛，一惊一乍。为能拾到柴火，这些惊吓就得忍受着。我们从坟地里拾到的柴火，有油性，很耐烧。娘最喜欢拉着风箱烧这种柴火，说是它们像煤一样，送到灶膛里一铲子，就能燃上大半天，真是个好东西。

所拾来的柴火，除了随拾随烧外，那些一时烧不了的，都在自家院墙外垛着。这柴火垛子，也就越垛越大越高，有好几年的陈草还没烧着。时间已久，里边都住上了刺猬。三弯巷的孩子要喂养自己的小鸟儿，会去这陈草垛里，踢上几脚，就会飞出几只蛾子来。爹让大哥每年从枣庄一带推来的煤也一直没有烧着。爹就挖了个地窖子，把煤埋在里头了。也有媒人给我提亲的，开口就对人家说："他们家会过日子，有陈粮，也有陈草，闺女跟着亏不了。"

前些年，我还一直在想，这农村再变，也不会像大城市一样，一时半会儿，变得不拾柴火，不烧柴火。真是出乎我的意料，时代变了，现在乡村里真的没有人去拾柴火了。那田野的沟沟坎坎里到处是无人问津的庄稼秸秆儿。许多年轻人，或因为打工，或因为陪读，都在城里买了楼房，与城里人一样，去烧天然气。仍在乡村居住的人，也大都烧上了洁净燃料，烧柴火已成为个别现象。

我有些感叹，人们由穷变富，那穷的生活方式也就被富的生活方式取而代之了。

选 择

自1974年秋，我就去县城，后又到省城，离自己长大的村庄越来越远，对老家的人事，也就停留在这以前的印象里。

2001年夏天，我们村里的曲四方老人与她的丈夫一起，带着最小的一个儿子，到我的省城家里来看望我和老伴。对她我并不生疏，印象挺深。记得她是第五生产队的社员，她的老伴当过生产队长，家中比较穷，一年到头，总是不够吃。论辈分，别看她长我十多岁，却应喊我老爷爷，我应称她孙媳妇。我与她20多年未曾谋面，还以为她是从农村老家来的济南，但她告诉我，她不是从老家赶过来的，而是从关东转悠过来的。她的小儿子是济南军区空军，她和老伴挂念儿子，就来这里租了个房子，好与儿子做伴。我这才知道，在我离开故乡后，她们家也去了关东，已经几十年没回老家。时间久了，我与她交流多起来，对她那些不寻常的经历既感到惊讶，也肃然起敬。真想不到，她在人生的紧要处，做了果敢而得当的选择。她像变魔术一样，改变了自己一家人的命运，真不是个凡人。

曲四方7岁那年，还不谙世事，却遇上了一次不得不面对的去与留的选择。

1948年前后，国民党的“国军”还盘踞在临沂城里。曲四方的家在沭河中流西岸的一个小村庄里，依然还在“国军”的掌控之下。“国军”把他们那片几个村庄的30多个人，也包括她的父亲，以有“通共”嫌疑之名抓起来要枪毙。最后，却没有枪毙她父亲，提出了一个要命的条件，二者选其一：要么扛枪跟“国军”干，有命；要么不扛枪跟“国军”干，没命。她父亲为了保命，只得接受了“国军”硬塞给他的一条枪，领着一伙人，负责维持所谓的“一方治安”。没过多久，“国军”就被八路军打跑了。她父亲知道，他陷入了绝境，八路军不会饶恕他，便准备先逃向南京，再逃向台湾。她父亲跟她母亲商量，他要带走兄妹两个其中一个，而且要把他最看好的小女儿带走。她不愿离开爷爷，不愿离开奶奶，更不愿离开自己的母亲。她死死抱住母亲的大腿不撒手，大声哭喊：“就是死，我也不走。”她父亲无奈，只好独自一人含泪走了。她的选择，也包括她父亲的选择，都是一个历史时刻的选择。

她这个选择，究竟是对是错，当时难以有答案，只能靠她一辈子去验证了。

她到了19岁，已长成了一个人见人夸的亭亭玉立的大姑娘，已到了谈婚论嫁的时候，于是她又面临着自己终身大事的选择。

有个媒婆向她介绍了我们村一户人家。她让母亲去察听，母亲去了回来对她说：“这户人家的男孩子有兄弟姐妹六个，再加上三个老人，他们全都挤住在一间半的小破草屋里。家里少粮缺草，男孩子个儿倒还出挑，就是长得不太俊巴，跟闺女你比起来，那可是差了一截子。”母亲似乎不太满意这门亲事，怕女儿掉进火坑里。那时讲阶级成分，家庭出身不好的人就矮人三分，抬不起头来。她首先问母亲："他家里成分好不？"母亲说："好几辈子的穷苦贫农。"她又问母亲："身体好不？"母亲说："真壮实，跟头小牛犊一样。"她再问母亲："心眼儿好不？"母亲说："怪实诚，憨头憨脑。"她对母亲说："俺爹都跑到台湾了，名声不好，人家能看上咱就不孬，只要能正儿八经地过日子，就是不错的人家，别挑三拣四了。"她母亲看女儿愿意，也就顺水推舟地说："有些事想开了，也就不计较了。穷点怕什么，又不是永远穷；丑点怕什么，又不是光看人物；人多点怕什么，人多才有盼头。这日子不是靠熬出来的，那是靠过出来的。"那时正值三年困难时期，母亲陪送闺女也算尽了力，给的嫁妆是一床棉被子、一对布枕头、两个白柳条编的针线筐子，还有算不上嫁妆的一布袋用蒸熟的地瓜面做的饼子。有些亲戚替她担忧，对她泼冷水说："你一个漂漂亮亮的大姑娘家，怎么找这么个穷得叮当响的一家子，到底图的哪一条子呢？"她笑笑说："俺打听好了，别的不图，就图找的男人出身好，身板壮，心眼正，心里怪踏实的。"

她出嫁以后，一直没有忘记母亲说的"好日子不是靠熬出来的，而是靠过出来的"那句话，一直追寻着过上好日子的梦想。

1975年，她35岁，又做出一个另谋生路的选择。那时，她已在我们村度过了16个年头，有了4个儿子和1个女儿，最大的14岁，最小的才4岁。在那个吃"大锅饭"的岁月，尽管她的丈夫是生产队长，带领着社员们没黑没白地辛苦劳作，但乡亲们的日子依然没有多大变化，过得比较艰难。她眼瞅着自己的5个孩子，一天天大起来，穷得手里连个称盐打油的零花钱都没有，孩子连上学都上不起，饭都吃不饱，要是到了孩子成家立业的时候，上哪弄4套房子去。如果连个做窝的屋山头都没有，儿子们还不都得打光棍。她和丈夫越想越后怕，忧愁得睡不着觉，觉得不能再这样熬下去，便酝酿着要闯关东去。

她去闯关东，并非她一时头脑发热，而是经过深思熟虑。她先找人写信，向早已在关东多年的亲戚打探实情。亲戚回信说："东北这地方，跟咱那地方不一样，土地多，林子大，只要肯卖力气，保管饿不着。"她心里还是不踏实，又让孩子他爹先去踏个实底儿。她丈夫去了，不久来信说："千万别来，冰天雪地，冻也冻死，就是宁肯在家里饿死，也不能朝这里奔。"她有自己的主意，觉得丈夫犹犹豫豫，前怕狼后怕虎，难以干成什么大事。她再三权衡后，决定带着孩子到关东去。她折变了家里的三间草房，还有猪圈、磨盘、铁锅、鏊子……该卖的能卖的都卖了，卖得很彻底。开弓没有回头箭，她既然有了新的选择，就没打谱再回来。她手里攥着变卖家产得来的260元钱，那是攥着半辈子的积蓄，攥着整个家当，也是攥着所有的希望，义无反顾地启程了。她怕路途遥远，自己照看不过来，会把孩子弄丢，就到供销社门市部里，花了两角钱，扯上了女孩子扎头发用的红头绳儿，按年龄排序依次把孩子的手腕拴起来，连成串儿。她带着一群孩子，坐地板车，坐汽车，坐大火车，坐小火车，奔向心中充满希望的地方。在兖州和哈尔滨坐火车，她只买了一张火车票，把一串孩子藏在座位底下，过上一阵子，放心不下，就用手摸一遍脑袋，清点一下是否够数。就这样，他们吃着从家里带来的地瓜干煎饼，用了四天三夜，历尽艰辛，到达了黑龙江尚志县虎峰林场。在林场下了小火车，相距丈夫暂住的地方还有三四里路，需要步行前往。这时，偏偏又纷纷扬扬下起鹅毛大雪。在一片白茫茫的雪原上，一个弱小的女子，牵引着一串前行的孩子，呼唤着，跋涉着，搀扶着，一个个滚成了雪人儿，他们与雪原拥抱在了一起。这场景，不是童话，胜似童话。这是一种何等不屈不挠的力量，你还能不相信他们的希望就在前方吗？

她的选择没有错，这正是她睿智的地方。这虎峰林场，就是一个大屯子，不光有林场，还有运送木材的小火车站，还有农业社，是一个创业的好地方。他们全家成了农业社的新社员，也有了新的开端。这里“土地多，林子大”，比起我们村人均不足一亩耕地来说，那创造财富的舞台大多了。特别是又遇上“三农”改革的春风，他们如鱼得水，有了用武之地。她给全家提出创业兴家的奔头，就是要在这个地方，一定混出个人样来，成为让人瞧得起和过得最富有的人家。她家除了分得的 10 多亩责任田，又自己开垦出荒地 20 多亩。这几十亩地所种的蔬菜、粮食，她大多要拿出去卖钱。她在家中养马、养骡、养奶牛、养猪、养鸡、养鸭……像一个小型饲养场。在我们村子里时，她就是出色的接生员，在这个地方成了稀缺人才，经她接生的孩子就有上百个。在本来人生地不熟的地方，她却有了极好的人缘。为了创造更多财富，全家人各尽其力，扫帚顶门——股股吃劲儿。她白天炒瓜子卖，晚上给施工队加工煎饼，一天忙下来，能挣不少钱；她丈夫大年初一也不闲着，带着一帮伙计去小火车站装运木材，能挣平日里双倍的钱。孩子们放了学，就到森林里挖刺五加，卖给药材公司，有时一天能挣 100 多元钱。孩子们还去森林里割架条，一天割 8000 多根，割多了农业社里会给现金奖励。在最寒冷的日子里，别人家的大人孩子都在屋里守着火炕不出门了，而她两个大点的儿子依然去山林里割架条。到了该回来的时候，两个孩子还没有回来。她跑到山林里一看，两个儿子已经冻僵，立在那里一动不动成雕塑了。要不是抢救及时，两个儿子都没命了。

梅花香自苦寒来。有了巨大的付出，才有丰硕的收获。在短短七八年时间里，她的家兴旺起来，富得拔了尖，被县里表彰为“勤劳致富之家”“五好家庭”。她也扬名了，农业社里敲锣打鼓送来了“好妈妈”的木质大匾额。找儿媳妇不难了，一天之内，就娶了两个儿媳妇，还都是大学生，就连林场书记的妹妹也愿意嫁到她家当媳妇。农业社与县里的领导，还有一些新闻单位的记者，都对这个从山东沂蒙山区来了没几年的致富农户投射出惊奇的目光，纷纷前来刨根问底。她的回答只有两句话：“俺过日子有一个目标，就是朝着目标使劲地奔。”“全家拧成一股绳儿，一个汗珠子摔八瓣儿地干。”这就是她概括的自己创业兴家的真经。

别看她大字不识一个，却不乏见识。她不仅选择致富兴家，也选择文化兴家。她告诉全家：“咱们家要多出当兵的，多出大学生，在这两条上，就是抛家舍业，砸锅卖铁，也得朝前边站，决不能往后边出溜。”传统的忠孝观念渗透到她的骨子里。她要求自己的孩子谁也不能偏离了忠孝这个大杠杠。她在门口立着一根木棍儿，有哪个孩子学瞎、走偏、犯错了，二话不说，照着屁股就是三木棍儿。小孩子们个个规规矩矩，努力向上。二儿子家的男孩在研究生毕业后，被国家公派到澳大利亚的一所名校攻读博士学位，在大学里以优异的成绩毕业后，还想继续留在国外求学深造。她对小孙子说："国家培养你，说明国家需要你，应当尽快回来为国家尽忠出力。"小孙子听了奶奶的话，及时回国，成了上海一所大学的副教授。

前几年，她80多岁的老父亲从台湾独自一人回来探亲，住在县城招待所里。在相隔40年后，这是她与父亲的唯一重逢。40年，对人的一生来说，不能说不漫长。这次见面，两人当时的选择，应当说已经有了答案。

父亲告诉她，他到了台湾，就断了回故乡的念头，便与一个跟随自己一起"逃台"的小女孩成了家，有了两个女儿和一个儿子。像他这样的人，一步走错，满盘皆输，连个吃饭的门路都没有。靠着那个小女孩带去的一部分银圆，做了个小买卖维持生计，好歹能活下来就不错了。他最受煎熬的是思念故乡，思念丢下的老婆孩子，已经到了这把年纪，来这一次，可能不会再有下一次了。看来，他这把老骨头要丢在台湾，进不了祖坟了。他也没有什么财产留给女儿，挺内疚。父亲并不是哭穷，临别时只给了她这个女儿100美元，也实在拿不出更多的钱了。

她也告诉父亲，共产党没有因为父亲那点事儿，拿下眼看待她一家。她这一大家子，已经有20多口人了。在孩子们中，出了3个解放军战士；出了9个大学生，还有博士、博士后；出了8个国家机关干部，还有县级干部；出了5个人民教师，包括大学教授。家里所有的孩子，都有正儿八经的工作，不缺钱花。她虽然年纪也大了，但小孩给的钱花不了。

父亲听了女儿的话，连说想不到，真想不到啊！

她父亲回台湾后，就再也没有回来过，也许是自己放心了，也许是自己太惭愧了。

去年，81 岁高龄的她，一时经受不住与她相依为命的老伴去世的沉重打击，病倒了。天南海北的孩子们，惊慌失措地赶到了她的身边，担心她会挺不住。但她有股倔强劲儿，选择了走出悲痛的阴影，重新振作起来。她对孩子们说：“我还能叫这小沟坎儿绊倒了？我还要好好多活几年，看看国家的好光景，看看你们的好光景呢。”

从曲四方的身上，我们应该悟到，一个人在一生中会遇到大大小小的选择，但只有踏在正点儿上，才会有光明的未来。

长眼睫毛

“长眼睫毛”，眼睫毛长，能当媳妇能当娘。

这是我们村子里的小孩子们时常挂在嘴边上的顺口溜。“长眼睫毛”是居住在三弯巷东首东大沟边上的一个小脚女人的绰号。她还有另外一个绰号，叫“歪歪头”。一个女人，竟被村子里的人安上了两个绰号，这在我们那个有着2000多人的村子里，乃是蝎子的尾巴——独（毒）一份儿。

她是一个曾经失掉过颜面而又尽力维护颜面的女人。

一

她家和我家，虽不在一个生产队，但因住得非常近，少不了碰头打脸。一天见上数次，也是常有之事。就这么一个熟识得不能再熟识的女人，我却从来不知道她的真实姓名，也许她本来就没有姓名。当着她的面，人们就以她男人叫徐云善而客气地称她为“云善家”。若在背地里提起她来，人们则会毫无顾忌地称呼“长眼睫毛”或“歪歪头”。这两个绰号都很普及，随便叫哪一个都是席上滚到地上——差不多。我从小就知道她身世特殊，大人们无不说她曾经是城里的“妓女”，这恐怕是板上钉钉的事了。但还有个别人说她是当年临沂最著名的还乡团头子、国民党第三行政区督查专员汪洪九的小老婆，这就有点捕风捉影了。初时，我每次碰见她，就会像条件反射一样，立刻联想出“灯红酒绿”“醉生梦死”“淫乱放荡”等一连串的贬义词，总觉着她怪异，有些另类，赶紧避而远之。我对她也好奇，也感觉到有些神秘，真想从她身上知道更多鲜为人知的事。那时还傻傻地想，要是能从她身上挖掘出一些奇闻逸事来，说不定将来还能构思出一篇好的小说呢。

她是在新中国成立不久，1950 年前后来到我们村子里的。当时，有个戴着眼镜的上级干部把她带到村党支部书记的家中。她那会儿才 20 多岁，那香艳的模样儿挺扎乡人的眼睛。她随身只是挎个小红包袱，那应当是她的全部细软之物。那位上级干部对她的真实身份既不藏着，也没有掖着，直截了当地交代：城里的妓院被取缔，她被解救出来，愿意从良嫁人，想找个合适人家，告别昨天，过上新生活。支部书记对这个从未有过的特殊任务，颇有些为难，虽说村里光棍不少，找上个十个八个也不犯难，但要给人家介绍个妓女当媳妇，这不是向人家头上扣屎盆子，跟骂人一样吗？支部书记寻来思去想到了村里徐云春和徐云善兄弟两个。这弟兄俩已没有爹和娘，早过而立之年，只因为太贫穷，找不到媳妇，打了光棍。支部书记觉得能给他们找个妓女，也比一辈子没有女人好。说起来，这老大还当过八路军，有些功劳，只是患上了哮喘病，上气不接下气，走路都要拄个拐棍，腰弯得像个大虾，平日里只是与一些老头蹲墙根儿。这老二，要比老大好看些，身体也没大毛病，只是个没嘴的葫芦，少言寡语，太过憨实，像个木头人。支部书记把她领到弟兄俩家里，为了尽快向上级交差，极力从中撮合，拿出摊牌的口气对她说：“这兄弟两个，任你挑，随你选，相中哪一个，就跟哪一个，但不能挑花的拣丽的，连一个也瞧不上，要是太挑剔，俺们也不会再操这个没事揽事的闲心了。”经过一番交涉，她做出选择：不跟老大，跟着老二。那个火口上，她也是走投无路，在困窘之中，能有一个落脚之处，也算找到了希望。这兄弟俩好似天上掉下个甜枣儿，岂能不乐意？虽说没跟老大，老大也不计较，觉得老弟有了媳妇自己脸上也有光彩。她的降临，在村里似投下重磅炸弹，掀起波澜，人们议论纷纷。一提起她来，大多数人头摇得像货郎鼓一样，除了鄙视，还有怀疑，就等着瞧热闹，看笑话，认为这样一个在青楼里混过的风尘女子，过惯了风花雪月的生活，水性杨花，岂能心甘情愿地跟着一个几乎要什么没什么的老实巴交的泥腿子过一辈子，说不定只是现安鼻子现安眼的权宜之计，过不上一年半载，实在撑不下去，就脚底抹油溜了。但接下来的事实，让这些预言者大跌眼镜。寒来暑往，几十年过去，她在风言风语中，就像扎了根一样，在村子里一直正儿八经地过日子。她很灵巧，没用多久，什么烙煎饼、做豆腐这些在农村过日子的各种技能就都谙熟了。她的男人得过两场大病，有两三年卧床不起，她不离不弃，一直服侍到她男人渐渐康复起来。对从自家搬到菜园子小草棚居住的大伯哥，她也是尽力照顾，每当家中做了好吃的饭菜，不是请回家中，就是送至门上。精诚所至，金石为开。村里人被她折服，对她不再鄙视，也不再怀疑，十分友好地接纳了她。她像一滴水珠儿汇入了江河里，紧密地融入乡村的人群之中。

二

人生之经历，如同树木之年轮，必定会留下痕迹。

从她身上显露出的蛛丝马迹，可以追寻到她在“青楼”里受过熏染的过去。我 10 多岁的时候，她已经 30 多岁，按族里辈分，我得叫她二嫂子，别看我年纪小，对她的了解并不比别人少。她经常在东大沟边上的一块伸入水中的大青石上，抡着一根短木棍洗衣服，我也经常举着一根长竿儿，在她洗衣处相邻的茂密的芦苇荡边上，用蚯蚓垂钓小鱼小虾，这也就有了更多与她交谈的机会，获得了更多关于她过去的信息。她的两个绰号，在内容上各有侧重。“长眼睫毛”，是说她的姿色。她也的确好看，在村里能与之平分秋色的女人，也只有另外一个在“文革”中被视为“阶级异己分子”、从城里清理遣送回乡的税务所长的老婆。她最诱人的地方，还是她那镶嵌在黑里透红的鸭蛋圆脸盘上的一双又大又黑又亮的眼睛，老是忽闪忽闪地与你交流着。她不仅眉毛像弯弯的月牙，而且睫毛也长得同女明星戴上的假睫毛一样。“歪歪头”，则是说她有点“酸”，酸不溜丢。乡村所说的“酸”，主要是说一个女人拿捏作态，故作娇羞，以显魅力。她的头向右歪，不是偶尔歪，而是固定的常态的歪。不只头歪，连眼睛也随着向歪的方向专注地斜视着。她的头歪，绝非生理缺陷，乃人为之歪。她有洁癖，这让任何一个农村女人无法与之相比，更难以超越，堪称典范。她家中的陈设，虽有些简陋，但都井然有序，桌椅板凳，日擦数遍，一尘不染。她家屋内和院中的地上，连根草棒儿都没有。在那个大都比较穷的岁月，人们穿衣着装所崇尚的是“新三年，旧三年，缝缝补补又三年”的风气，大人小孩穿打补丁的衣服非常普遍。但我从未见她穿过带补丁的衣服，所穿的都是比别人时尚的真青实蓝的衣服，可丁可卯，熨熨帖帖，像个大户人家的贵妇。她把自己原本邋邋遢遢的男人，也打扮得板板正正。村里人都说：“这两口子，整天收拾得像‘新客’一样。”她只要出门，必定从头到脚精心打扮一番。她反复梳理过的头发，不知用了啥牌子的头油，直溜溜、油汪汪、黑漆漆，跟狗儿舔过一样，走到哪儿也还要间或地检查整理着。或用双手在头上从前往后轻轻地拢来拢去，或甩动着垂下的双手在身上左拍右打，其实她身上也没有沾染上不洁之物，拍打只是一种习惯。

我与她接触多了，她也就对我没有什么芥蒂，似乎挺信任我，愿意把憋在心里的事儿向我诉说。一次，我大着胆子，想掏个底儿，问她老家在什么地方，叫什么名儿。但她沉默好久，才给了我一种搪塞的模糊的回答，只是说老家也是临沂这片的，一个女人家还要什么名字。我大体可以断定，她真的不知道自己出生的地方，也没有一个正常人应该有的真实姓名。她很可能是一个衣食无着的贫寒人家的孩子，或是一个少爹缺娘的孤儿，或是一个被坏人拐卖的女童，才沦落为娼的。她应该有名字，那名字只能是开设妓院的鸨儿为她所起的什么翠儿、霞儿、云儿之类的名字。这名字是她辛酸悲伤的过去，她只能埋藏在心底，再也不会对任何人提及。我也大体可以断定，她没有直系亲人，她从来没有回过娘家，也从来没有什么娘家人来看望过她。如果有，即使爹和娘已离世，有兄弟姊妹，甚至是七大姑八大姨，也该牵起乡愁，有所来往。逢年过节，别人家或走亲戚，或来亲戚，甚为热闹，唯独她家，门可罗雀，甚是凄清。想到这些，我为她怜惜，也为她悲伤，对她不好的印象也一扫而光。她是一个受害者，一个不幸者，谁家的女孩子，但凡有一条活路，也不会把她送到令人不齿的娼门里去。

在与她的交谈中，她还简要地告诉了我她在妓院里的一些事情。当然，她不会说在妓院，而是说在“城里”。她说那时住在楼里，越到晚上越热闹，晚上还吃夜宵，打麻将，唱小曲儿。她还说到了过年的时候，还被指派抬着好几层的大餐盒子，到有头有脸的人家，送各种花样的精美的糕点，人家还会给赏钱。她这是想显摆自己，抬高自己，叫你知道她以前也是见过大场面的，讲究过的，别小瞧了她。从她身边走过，会闻到一股淡淡的香味。我猜大概不是那种城里有钱人家使用的高档香水，她家没有多少钱，绝不可能把称盐打油的钱用来买这种奢侈的物品。这香味从何而来？我没好意思问她，是她自己主动向我炫耀的。她说自己一直使用两种东西：一种是白色小瓷瓶盛装的雪花膏，用来滋润皮肤；一种是绿色或粉红色的香皂（她称作“洋胰子”），用来洗脸。这两种用品，都含有香料成分，她经常使用，身上能不冒出香味吗？在那个年代，她这把年纪，还如少数讲究的小姑娘一样，使用这类“珍品”，也算与众不同。

三

在我刚当小学代课老师的那年夏季，村里发生了一起破天荒的强奸案，谁会想到她也被牵扯进去了。对她施暴的是村里的一个青年。这个人已经 28 岁，2 米高的个儿，满脸麻子，尚未找到老婆。村里人都知道这个缺少教养的青年不是什么好东西。我也恨这个人，小时候跟随三哥在水塘里网鱼，他从岸上扔石块袭击我们取乐，险些打中我的脑袋。这个青年还把我们逮到之后放在岸边坑里的一条鳝鱼，摔得稀巴烂。她是第一个被施暴的女人，却吃了哑巴亏，对外也没吱声。这个青年又在夏日的一个夜晚，爬墙入院施暴另一个绰号叫“小毛桃”的老婆时，被告发抓获。在公安派出所审问他时，这个青年又供出还曾施暴过“长眼睫毛”。按其说法，之所以第一个选择“长眼睫毛”下手，是因为他觉得她当过妓女，不知睡过多少男人，不会在乎羞耻，他去占个便宜，“长眼睫毛”不会不顺从。已经案发，纸里也包不住火，她也只好去当了证人。这个青年被判了几年，刑满释放后去了东北，却在那里又故技重演，犯下新罪，直接被枪毙。她在一次洗衣时，又碰上我垂钓，就把自己被施暴之事一五一十地告诉了我。她说是在一个夏夜，自己的男人到生产队的打谷场凉快去了。天气太燥热，她没关房门，就摇着蒲扇，在床上迷迷糊糊睡过去了。突然，她被一个男人压在了身上，她凭直觉知道不是自己的男人，就拼命挣扎着与其厮打起来。她抓起放在窗台上的一盒火柴，想划着火柴看看究竟是什么人，但她手中的火柴被那个男人一把夺掉扔了出去。她又用手指狠命地去抓那个人的脸，但那个人力气太大，她实在无力反抗。最后，她咬牙切齿地对那个人发出警告：“就这一次，如果再敢来，我就去告诉陈西夫，把你这个王八羔子抓起来送进局子里去。”这陈西夫虽说只是个小小的公安特派员，但在我们那块地盘上大名鼎鼎，整天背着一把盒子枪，在各村转来转去，别说大的犯罪分子，就连小偷小摸听到他的名字，也都心惊胆战。她把陈西夫搬出来，还真搬准了救兵，真的把那个人吓唬住了，那个青年再也没有敢去傍她的边儿。她在讲述的时候，先是气愤，后是气愤加流泪。我看得清清楚楚，她那双抡着洗衣短棍的手瑟瑟地抖动着。我问她："当时你为什么不告发这个人？"她摇摇头悄声说："这太丢人，只能认倒霉，外人不知根底的还觉得我跟这个坏东西有一壶呢，要是嚷嚷出去，我怕跳进黄河也洗不清，有一百张嘴也道不明，叫我这张老脸往哪儿搁啊！"她这分明是在发表声明，洗雪自己，怕别人误会，坏了自己的名声。按乡村人的话说，她这是在"撇清"。其实，她也用不着为自己辩护，都知道她是无辜和清白的。她是一个有过"伤痕"的人，只有高度戒备，才会躲避开新的伤害。她就像孙悟空用金箍棒给唐僧画了一个保护圈一样，也给自己画了一个防止惹是生非、受到伤害的保护圈。她几乎从不串门，也很少见过什么人到她家串门。如果有事必须到别人家，也是站在院子大门口，不会进院子，更不会进入屋内，你拉扯都拉扯不进去。她从不参与扯老婆舌头，谈论东家长、西家短，嘴巴严严实实的。按说在那些年，在我们那条三弯巷里，先后发生过不少令人或厌恶或叹息或愤慨的事儿，诸如："老摸鸡"又重操旧业偷鸡，好吃懒做的爷儿俩被冻饿而死，兄弟俩闹矛盾闹得小孩喝农药自杀，儿子不孝顺把老子气得上吊，有个小青年偷盗被逮捕……这些事已在外面沸沸扬扬，她却佯装不知，人前人后没有流露出一言半语来。她从不扎堆，怕人多嘴杂，掺和出麻烦。她家院墙外有几棵大槐树，夏日里，几乎每天下午都有附近的女人聚集在树荫下纳凉，一边做着针线，一边东扯葫芦西扯瓢。就这么近便，也没有把她吸引进去。她去自家菜园子，或去赶集市，或去供销社，在大街上就走一条直线，遇见熟人，招呼一声，连脚步也不停就走开了。依我看，她这是把自己封闭了起来。

四

真不能低估她的能量，她在40多岁的时候，让人目瞪口呆了一次。她不知从哪里抱来了一个男娃娃。应当说，跟前没个孩子，这是她最忧虑也最失脸面的事。听说她为妓女时，已经喝过“绝子汤”，一辈子也不能再生养。关于这孩子从何而来，村里有很多传言。她说这个孩子，是北京的一个没有结过婚的黄花大闺女私生的，自己的大伯哥依靠在一起当过兵的老战友费了九牛二虎之力要过来的。就因为这个才起名叫“北来”，意思是从北京来的。这孩子是有了，但归属到谁的名下呢？也不知道怎么商量的，让这孩子跟她叫娘，跟自己的大伯哥叫爹，兄弟两个都有份。老来得子，掌上明珠，不娇生惯养才怪呢。她对这个孩子疼爱有加，捧在手里怕掉，含在嘴里怕化，什么好吃、好喝、好穿、好玩的……几乎把一切能量都集中到了这孩子身上。每当中午或傍晚，她这个当娘的都会无一例外地在大街小巷里腾挪着一双小脚儿寻找贪玩不归的儿子，一遍又一遍地高一声低一声地呼唤着：“北来，小北来，快回家吃饭啦……”从这呼唤声中，你能真切地感觉到是那么温馨，那么慈爱，那么充满希望，也洋溢着一个母亲的喜悦和自豪。但我还从中听出弦外之音，那是炫耀，公开的炫耀。她有了寄托，憧憬着未来，心中一定是甜蜜的。

五

我离开故乡后，对她的生存状况了解甚少，所知也只是大概。只晓得先是她大伯哥病死，后又是她的男人亡故，她完全靠一己之力把孩子拉扯大。她也望子成龙，说是砸锅卖铁，也要供孩子上学上出个名堂。但遗憾的是儿子厌学，又逃学，上完初中就不上了。她又想早点抱孙子，儿子刚过 20 岁，她就给找了个漂亮媳妇结婚了，儿媳妇为她生下一个孙子、一个孙女。她又含辛茹苦地帮着把那两个小孩子养大，让他们入了小学。她也想让儿子富起来，就拿出一辈子积攒下的五六万元，支持儿子做小买卖。儿子还真挣了一些钱，盖起了一栋小楼房，在村里也算抬起头来了。

我天真地想，她会幸福，会一直幸福下去。但并未如我所愿，她没有一直幸福下去。

那年冬天，我从省城回村里，在一个北风凛冽的午后，专门去看望了她。她那时已 60 多岁。她原来居住的三间草房的老宅子，已在村里的规划中被拆除。她临时住在了已经搬到县城的一户人家的一间破草房里，房内昏暗又冰冷。我不由得问她：“你都这岁数了，为啥不和儿子一起住楼房呢？”她双眉颦蹙，叹了一口气说：“这些都指望不上了，我才不去呢，少看脸子，少生闲气，眼不见为净呀！”我看她身体还可以，大病没有，只是脸上有些浮肿，走路有些不稳，反应有些迟钝，那原来的精气神也荡然无存了。在我看来，她苦熬了这么多年，并不是我想象中很幸福的样子。

又过了两年，我听到了一个令我惊愕的消息："长眼睫毛"从村里走了。要知道，她走的时候，再有几年就"古稀"了。据说她在离我们那里很远的一个不知道叫啥名的村子里找了一个老头过日子。她走得挺毅然，挺彻底，神不知鬼不觉。她的邻居曾告诉别人，在临走前的夜里，从她住的房子里，传出了好几阵子哭声，第二天一早人就不见了。她走的时候，连儿子也没告诉，儿子也不知道她究竟去了哪里。她走了，再也没有回来，从此消失了。她为什么选择了离开呢？我打听到的主要原因是：她的儿子知道了她的身世，嫌弃她的过去，不把她放在眼里，与自己的媳妇合起伙来，指鸡骂狗地对付她，连家门都不让她进去。她绝望了，没有依靠，没有温暖，也没有未来，在孤苦伶仃中忍受着煎熬。我认为，她也该走。鸟的路在天上，冲出囚笼，告别凄凉，也许还能找回一些尊严，找到一段美好的时光。

我真想再次见到她，并告诉她：二嫂子，你是一个值得尊重的人。

小伙伴

多少年过去了，我还一直惦念着乡村里的那个小伙伴高道泉。

在村里上小学时，我与高道泉是一个班里的同学。我在23岁那年，去了县城，以后又去了省城济南。我后来听别人说，我走了以后，高道泉也离开了村子，去了关东一个什么地方，在那里找了媳妇安家落了户。打那40多年过去，也就杳无音讯。

今年春节前，从老家来济南的三哥告诉我，与我和老伴一起上过小学和中学的村里的三个男同学，都已先后去了泉壤之下。这使我心里很不是滋味，怅惋不已。也由此担忧起小伙伴高道泉来，也不知道他是否无恙，过得好不好，很想找找他。我算计着，高道泉比我小一岁，要是还健在，应当是69岁。我的老伴也是他的同学，经常去收看中央电视台播出的以“为缘寻找，为爱坚守”为内容的寻找亲友的栏目《等着我》，她还给我出主意，说是咱自己不好找，也可以去求助《等着我》栏目。

我和老伴原以为寻找起来，可能比较困难，要费些周折。我打电话给老家的侄子，让侄子从高家本族的老人那里打听高道泉在关东的通信地址或手机号码。不久，侄子就给了我一个意外惊喜：高道泉已经找到了。原来，他在前几年已经从关东回到了老家的县城里。我特别激动，立即用手机与高道泉取得联系。我俩开通视频，互相注视着，拉了半个小时的呱儿。他告诉我，他的两个孩子都在省城济南工作，他也时不时地到济南住上一些日子，虽然也打听到我在济南工作，曾几次想找我，但怕我混好了，不再搭理他，所以也就迟迟没有找我。我俩约定，尽快见面，在老家找个小饭店，好好一起拉拉知心话儿。打这以后，每天早上，我和老伴都能从手机微信里收到高道泉发过来的问候和祝福，心里热乎乎的。

小时候的交情，就像喷涌着的清澈的泉水，纯洁而又甘甜，那完全是靠着凿枘相应的真诚扭结在一起的。

高道泉的家在村子的被称为“东南楼”的东南角上，他去上学都要经过我家居住的三弯巷的巷口，与我也就成为来去上学的同路人。在班里，我的语文比较好，他常请教我写作文，他的数学比较好，我也常请教他数学题。在互帮互学中，这关系也就越拉越近。其实，小时的交情，也没有什么缘由，只是因为对眼而已。下午放学后，我俩大都要相互招呼着，在途中找个合适的地方，痛痛快快地玩耍上一阵子，要么去下四蹦、五虎、大六和憋死猫的土棋，要么去打瓦、打陀螺、打翘翘。但两人玩得最多的是用杏核儿攒窝窝的游戏。我们把小小的杏核儿视为宝贝一样，谁的手里数量多，谁就觉得十分荣光。我在家里有一个专门用于珍藏杏核儿的木头盒子，隔上几天时间，就要把积攒在盒子里面的杏核儿倒出来清点一番，最多的时候，多达 150 多枚。这么多的杏核儿，不都是我自己捡来或赢来的，大多是高道泉送给我的。与他家紧挨着的村里有一大片果园，里边杏树特别多，杏子成熟的季节，他会去果园里捡别人食杏后抛弃的果核儿。他每次捡到杏核儿，都会送给我一部分。那时，我就觉着，高道泉不小气，好大方，能把这么多心爱之物，毫不吝惜地送给我，实在太可交了。

说起来，这高道泉家庭有些特殊，算是个挺可怜的孩子。他3岁就没了娘，与50多岁的爹相依为命。他的爹就这一根独苗儿，对他疼爱有加，生怕他在外边受人欺负，除了上学，平日里也轻易不让他独自出去。但他爹对我与他交往，很赞成，也很放心。我扯着高道泉出去，一块儿割青草，一块儿捞鱼摸虾，一块儿沟里河里洗澡，一块儿摸知了猴，一块儿去打谷场歇凉……他爹都非常欢迎，满脸笑纹。这大概是因为怕自己的孩子孤单，缺少欢乐，难得有我这样一个好玩伴儿。有好几次，他爹把我拉到一边悄悄对我说："俺这孩子，长得不发实，个头也矮，打仗也打不过人家，听说你在班里说了算，给俺照看着点，别让他吃了亏。"

我还真的在高道泉受委屈时，替高道泉打抱不平。那会儿，班里有个自称"革干"子弟的女生，仗着自己的爹是个脱产干部，专门欺凌我们这些本来就有些自卑感的乡村穷孩子，瞎编一些丑化别人的段子，把好几个女生谩骂和侮辱得不敢来上学了。她的爹还三天两头请老师喝酒，还让她从家里拿好吃的巴结老师，老师明知她干了不少不得人心的事儿，却还袒护，从不批评。我们乡村孩子，就给她送了一个恰如其分的"长尾巴蛆"的绰号。一天下午放了学，也不知哪个仇恨"长尾巴蛆"的同学，在校外的大路上用粉笔写下了好几处谩骂"长尾巴蛆"的脏话。她向老师告状，怀疑是高道泉所写。其怀疑的理由是：在老师宿舍里，高道泉去交作业本时，碰见了她正给老师送豌豆馍馍，高道泉离去时撇了嘴，还在背后说她舔老师的腚眼子。我知道，虽然高道泉对她鄙视，但并不会干这种出格的事儿。那天下午放学后，我们一道去了小沙河岸边的小柳树林里粘知了。我气愤地想：这个“长尾巴蛆”，真是吃地瓜专拣软的捏，人家高道泉多可怜，还要雪上加霜地诬枉人家，心眼儿也太歪歪。我自己在班里孬好是个班长，岂能不仗义执言，去保护小伙伴高道泉呢？我找到老师，为高道泉作证，还了高道泉清白。我本来对既傲物又妒忌的“长尾巴蛆”就特别厌恶，也想为高道泉出口恶气，便想法子惩罚她。我知道她最害怕癞蛤蟆，就在校园后边的操场上，找到一只被碾压而死的尚且完整的癞蛤蟆薄片儿，在课间趁无人注意，就夹进了她摆放在课桌上的语文课本里。真是太巧了，也太给力了，一开始上课，老师就让她站起来朗读新学的课文，当她打开课本时，一眼发现了夹在书中的癞蛤蟆薄片儿，吓得尖叫一声，就把课本扔了出去。老师当然要追查，但只有我和高道泉知道，上哪儿查去呢？其实老师也明白，这只不过是同学间的小恶作剧而已，也没有必要去大动干戈。

高道泉家里有一棵李子树，这可能是村里唯一的一棵李子树。之前，我只知道“桃李满天下”和“投桃报李”这些词儿，却从未见过更没有吃过李子，对我来说李子乃为稀罕之物。每当李子成熟时，高道泉都会送一些黄澄澄、甜丝丝的李子给我吃。他有时会带我到他家中，让我自己从树上摘下几颗李子，更多的时候是他自己摘上几颗李子装在口袋里，到了学校，躲开别的同学，偷偷塞进我的口袋里。一次，我感冒发烧没能去学校，到了下午放学后，他跑到我家中，把揣在自己口袋里一整天的几颗李子，送给了躺在床上的我。其实他家李子树上结的李子并没有多少，我估算着，我吃的李子要比他吃的数量多得多。我家有一棵杏树，还有一棵枣树，到了杏子和枣子成熟时，我也会摘些送给他吃，但这是常见之物，比不上李子珍贵，老觉得欠着情分。

有两件事儿，对我触动不小，让我感到一个人从小到大，与人交往要有选择，不能良莠不分，只有高道泉这样的人才靠谱儿，在一块儿才不会去干那些不三不四的事儿。

上五年级时，我们被分为两个班，我在五（1）班当班长，那个五（2）班的班长，老师之所以让他当班长，既不是因为他品质好，也不是因为他学习好，而是因为他拳头硬，能压住场子。那个初冬的早上，这家伙硬拉扯着我与他一块儿去学校东边的大苇塘里，使用铁粪叉子，到冰面上去叉躲藏在水草窝里的鲢鱼。我就多了一个心眼，又叫上高道泉一块儿去，以防出什么意外。我刚要进到冰面上，高道泉一把拉住我，不让我先下去。高道泉先下去替我试探，走到苇塘中间，那薄冰就咔嚓咔嚓地响起来，像闪电一样，放射出一道道白色的冰纹儿。高道泉从冰面上蹑手蹑脚地回到岸上，就死活不让我再去冰面上了。高道泉对我说："为了几条小鱼，去冒这个险，太不值得。"那个五（2）班的班长却不听劝阻，当他跑到冰面上叉住一条鱼的时候，那薄冰就哇啦一声塌下去了，他一下子掉进了淹没到脖子的冰冷的水里，幸亏附近生产队的两个饲养员，把一根粗绳子抛进去，让他抓住绳子，才将他拉上岸来。

那年放了暑假，老师安排我们两个五年级班的班干部负责护校。几乎每天晚上，我们都要去学校转转看看。我每次去，必定叫上高道泉一起去。一天晚上，那个五（2）班的班长又出幺蛾子，要我们几个人跟着他去邻近的张沙埠村的瓜田里去摸甜瓜吃。我从未干过这偷鸡摸狗拔蒜苗的事儿，虽说心里很抵触，不愿意随着去，但又怕人家说自己胆小，不合群儿。我勉强答应去，但提了一个条件，只负责在瓜田边上放哨，不去瓜田里摸瓜。但人家高道泉坚决不去，拒绝的理由是“俺爹知道了会揍死我”。高道泉也坚决不让我去，把我拉到一边，劝告我说：“你可不能跟蛐蛐儿（蟋蟀）一样，一戳弄就翘翅膀。这种不地道的事儿，千万别瞎掺和，摸人家的瓜，这是当小偷，叫人逮住，吃不了兜着走。”我也想，人家高道泉的家，就在村里的大果园边上，那挂满苹果和桃子的枝头都探到家门上，尽管唾手可得，但人家从来没有去动过一手指头，这摸瓜的事儿，当然死活不会去干的。我终于被高道泉劝住，没有被挟持而去，尽管受到去摸瓜同学的嘲笑，但心里还是挺安然。第二天，我听说那几个去摸瓜的同学，因为在瓜田里过于得意扬扬，忍不住笑出声来，把在小瓜棚里睡觉的老汉惊醒，那老汉拎着一根木棍子追了出来，吓得他们几个屁滚尿流，要不是他们几个逃跑得快——有的钻入了高粱地里，有的跳进水渠里——那要是真的被逮住，肯定不会轻饶了。

到了 1968 年秋，我和高道泉的交往渐渐少了。我去临沭四中上了中学。高道泉的爹突然病故，高道泉失去唯一的依靠，成了孤儿，小小的年纪，就到生产队参加劳动了。有时星期天，我从中学回家背煎饼，偶尔还能见上他一两次，但眼瞅着他备受煎熬的处境，心情总是很沉重。

我本来打算在清明节之后，与老伴回故乡一趟，再写写我还想着念着的故乡的苍山、沭河故道和柳编，因有了与高道泉非常迫切的相会之约，便在清明节之前赶了回去。我俩在一家乡村小酒店相见，张臂拥抱在一起。“少年离别意非轻，老去相逢亦怆情。”在推杯换盏中，我俩共同追忆着儿时那段美好的岁月。几十年后再度重逢，别有一番滋味在心头。在交谈中，我才知悉高道泉与我分别以后的那些酸甜苦辣的事儿。

高道泉在他爹去世 3 年后，于 1974 年夏天，带着积累下的 90 元钱，背着一床小被子，独自去了黑龙江省最北端靠近俄罗斯的呼玛县。高道泉之所以奔向那里，是因为本生产队早年下东北的兄弟俩在那里的农场里，但人家并不欢迎他，怕添累赘，没有收留他。这让原本想改变一下自己生存环境的他，在这个举目无亲的地方，几乎是流浪了三个年头，靠给这家或那家修房子生存着。他给人家镘墙皮，也不要钱，给口饭吃就行。他的善良和真诚感动了许多人。有一位好心肠的叫牛逢春的东北人收留了他，让他吃住在家里，想方设法地给他联系安排工作。他先是被安排在了一家国营农场，后又去了一家林业局的建筑工程处。在农场里，还是由于他的善良与真诚，他找到了漂亮而贤惠的妻子。他虽然在东北待了 23 年，但无时无刻不在想着回归故乡。他终于在 1996 年秋，与妻子带着一双儿女，被调回了本县的市政公司工作。他在退休以后，在县城里开了一家干洗店，经营得挺红火。高道泉的两个孩子都挺有出息，都在大学毕业后，找到了非常合适的工作。高道泉告诉我，在东北的日子里，想得最多的是故乡，还有那些对自己有情有义的人。他还告诉我，他对自己的孩子不止一次地念叨过我，还梦见我好几次，梦见的都是一些小时候在一起的场景儿。

儿时的交情太纯洁，太甜美，即使人老去，也会一直保鲜。

大　鱼

我从小就爱逮鱼，盼望着能逮到大鱼，还真的逮到了大鱼。

儿时那个岁月，农村还是集体化时代，生活不像现在富裕，还比较穷。大鱼，尤其是大鲤鱼，为相当稀罕之物，很少有人吃到它，有的老年人可能一辈子都没有吃过它。一般是在农村男婚女嫁的喜宴上，才能偶尔吃到。在比较讲究的喜宴上，要上三大件——一只鸡，一条鲤鱼，一个猪肘子。谁参加喜宴吃上了大鲤鱼，都少不了炫耀一番，借以抬高自己的身价，也算是见过场面的人物。

爹特别爱吃鱼，也不能说娘不爱吃鱼，只是饭桌上有了鱼，娘不舍得伸筷儿。

按说，农村有句俗话："捞鱼摸虾，耽误了庄稼。"一向谆谆教导我勤劳务农的爹，原本不该支持我干这捞鱼摸虾的事儿，但爹偏偏大开绿灯，给我置办了推网和邀网，还给我许下愿景，等我长大，有了大力气，就给我弄一张大旋网。说是前两种网具只能逮到小鱼小虾，只有大旋网才能逮到大鱼。

我不负爹之所望，只要是一有空儿，就到村里村外的沟里、河里去多逮些小鱼小虾，以博取爹的欢心。娘将我时不时逮到的小鱼小虾拾掇干净，放上辣椒，炒得香喷喷。我瞅着爹把小鱼小虾卷进煎饼里，吃得津津有味，尽管自己怕辣，不敢去多吃，但心里还是美滋滋的。我就梦想着，不知在哪天撞上大运，能逮到一条大鱼，让爹和娘吃着更高兴。真有那么一次，我在星期日的中午到离家较近的东大沟里去邀鱼，看到一条靠近水边的大鱼，在水中露出一线脊背儿，像睡着了一样，一动不动地卧着。我有些激动，手脚有些忙乱，先把邀网推近大鱼，将它围堵起来，便急巴巴地用双手去卡它，谁知刚一接触大鱼身子，大鱼就轰隆一声不见了踪迹。我还以为大鱼进了网子里，唰地一下子，把网子抬起来，网子却空空如也。这应该是条大黑鱼，可能是从网子底下钻走了。眼看就要到手的大鱼跑掉，真后悔死了。心想如果多长个心眼，带个铁叉子，哪怕是个粪叉子，也能把它叉住。这只能怨自己太笨，想让爹和娘吃上大鱼的愿望落空。

我的大伯，也就是我爹的大哥，与村子里一个绰号叫“吃鱼鳖”的人齐名，都是逮鱼高手，经常逮到比我逮到的多得多和大得多的鱼，却从没见大伯送给我家一条半条。按说，他应该送些鱼给俺爹和娘吃，爹和娘把我大哥出嗣给他，解决了他传宗接代的大事，难道送上一个儿子，还换不来一条像样的大鱼吗？虽说兄弟之间是手足之情，但爹和娘与大伯之间很疏远，就连大伯得了不治之症，爹和娘都没踏过去看望，这令我不解，就算是不给送鱼吃也不能这个样子。

小时候，我和爹在一张床上通腿儿睡觉，有天晚上，爹终于告诉了我真正的原因：大伯是我爷爷和奶奶眼中的逆子，从小不务正业，折腾得家里鸡飞狗跳，动不动就离家出走。爷爷担惊受怕，经常背着煎饼风里雨里寻找他，最后被活活气死。大伯都是雨夜里去叫"冲子"的大沟里张网逮鱼，那里鱼多，他能逮到大鱼。这地方本来淹死过小孩，就令人发怵，大伯又编造了自己雨夜在那里张网逮鱼遇见"水鬼"的恐怖故事，别人更加害怕，不敢再去了，只由他自己在那里吃独食。他每次逮到鱼，除留下自己爱吃的泥鳅，都从别人的墙外，扔到狐朋狗友家里，或是扔到一个小寡妇家里。第二天，才去讨好地告诉人家，说这院子里的大鱼，不要以为是天上掉下来的，是他半夜里扔进去的。我奶奶也从来没吃过大伯逮的鱼。奶奶病了，大伯也从来没管过。奶奶说这个儿白养了，养瞎了。不知咋的，听了爹有些悲愤的讲述，我的心里七上八下的，不是个滋味，想逮到大鱼的愿望也突然变得更加强烈，也许是出于对大伯的一时怨恨，也许是为了抚平爹和娘心中的伤痕，也许是为了与大伯的不孝划清界限，当一个爹和娘喜欢的孝顺孩子。

从那以后，每逢大雨过后，我都会扛着粪叉子，到沟边、河边转悠，希望能碰上一条大鱼，最好是条大鲤鱼。一次，在一场大暴雨过后，我又去了东大沟，真的看见在芦苇荡的边上，有一个大鱼形状的东西，在波动的水草里浮上浮下、荡来荡去。我以为这是一条大鱼，举起粪叉子，瞄准狠狠插下去，插是插上了，可从水中提出来一看傻眼了，是一只裹足老太太穿过的破鞋子。我想逮到大鱼的愿望又一次泡了汤。我哭笑不得，回家给爹和娘一说，他俩也都笑得直不起腰来。

在我还没有逮到大鱼的时候，抢在我前边让爹和娘吃到大鱼的是闯关东三年回来的二哥。二哥在关东挣了多少钱我不知道，反正拿了一沓子钱给了娘。二哥回来的第三天，我从小学中午放学回来，一进大门，就眼前一亮，竟然破天荒地看到堂屋的门鼻子上挂着一条金光闪闪的好大好大的大鲤鱼，那大鲤鱼还活着，不停地翘动着尾巴，吧唧吧唧地拍打着门板。我迫不及待地问二哥从哪里弄来的，二哥说是他从集市上刚买来的。晚饭时，娘把炖的一盆鱼端上桌子，跟我坐靠在一起的二哥暗中扯扯我的衣角，悄悄地对我说："叫咱爹和娘多吃点，咱少吃点。"有了二哥的嘱咐，我就端着饭碗两眼盯着热气腾腾的鱼不去下筷子。爹没有先吃，先用筷子夹起一块放到我的碗里。我还想着二哥的话，就推辞说："这鱼刺儿大，我怕卡着嗓子。"娘说："小心点吃吧，吃了得好好念书。"这块大鱼我吃了，我也记住了娘的话，一定得好好念书，将来混出息了，有钱了，要让爹和娘沾上光，让爹和娘多吃大鱼，过上好日子。

我 13 岁那年，也就是上小学五年级的时候，终于等到了一个能让爹和娘吃上大鱼的机会。比我高一年级的"刺虎"是我的好朋友，我告诉他东大沟芦苇荡边上，有一条领着一群仔鱼的大黑鱼水中转来转去，我想逮住它给爹和娘吃。他说："这好办，找俺爹去，俺爹过去都是用土枪打黑鱼，忙中出错，叫枪托子把几个大门牙蹬掉，现在再不敢用枪去打，改用一种锚状的钩子，也能把黑鱼钓出来。"下午放学后，我跟"刺虎"找到了他爹，他爹先是不肯泄露钓黑鱼的"秘技"，但当听说我要逮条大鱼给爹和娘吃时，便说："好孝顺的孩子，得帮你办到。"他爹不仅给了我一套钓具，还教会了我操作方法。我们两个赶到东大沟，把在草丛里捉到的小青蛙穿在鱼钩上，抛到了那条大黑鱼经常出没的地方。第二天下午放了学，我们两个就急匆匆地赶到了东大沟下鱼钩子的地方，一瞧鱼漂子不见了，就知道有戏。我用手一拉鱼线，就听到轰隆一声，一条大黑鱼跃出了水面。我害怕大黑鱼钻入芦苇荡里，就让“刺虎”牵着鱼线，自己脱了衣服，下到水中，把这条大黑鱼抱上岸来。“刺虎”硬是把大黑鱼给了我，说是先让我实现逮大鱼给爹和娘吃的愿望。我激动坏了，用小褂子包着大黑鱼，一溜小跑回家。爹和娘围着大黑鱼看了很久，又拿来小木杆子秤，钩住大黑鱼的嘴巴称了称，大黑鱼重五斤半。爹和娘都说这鱼真大，少见。当天晚上，娘把这条大黑鱼剁成小块，再放上蒜片，炖了一大盆子。看到爹和娘吃上了我亲手逮的大鱼，我特别得意，觉得自己也能用最好吃的东西孝顺爹和娘了。事后，娘说这条大鱼是我和别人一起逮的，也应有人家的一份，别太贪了。娘给了我两角钱，叫我买了一些糖块，送给了“刺虎”。

我长大了，也能撒开大渔网了，却越来越远地离开乡村，也与故乡沟里、河里的小鱼和大鱼告别了，想让我爹和娘再吃上我亲手逮的大鱼，尤其是还从未逮到的大鲤鱼，已经变得不可能。尽管我那时工资不高，还是时不时地捎些钱回去给爹和娘，但我确信，勤俭节约了一辈子的爹和娘，绝不会拿这些钱买大鱼吃，要么积攒下来，要么只会买些海中出的小干巴咸鱼儿。

爹和娘早早地走了，在我心中留下了永远无法弥补的遗憾，他们没有赶上现在想吃什么大鱼就吃什么大鱼、想吃多少大鱼就吃多少大鱼的好日子。

书　缘

一扯到书上，我这个老头儿的记忆又回到了20世纪六七十年代。小的时候，年轻的时候，与书有缘真好，至今好难忘。我从小爱书，也喜欢去看书，这似乎与是不是书香门第并无多大关系。

据我所知，我的祖辈与书无缘，没有进过学堂，都是面朝黄土背朝天的农夫，大字不识一个。到了上辈儿，唯有小时候的二伯，曾被我爷爷送进村里的私塾。二伯厌读逃学，被村里孙辈的塾师用戒尺打了手掌，便以“孙子还打爷爷”的借口弃学。二伯虽从此与书绝缘，却在村里留下了一个口口相传的笑谈。

在弟兄中排行老三的爹，不甘成为让人瞧不起的“睁眼瞎”，虽无二伯那样进学堂的机会，却极力与书攀缘，靠自学认识了不少大路边上的字。那时爹在村里一个本家地主家里打长工，与账房先生交好，账房先生见爹好学，就既教爹识字，又教爹打算盘。自打我入了小学，爹像有了寄托，希望我成为家族里正儿八经的读书人，一再嘱咐我：“这个学一定得好好上，别三天打鱼两天晒网，多读些长见识的书，也给家里正正门头。”我知道爹有些书，但不知道有多少，也不知道是什么书。爹将自己的书锁在一个小木箱里，置于橱子顶上，那是爹设的禁区，不准家里人擅自动弹。我很想知道爹的这个家底，也很想看到这些书。

不久，我不仅见到了爹的书，而且还得到了爹的书。

那日傍晚，爹从生产队里劳作回来，看见我在堂屋两扇大门上，用白色粉笔画得歪歪扭扭的密密麻麻的拼音字母，爹尽管看不懂，还是一直笑眯眯地端详。爹就问我，这是哪国的字，怎么跟苍蝇爪子似的。我就告诉爹，这是汉语拼音字母，只要学会掌握，就能够拼读出汉字来。我便“b、p、m、f、d、t、n、l、g、k、h……”一个字母一个字母地给爹念了一遍。爹听了很开心，就把小木箱的钥匙找出来给了我，说是往后这些书由我保管，想看哪本就看哪本。我当然兴高采烈，拿到了这把钥匙，就像打开了读书的大门一样。爹的那些带着岁月痕迹的泛黄的书，有《百家姓》《三字经》《弟子规》《农用杂字》等启蒙读物，还有《薛刚反唐》《彭公案》《刘公案》等通俗小说。我虽然当时还看不了，但这是我最早拥有的课外读物。我从中也慢慢知道，爹在晚上睡觉前，或在不能出工的下雨下雪的天气里，经常给我们孩子讲述的那些生动故事，还有那些至理名言，大都是从这些书里照搬出来的。

初来，我最热衷的是去听别人说书。乡村人对听书，有个生动比喻：说书的人说故事说得像活见鬼，听书的人听故事听得像被鬼迷住。我就是从小被说书人迷住的。那说书人声情并茂地讲述起伏跌宕的故事，把听书人弄得云里雾里。盛夏里，那傍依着南家前大沟、周边多有绿柳的生产队打谷场，是个透风儿的地儿，蚊子少，是歇凉的好去处。我们把晚饭吞下，就匆忙拎着一领用于铺垫的蓑衣，在一阵阵的蛙声与蝉鸣中，到那儿听“善书”的刘书善大叔神侃《三侠五义》的故事。在我们孩子眼里，书善大叔算得上一个“书篓子”。人家虽不识字，却能吧嗒着叶子烟，模仿着说书人的腔调，按照一章一回的节奏，从头到尾地把《三侠五义》娓娓道来。听说他在早年间，曾在城里一个亲戚家帮忙做买卖、看铺子，晚上闲来无事，就去人家说大鼓书的地方听书，听了一遍，也就入了大脑，把大概情节记住了。大叔说书，要说上一个多月，让我们一直沉浸在津津有味的享受里。但我有些怀疑，这么信口开河的讲述，肯定掺糠使水不少，书本上真正写的并不一定是他说的那样，弄不好要差十万八千里呢。我还会和几个同样入迷的小伙伴跑到集市上听大鼓书。我们在说书的场子里盘着双腿，席地而坐，一听一天，不吃不喝，也不舍离去。这些民间说书艺人，要比书善大叔说得更加引人入胜，悦耳动听，人家摇头晃脑，抑扬顿挫，唾沫星子都崩老远。有的拉着二胡，有的敲着渔鼓，有的打着小皮鼓，有的用小槌击着扬琴，把古书里的故事有板有眼地说唱出来。不过，这些说书人也有个毛病，就是有时不轻易说书，人少了，光说唱着“圆圆光光的是驴屎，层层叠叠的是牛屎，两头尖尖的是老鼠屎”之类的逗人发笑的小段子，用来糊弄人。人少了，收不到钱，说个“且听下回分解”拿捏着，就不再往下说唱。这也叫人太无奈。我印象特别深的是有一对远方来的夫妻，传言是从省里专业曲艺团下放的艺人，手中敲击着当啷当啷响的两片钢镰，专说山东快书《武松传》，两口子交替着轮流说唱，甚是精彩诱人。可惜的是，他们夫妻二人在集市上只说了两次，就不见了踪影。我们听书听了半截，没有了下文，也太遗憾。

我就想，自己已经认识了不少字，再去听充满怀疑、无奈和遗憾的说书，倒不如自己去找书读，那样才能收获更多。

小学时，要说我读得更多的书，非那被称为“小人书”的连环画莫属。那时，老师也要求在教室里建“图书角”，动员同学们把家里的图书拿来。大家拿来的为数不多的图书，几乎是清一色的连环画。只有一个例外，有个男生他娘是村里接生孩子的“收拾婆”，他就把一本图解生孩子的小册子拿了来，被女生视为“下流”书，状告到老师那里。作为普及读物的连环画，在20世纪五六十年代盛行起来，不仅孩子喜欢，就连成年人也喜欢，老少皆宜。那会儿，我也加入读连环画的潮流中。一本连环画，虽说价格低廉，也就只有几分钱，但大多数孩子，还是不舍得拿钱去买。我看过好多连环画，却没有一本是自己买的。要想读连环画，别无他途，只能四处淘换。在村子里，手中连环画最多者，是一个住在村子南头的扎着猪尾巴、戴着小银坠的男孩子。他娇惯得很，家道殷实，人家爹和娘几乎对他有求必应，连环画给买了一大堆，他自己对外说有120多本。这是我借读连环画的主要目标人物，我送些他喜欢的我积攒的桃核儿、杏核儿，就能不断借到连环画。连环画一借到手里，就得快读快还，“好借好还，再借不难”，不然下次就不好再借。有时借到连环画，放学后，几个小伙伴急巴巴地选择一个去处，或蹲在向阳的墙角里，或斜倚在僻静的草垛边，或趴在村后小沙河的松软的沙滩上，扎堆儿一起读。那时，我虽无缘读中国古典四大名著，却有缘读了根据这些古典名著改编的连环画，还读了讲杨家将故事的连环画，一读一个系列，特别过瘾。有人说，那时的连环画影响了一代人。

我就是连环画的最大受益者，读这些图文并茂、通俗易懂、丰富多彩的连环画，初识了许多文学名著、古今人物、历史知识和为人处世的道理，那爱书读书的情缘，也就愈加浓厚起来。

我借读别人的书，更想有属于自己的书，老想着日积月累，自己的藏书能慢慢多起来。

那年，在六一儿童节前夕，我头一回见到县新华书店的店员，用一辆地板车，拉着许多儿童读物，进入我们学校里售书。我初次见到这么多花花绿绿的新书，真开了眼界，再也压抑不住想买一本新书的愿望。一本北京某出版社出版的《中国民间故事》，有砖头般的厚度，书中收集了中国各民族的很多经典民间故事。我在浏览时，被书中美不胜收的传奇故事所诱惑，爱不释手。但我清楚，要想去买，大人绝不会给钱。我就偷拿了娘放在床席子底下的几角钱，擅自买下了这本书。世上哪有不透风的墙，娘知道后没少数落我，说我是不当家不知柴米贵，胡乱糟蹋钱。好在爹不仅没有反对，而且还在每天晚上让我在煤油灯下读给他听，爹也喜欢上了书中美丽的传说故事。这本书里的《枣核儿》等故事，我至今还牢牢记着。

自从买了新华书店的第一本书，我也就与新华书店结缘了。新华书店里有那么多好看的新书，令我魂牵梦萦。在假期里，我费尽口舌借了别人的自行车，分别跑到 20 多里远的县城新华书店和 50 多里远的地区新华书店，在一排排的新书陈列架前，徘徊着，陶醉着。那时，我有两个“近水楼台先得月”的向往：当个电影放映员该有多好，可以天天看电影；当个新华书店的卖书人该有多好，可以天天与新书在一起。去新华书店，虽然手里没钱去买书，但看到那些赏心悦目的书，还是非常兴奋。想起来，自己都觉得可笑，不是为了买书，还一趟又一趟地去新华书店，这不是傻帽儿吗？但我还是终于出手在新华书店买了一本书。那次，娘领着我去县医院看病。娘把几十块铜圆按斤卖给县城里的土产公司门市部，作为给我看病拿药的费用。从县医院看完病出来，我向娘提出想上县新华书店瞧瞧。走进新华书店，我从柜台外伸着脖子，看那些有些远的书架子上新书的名字，从这头看到那头，又从那头看到这头，就是不愿离去。娘看出了我的心思，从衣兜里掏出了仅剩的几角钱，叫我拣着自己喜欢的书买上一本。我也怕多花钱，只买了一本最薄的书。我牢牢记着，那本书的名字叫《钢人铁马》。我选这本书，是因为从书名看，又是钢又是铁的，以为是描写八路军或解放军打敌人的书。回家一打开，才知道是一本讲述新中国钢铁工人故事的书。尽管这不是我买时所想象的书，但我还是认认真真地读完了。

“文革”初期，我就早早地告别了学生时代，上了几天中学后，就到生产队当了社员。虽有些“水流花谢两无情”的伤感，但我牢牢记着“书籍是人类进步的阶梯”的名言，还是喜欢去读书。按一些农村人的看法，一个人拉了锄钩子，打了土坷垃，到了这步田地，再去读书就是“瞎子点灯——白费蜡”。我倒不这样认为，读书不分高低贵贱，当农民也不该放弃读书。那会儿，我读书有一个动力，大多数读书人不会有这样的动力，那就是写好广播稿。我的二哥虽然只上过几天小学，但凭借打得一手好算盘，当上了大队会计。二哥喜欢写广播稿，我在县广播站的有线小喇叭里，时常听到播音员念着二哥写的稿件。二哥为了引导我写广播稿，常把大队里订阅的《红旗》《支部生活》《山东民兵》《农业知识》等刊物捎回家里，让我阅读。我初次接触这么多种类的杂志，读来读去，也对写广播稿产生了兴趣。我虽然写了不少稿件，但都如泥牛入海，没有被广播站采用。我就琢磨着，还是读书太少，心余力绌，只有多读书，才能提高写作水平，才能写出被采用的稿件。正是有了这个动力，我潜心读书，而且读书的热情持续高涨。

在闹书荒的岁月，许多书被限制阅读，我想找本喜欢读的书，那可得千呼万唤才出来。那时的新华书店里，有的大都是伟人著作，以及革命样板戏的书，我就是拿钱也买不到喜欢读的一些中外文学名著。我读过那个时期的长篇小说《艳阳天》《金光大道》，还有再版的《欧阳海之歌》，但我渴望读到更多的古今长篇小说。然而在这个特殊时期，这似乎是在追梦，只有人去找书，书才会去找人，你执着地去追寻，才能够读到与你有缘的书。

让我想不到，近乎天上掉馅饼，最先与我有缘的几本古典名著，竟然来自村里一位叫刘印祥老人的馈赠。这位老人有些神秘，村里很少有人真正了解老人的身世。老人从小闯关东，在将近八旬的时候，才叶落归根，孤身一人回到村里。听我二哥说，这老人不凡，干过大事，曾在东北参加抗联，打过日本鬼子，因队伍被打散，在深山老林里躲了好几年，也一辈子没找媳妇，更谈不上有子女了。老人懂医术，尤擅针灸。我娘请老人到我家里，给我针灸治病。每次来，娘也不能让老人白忙活，都要给老人做上一碗面条或面叶吃，这让老人有些感动。老人看到我睡觉的床头上方的墙壁上，有一个用一块长条木板搭起的书架，上边摆放着几十本杂七杂八的书刊。他由此知道我喜欢书，也爱读书，就主动跟我拉起自己在东北读书写诗的事情来。老人告诉我，他还从东北带回几本书，并对我说："为人得读书，不读书不明事理，不会有什么大出息。"我便试探着向老人提出，能否将手里好看的书借给我读一读。也许老人在权衡着借与不借，笑而未答。以后逢年过节的时候，娘为了感谢老人给我治病，总是买点油条或馓子，让我提着去送给老人。我也很乐意去，还惦记着老人手里的书呢。在我第四次去的时候，老人从挂在墙壁上的篮子里拿出了一个蓝布包来，抖动着布满青筋的双手打开，里面包的是《三国演义》《石头记》《封神演义》三本书，还有一本老人写的诗集。老人对我郑重地说："我一天不如一天，不知道啥时候就上天堂了。这些东西本想留给大侄子的，我看他也不是珍惜书的人，怕他不当好草，撕巴着卷烟抽了，送给你还能传下去，还能有用。"我顿时感到这礼物太沉重，是送给我的一份希望，送给我的一束光。我回到家里，激动地仔细翻看了老人写的那本诗集。诗集里的诗大多为五律和七律，也有少量排律，足有 200 多首。虽说我那时接触古体诗不多，还缺乏鉴赏的能力，但也能觉察出来，这些诗写得很讲究，很有韵味，很像模像样，没有一定文学修养的人绝对写不出来。按现在的说法，这些诗也挺有正能量，既有歌颂党和国家的，也有反映现实社会生活的。这令我惊讶，也让我仰望。我至今还珍藏着这本诗集，今日读来，依然有望尘莫及之感。我也曾努力写出几句诗来，却怎么也写不出老人家那样的诗来。"时人不识凌云木，直待凌云始道高"，老人送给我宝贵的书，其实老人自己也是一本让我一辈子都在品读的书。

当时在村里，也不光是我喜欢读书，还有一些青年，大都比我年龄大，也喜欢看一些当代长篇小说。我们交往久了，也就成了互通有无的读友。我所读的书，大都是我通过自己的人脉，从各种渠道借来的。我从教过我的老师那里，从回乡的脱产干部那里，从同学的父亲那里，还有从外村的也爱好写广播稿的刘俊奇、王朝学那里，先后借读了《红岩》《林海雪原》《青春之歌》《烈火金刚》《铁道游击队》《暴风骤雨》等长篇小说。有时，有读友从外边借来长篇小说，几个人都想先读为快。解决这个问题的办法就是“群读”。记得有个青年读友刘勤范，从外村借来了长篇小说《红旗谱》，人家限定在一个月之内必须返还，如果几个人轮流看，根本就来不及。我们几个人就在晚上凑在一起，在煤油灯下，一人读众人听，紧赶慢赶，没有超过一个月，就把书“群读”完了，归还了人家。参加工作以后，我再也没有集中地读那么多的大部头长篇小说了。回想起来，一大批宣扬革命英雄主义的文学形象，就是在那段时期的阅读过程中积累起来的。

那时，我就想着能与书结缘一辈子。后来还真的心想事成，我从县城来到省城，在我参加工作的最后二十多年里，一直都在新闻出版部门工作，干那些写书出书的事儿，真的与书更有缘了。

家中购藏的书，已经装满了七八个大书柜，像一排巨人一样，紧靠着书房的东墙壁挺立着。这也许是我家中唯一能向别人炫耀的标志之物。它每天凝视着我，我也在凝视着它，似乎每天都在对话，都在交流。立其前，我会想起以前找书读的情景，还会想起我那个用一块长条木板搭成的书架；立其前，我有些自责，有些羞愧，把书请了来，却有些冷落了它们，读它们读得太少了；立其前，我还想这些书以后都是孩子们的，如果孩子们也与书有缘，愿意去读的时候，也不用像我以前那样去苦苦寻觅了。

晚清印坛艺术大师黄士陵，曾经篆刻过一方自用印章，印文为“万物过目即为我有”，这同样也包含读书的道理。有志者，有为者，都应该与书有缘。无书读是悲哀，有书不读更是悲哀。

自留地

一直到23岁那年，我还在老家沂蒙山区的乡村里，一个汗珠子摔八瓣儿，跟着父亲打理家中的自留地。

像我们六七十岁这把年纪的人都会知道，自留地是农业集体化这一特定时期的产物，也知道，要不是毛主席发出“恢复私人菜园，一定要酌给自留地”的指示，也不会有自留地存在。

我们家的自留地，与村里其他人家的自留地一样，都在靠近村子周边的地方，像分散在棋盘上的棋子。村东边的那一块最大，村西边的那一块，还有村南边的那两块，都怪小。村东最大的一块，主要用来种植蔬菜，是纯粹的菜园子。其他几小块，以种植粮食作物为主，有时也种点蔬菜。我们家人口多，按人头分的自留地也比别人家多，说是多，这瓢一块、碗一块加起来，也不过七八分地。

家家户户种植自留地，主要都是男爷们来唱主角。在我们家中，那不用说，主要就是父亲、二哥和我三个人的事情。父亲是生产队里最依赖的几个种地的老把式之一，尤其那摇耧播种的关键活儿，不能缺少父亲这样的妥当人。就连出嗣给大伯当了十几年生产队长的大哥，也经常向父亲讨教农事。父亲自是在家里一言九鼎，决定着自留地的种、管、收的一切事情。在大队里当会计的二哥，在自留地种植上，与父亲有分歧，合不来。二哥说父亲对种地的套路谙熟是谙熟，就是有些窠臼，也有些不大讲究科学方法。父亲则不以为然，反驳二哥，说是种了一辈子地还不科学了，只要人勤，地就不懒，光科学就科学出东西来了。父亲与二哥道不同，也就不相为谋，非常排斥二哥掺和种植自留地的事。二哥也就赌气，对自留地的事情很少插手。父亲尽管对我也不十分欣赏，说我都十一二岁了，光知道看书，不勤快，不麻利，对农活儿不上心。但父亲没有别的选择，只能抓住我，要我跟着他拾掇自留地，并且常向我念叨："这上学能上好的没有几个人，恐怕是猫含个猪尿泡——空欢喜，以后不能当饭吃，还是种好自留地，学会打庄户，才是手拿把掐的正经事。"我一听就明白，这是父亲要赶鸭子上架，叫我在自留地里当徒弟，把我培养成一个像他一样的庄稼汉。我还真有些心理负担，不愿意让父亲用根绳儿把我拴在自留地里，但也没办法，孙猴子还能跳出如来佛的手掌心吗？

父亲对种植自留地，有几句常对我念叨的话："要像养活小孩子，不能让它饿着、渴着、伤着。"我以后才慢慢体会出来，这是父亲给我念的紧箍咒，也是给我拉出的一条准绳儿。

"庄稼一朵花，全靠肥当家。"这在乡村里是大人小孩皆知的道理。父亲为保证自留地里有足够的农家肥料，不仅自己在生产队里，一边使牛，一边拾牛粪，而且也要求我向同住三弯巷的在凌晨拿着手电筒去拾粪的"立站"大哥学习，早上早起去拾粪。那时，家中的厕所与猪圈里的肥料，都被生产队专职收粪员集中收走，指望不上。我每天早上不敢再睡懒觉，只能与父亲同时起床或早起床，要是我比父亲起得晚，父亲又会说我不勤快，不麻利。早上，我用一把粪叉子，背着一个粪筐子，在村子的旮旮旯旯里转上一大圈。有了担当，观念瞬间发生了变化。我以前见了大粪，捂着鼻子躲不及，之后见了大粪，赶紧上前，求之不得。盛夏晌午，我也要穿着裤衩子，到附近的东大沟里，像鸭子一样，向水底扎着猛子，用一把宽大的铁锨，向岸上挖漆黑的淤泥。把拾来的大粪，挖来的淤泥，加上青草、草木灰等，放在加水的坑内发酵，就有了上等的农家肥料。我家自留地里，从未用过化肥，靠的都是自己积攒的农家肥料。从拾粪挖泥起，父亲再也没有说过我不勤快和不麻利的话儿。

初跟父亲种植自留地，还真不知深浅，接连碰了两个钉子。一次，那是一个星期日，我按照父亲的吩咐，将要准备种蔬菜的泥土，先用铁锨深深地翻过，又用耙子细细荡平，满以为父亲会给个好评，但父亲看后，嫌我活儿干得太粗拉，还有不少大坷垃。其实，父亲认为的大，也不过仅有核桃一样大。父亲蹲伏着，把一个个坷垃，用双手攥捏得粉碎。父亲对我说："这泥土要弄巴得像面粉一样，种子才能在里边熨熨帖帖地扎好根儿，发好芽儿。"另一次，一天早上，父亲把一部分赤小豆种子交给我，让我中午去埯在地瓜沟里。我把种子用光，却没把地瓜沟埯完。父亲又嫌我活儿干得不靠谱，没算计，把种子浪费了。我哪里知道，父亲交给我的种子，那是他按墩个数乘墩粒数计算后，把种子一五一十地数出来的。当天傍晚，父亲从生产队里收工回来，让我跟着他到自留地地瓜沟里，一墩一墩把入土的种子重新扒出来，又一墩一墩重新种好。父亲对我说："干活儿得用心，别糊弄，我怎么种得正好，一点儿也不少？”这两件事，也不知道是哪个伙计，添油加醋地加工成了《捏坷垃》和《扒种子》的小故事，全村没有不知晓的，弄得我哭笑不得。我知道父亲做事挺认真，还真想不到会较真到这种程度。我琢磨着，父亲的认真包含着一种对土地痴醉的情怀，一种像拾掇花草一样的兴趣盎然，一种像眼睛里容不下半点沙子的苛求，一种追求尽善尽美的愿望。我哪里还敢再马虎，也丁是丁，卯是卯，像父亲一样讲究起来。

韭菜是蔬菜中最常种之物，在菜园子里，几乎各家各户都种韭菜。韭菜虽好吃，却易受虫害，不大好伺候。那年，我们家菜园子里长长的一畦子韭菜，又遭受了挺严重的虫害。父亲治韭菜虫害，不像别人去用农药“六六粉”，而是用独自摸索出的“热水渗透法”。父亲说是用农药浪费钱，药虫也药人。在前一天，父亲就叫我先去韭菜地里，提早挖好韭菜根部的环形浅槽，做好准备。我这次小心谨慎了，害怕浅槽挖得不够标准，热水浇下去，害虫没烫死，将韭菜烫坏，责任就会落到自己头上。我让父亲先去挖出几个示范浅槽，在浅槽的距离与深浅上，一丝不苟地照着葫芦画瓢儿。第二天中午，父亲还真的不放心，叫我在家里烧好热水再挑去地里，自己先去韭菜地里去查看我已挖下的浅槽。我去时，看到父亲正立在那儿悠闲地抽旱烟袋，笑眯眯地对我说：“你这回挖的浅槽，比我挖得还规矩，一个模子刻出来的一样，不用再动弹了。”父亲像老中医把脉一样，使一把铁勺子，舀着热水缓缓倒入浅槽里，让热水持续渗入。我的担心多余，这韭菜根系发达，不但耐寒，也耐热。父亲用的土办法还真灵验，害虫被烫死，韭菜也安然无恙，反倒像增施了一遍肥料，生长得黑油油。我从那时起就再也没掉过链子，让父亲说出半个不字来。

后来我成了半大小子，父亲每个季节打谱在自留地里种什么，种多少，也不再瞒着我，也会听听我的意见，做出一些或减少或增加的变动。

父亲真不愧是个会拨拉算盘子的人，巧布局，精盘算，把小小自留地利用到了极致，像对待一件艺术品一样，精雕细刻。这哪里是在种自留地，分明是在种花园。一年下来，在自留地这个聚宝盆里，既种出了春食的韭菜、菠菜，又种出了冬储的萝卜、白菜、土豆；既种出了能攀缘架子的山药、芸豆，又种出了辛辣的辣椒、大蒜、生姜、大葱、芥菜；还种出了那红色或黄色的西红柿，以及圆的或长的紫色的茄子。林林总总，不下十五六个品种。还有更巧立的名目，村东的那块菜园子，在南北边缘，紧挨着两条人行小道，父亲出于对菜园子的防护，立起了两条特别的篱笆。南边的篱笆由一排低矮的香椿和花椒树构成，北边的篱笆由一排干枯树枝支撑起的扁豆蔓儿构成。村西边的那块自留地与一片小坟地相邻，父亲在自留地边缘种上几棵南瓜，让南瓜藤爬进坟地里。不过，那散发出香气的香椿的嫩枝叶，那一嘟噜一嘟噜的花椒小红果，那一串串大刀片子似的扁豆，那半隐半显的卧在碧绿瓜叶中的小猪、小狗模样的南瓜，也太招惹人，常有一些叫别人采摘了去。特别节俭的父亲变得大方起来，也不太计较，说都是乡里乡亲的，低头不见抬头见，又不是跑进咱园子里面去摘，谁稀罕谁就摘点儿吧。我们所种的蔬菜也太丰富了，除家中自给自足外，我们还会把剩余的蔬菜拿去集市上卖了换钱。父亲还从家中生活需要出发，种了些地瓜、麦子、花生、大豆、赤小豆、芝麻等。这自留地在那个岁月里，还真起着好大的调节补充作用。

时间已久，我也慢慢察觉，父亲在选择种植品种和选用种子上，确实如二哥所说的有些陈旧观念，不大讲究科学方法。别说二哥急眼，我也有些着急，然而父亲比较倔强，要改变他认的“死理”，心急喝不得热糊糊，只能慢慢来。村里有些精明人，已经开始种植用于编织的杞柳和用于药材的太子参，但父亲还只是热衷于种植自己比较熟悉的传统作物，而对于没有涉猎过的特色经济作物，一概拒之门外。

那年冬天，我和父亲一块儿，用小推车运了扒了皮的高粱秆儿，到沭河西岸的重沟集市上卖。我和父亲在集市上看到了许多卖剥皮晒干的杞柳条的，还有卖太子参种子的，都价格不菲。在回家的路上，我反复启示父亲说：“咱们家也得换脑筋，别在一棵树上吊死，种植稀罕的杞柳、太子参，要比种植一些大路货，多卖不少钱。”父亲听了一路也没发话，但隔了两天，就当着我和二哥的面说：“宁吃鲜桃一个，不吃烂杏半筐。”决定明年也开始种植杞柳和太子参。二哥对父亲的开窍，自是喜出望外，不仅主动去外村淘换来杞柳的种条和太子参的种子，而且还同父亲与我一起栽培。父亲也尝到了甜头，越种越喜欢，一连种了许多年。按说父亲最知道好种出好苗，好苗好收成，但就是在用种子上扭不过弯来。多少年了，父亲在种大蒜时，一直捡最小的蒜瓣儿，有的小到像狗牙儿一样；父亲在种土豆时，一直把芽块用刀切得非常薄，薄到跟硬币一样。父亲的理由是用大的厚的太浪费，小怕什么，薄怕什么，还不是照样出苗儿，有苗儿还愁长吗？父亲哪里知道，这种子与人一样，输在了起跑线上，导致的结果就是肥没少施，水没少浇，力没少下，种出的大蒜和土豆都小鼻子小眼。

那年夏天，我与父亲一块儿去自留地收获大蒜、土豆，正值邻家也在收大蒜、土豆。一比量，人家的比我家的大上一倍儿，让我甚是羡慕。我就趁机对父亲说："你看人家种的大蒜、土豆，都比咱家的大一圈儿，我都觉得怪丢人，没脸面，为什么种不过人家，还不是毛病出在种子上，咱用的种子太小了。"父亲看着人家地里大个的蒜头和土豆，也可能受到了刺激，就对我说："看来舍不得孩子套不住狼，舍不得枪药打不着雁，明年按你说的办，咱也使劲用大的。"第二年，父亲真的改变了，也真的种出了好大的蒜头和土豆来。那时，我已在村里小学当了代课教师，父亲挑了一些最大的蒜头和土豆，让我送给在公社机关工作的我的好友吴清泉，说是给人家谝一谝，看看咱家种的大蒜、土豆大到啥样子。

我从中学下学后，父亲就把种植自留地的担子，更多地压在了我的肩膀上。我也十分乐意去种自留地，不再是将其作为一种负担，而是当成一种享受。虽苦点累些，但哪有不付出而得到回报的？我不用父亲再去拨一拨，转一转，自己就像上了弦的钟表，三天两头地跑向自留地里，不光是去除草、灭虫、追肥、浇水，对小苗进行呵护，也是去欣赏那挣脱囚禁自己的种壳的小苗一步步生长的神奇的生命现象。大热天，最怕下雨少，一些日子不下雨就得去自留地里给小苗浇救命水。村东边的那块菜园子，好在地头上有眼七八米深的老井。我可以用柳编的筢子，从井中打水去浇地。我大多选择夜间浇水，人也凉快，菜也舒适。我小时，打水打不动，由父亲打水，我站在畦头望水流；我长了力气后，就由我打水，父亲站在畦头望水流。打水，要不断加速，越打越快，水才能持续向前流淌。立在井口边，打水时间久了，就两腿颤抖，双臂欲断，气喘吁吁力不支。有好几次，我几乎支撑不住，差点趴进井里。乡村有俗语："女人怕生孩子，男人怕割麦子。"依我说，还得再加上一条，"什么人都怕打水浇菜园子"。这种体验，我无数次地重复，也才真正知道这是一种怎样的感受。那节点上，什么闪烁的星星，什么溶溶的月光，什么飞舞着的萤火虫……一切都淡出脑际，所冒出的念头，就只有"汗滴禾下土""粒粒皆辛苦"，一片菜叶，一粒粮食，都是血汗，一丁点儿也不能糟蹋和浪费。其他的几小块自留地无井，无法打水，我只能从附近的几个大沟里，或从东风干渠里，在大崖头上爬上爬下地挑水去浇。我看到地里的小苗，在火辣辣的阳光下，被晒得蔫头耷脑，就心急火燎，放下一切，先去浇水。一担水，一把汗，往来在弯曲的小土路上，急促的脚步惹得尘土飞扬，水桶中摇荡出的水花，溅落在滚烫的尘土里，发出噗噗的声音。眼看着水浇下去，那枝叶重新支棱起来，心里就只有了喜悦，而没有了辛苦。

茄子、辣椒一类的小苗儿，最怕一种叫"地老虎"的虫子咬根，一被咬就耷拉头。所以我要天天去观察，一旦发现苗儿不精神，就得扒开土层，把“地老虎”捉拿灭掉。对杞柳的管理，也要特别操心，如果发现有叶儿卷了，肯定是被虫儿做出了茧，要赶紧摘除。杞柳梢部发了枝杈，不及时修理的话，也会长疯。

我跟着父亲种了十几年的自留地，逐渐被父亲认可，同时也被父亲改变了许多，我与父亲也成了协力种植自留地的好搭档儿。至今，我跟着父亲种植自留地的情景，还在我脑海中一幕一幕地回放着。在省城里，我家若干个花盆里，有些种的不是鲜艳的花，而是地瓜、韭菜……我就喜欢这绿油油的劲儿。我也老了，还真想再有那么一方田园，在里面送走黄昏、迎来朝霞地耕耘着，忙碌着。

卖　菜

在老家的乡村里，我在15岁那年春天，去我们县城的集市上卖过一次自家自留地里种的菠菜。因为是第一次，以后也没卖过，所以总是忘不了。

在弟兄中，我排行“小四”，家中的大小事，爹和娘也不指望我。按俗话讲，就是不指着我这窝蜂割蜜吃。我有些悠闲，除了心血来潮地写个广播稿，或隔三岔五地去生产队里干上几天活，就把大部分时光沉浸在捞鱼摸虾的快活之中。天塌了有别人顶着，过着被父母夹在胳肢窝的日子，一点儿也不用操心。那时我觉得长大了不好，长大了就不再安逸，吃苦受累的事儿就多了。

这种好光景没过上多久，爹和娘突然对我重视起来，不再让我无忧无虑下去。爹和娘几次劝告我：“你都快说媳妇了，已经老大不小，不能再三天打鱼，两天晒网，当甩手掌柜，要朝着怎么过日子上奔了。”

那是过了正月十五的一天傍晚，爹让我推着从生产队借来的胶轮小推车，跟他到村东的菜园子，把一畦子才长得一拃高的菠菜全部剜了，用稻草绳一捆捆扎好，装了满满两大长筐。我还想，这是爹明天不知又要到哪个集市卖菜了。我万万没想到，爹在吃晚饭的时候，却十分明确地告诉我，要我明天起个大早，把这一车子菠菜推到县城驻地的夏庄公社集市上卖了。这突如其来的任务搞得我一下子头都大了，饭都吃不下去了。以前卖菜，不是爹就是二哥，今天怎么会轮到我了，分明是给我出难题，赶鸭子上架。我虽然有些怕爹，但还是想推脱，就对爹说：“我不识秤，也不会讲价钱，恐怕卖不好。”但爹拿定了主意，一点儿不松口，依然叫我去卖。在小煤油灯下，爹拿出小木杆子秤来，教我如何识别计量的秤星，一直教到我似懂非懂才罢休。我已经都睡在了床上，爹还是不放心地向我交代，主要有两条：一条是“在卖菜的时候，要给人家称得高高的，千万别少给了人家”；另一条是“有些买菜的人，非便宜不占，给他够了斤两，也要多拿上几棵，对这种死皮赖脸的人，可千万不能依着”。我心里有了太大压力，打怵走夜路，也犯愁卖菜，哪里还睡得着。从村里到县城，少说也得有 20 多华里，没有两个多小时，在天亮以前到不了。我估摸着到了该走的时辰，连爹和娘也没惊动，就从床上爬起，既没吃早饭，也没带煎饼，从院子里推起小推车就出门了。当走到“三弯巷”的巷口上，我听到了背后有脚步声，回头一看，是爹和娘跟了上来，又不放心地交代起来。爹对我说：“你卖多卖少，卖了卖不了，都早点儿回来。”娘也对我说：“你卖菜卖了钱，别不舍得花，拣好吃的东西买，要吃得饱饱的。”我都憋不住笑了，这是去卖菜，又不是上战场，还用得上这叮咛来嘱咐去的吗？

去县城的道有三条，我并未选择两条近些的小道，而是选择了那条稍远些的大道。这条道走起来不容易迷路，但也有一个坏处，半道上会经过一片被众多柏树掩隐着的坟地，挺吓人的。在夜里赶路，走在村子里熟悉的地方时，觉得鸡鸣狗吠，洋溢着情趣，但走在远离村子的陌生地方时，则顿觉四野阒然，异常恐怖，处处充满着威胁。我第一次独行夜道，少不了胡思乱想，疑神疑鬼，怕有劫道的恶人，怕蹿出伤人的动物……前天刚下过一场不小的雨，道上还有些泥泞，脚下老打滑儿。走到一半路程，到了郑山公社那个地方时，紧靠着道西边就是那片令我恐慌的坟地，我心里陡然紧张起来。在慌乱中，小推车撞在一根人家抽水浇地没来得及搬走的胶皮管子上，小推车歪倒，我也险些趴在地上。偏在这时刻，唰啦一声，从坟地里冲出一只不小的鸟儿，几乎擦着我的头顶飞过去。我猜测大概是夜猫子，要不是这种有夜视能力的鸟儿，也不会在黑夜里这样放肆地去飞。我早已吓得六神无主，赶紧摸索着拾起掉落在地上的几捆子菠菜，扶正小推车快速离去。天快亮了，眼前的道变得清楚些，四处旷野也不再那么模糊。道上骑自行车的，挑担子的，还有赶小驴车的，都渐渐多起来，我怵惕不宁的心才松弛下来。火红的太阳从东边苍山背后露出半个脸儿，我也赶到了县城驻地挂着“夏庄公社革命委员会”大牌子旁边的菜市场。

我自以为来得挺早，但到菜市场一看，有点傻眼，真是河里无鱼市上看，早起五更赶了个晚集，整个菜市场的街道两边，已经没有多少无人占领的地方。我在市场上转来转去，好不容易才寻到一个摆地摊卖山货的老大爷左边，尚有一处能容纳下我一辆小推车的空间。咱人生地不熟，也不敢贸然占用。我以试探的口吻，征得那位老大爷含笑点头后，才把小推车小心翼翼地推了进去。我能看出来，这位瘦小而精明的老大爷，少说也得60岁冒头儿。交谈中，老大爷告诉我，他是当地夏庄街上的居民，在这地方长年累月地摆摊，已经摆了 10 多年，做个小买卖补贴家用。老大爷见我什么也不懂，看出来我是个卖菜的生手，就关心指点我，要我把小推车放在身后，一轮一轮地从车子上拿菜去卖。一下子摆多了，会让买菜的人把菜都扒拉坏了，弄得少皮没毛，就没有了卖相。老大爷见我没有带摆放菜的铺垫之物，就伸手从自己背后的几个纸箱子底下，抽出一个不太宽却挺长的草苫子，让我铺在地上把几捆菠菜摆了上去。老大爷出手相助，使我心中升腾起一股暖流，庆幸自己在这个生疏之地遇上了这么一位乐于助人的老大爷。人在难处，别人的帮助哪怕微小，也会让你感到巨大。

在我的热切期待中，给我开张的人，竟是一位十几岁的扎着两个羊角小辫的小女孩。她过来买我的菠菜，大概是看中了我的菠菜比其他摊上的菠菜更大更壮更绿。人家也不问价格，图的不是便宜，而是专挑最好的买。这小女孩只是甜甜地微笑，在买菜过程中，从头至尾都没说一句话。她站在我的摊前，用手指向一捆菠菜，向我示意就买那捆。我赶紧把那捆菠菜放进了秤盘子。我有点手忙脚乱，迟迟报不出斤两和价钱。在我旁边的老大爷却替我着急了，主动从我手中接过秤杆子，敏捷地称了一下，就向那个小女孩随口报出："缺个两数，就够 2 斤，再给你添两棵，凑 2 斤行吗？"小女孩没有回话，只是点了点头。我先把这捆菠菜递到小女孩手里，按爹在家的交代，5 分钱一斤，收了一毛钱。谁知小女孩把那捆菠菜放进小竹篮子里，也不等我给她添菜，一转身就走了。我赶紧打开一捆菠菜，抓起三四棵，就追去要送给小女孩，但小女孩回头笑了笑，摆了摆手，那是示意不要了。我看这个小女孩可能是个机关干部的孩子。给菜不要，我有些茫然，怔怔地立在那儿，一直目送着小女孩远去。我没有猜错，这个小女孩走进了挂着“夏庄公社革命委员会”大牌子的大院里。我不光从这个小女孩的举止上，也从这个小女孩扑闪着的一双清莹的大眼睛里，看到了这个小女孩心灵的纯洁，纯洁得就像我们村东大荷塘里荷叶上滚动的晶莹的露珠儿。

卖菜时，我真有点倒霉，接连遇上了爹说的那种“非便宜不占”的大人。

一个穿着带“××× 农机厂”字样上衣的男人，一脸络腮胡子，在市场上转悠了一大圈子后，也来买我的菠菜。这个男人显然经过比较，看中了我卖的菠菜，却鸡蛋里挑骨头，一边胡乱翻腾着我摊上的菠菜，一边挑剔着菠菜的毛病，说是卖的菜根长了，洒水多了，大小不均匀了，连捆菜的稻草绳也嫌粗了。这个男人买了我一捆菠菜，我给他称得高高的，他却一边指责我不够斤两，一边硬是打开我摊上另外一捆菠菜，一把抓了四五棵，迈着四方步走了。这个男人欺负我是乡下人，见我又是个小孩，觉得不拿白不拿，拿了，我对他也没办法。我无力抗争，只好忍让。这个男人走后，那位老大爷既像是抱不平，又像是安慰我，对我说：“这是俺夏庄街上的王邪子，挺霸道，赚便宜赚惯了，跟这号人打交道，没有不吃亏的。”

谁知过了一小会儿，那个络腮胡男人又带来几个老娘们来买我的菜。我有点儿犯嘀咕，他肯定是赚了我的便宜，又出馊主意，怂恿这几个老娘们也来讨我的便宜。那个男人走后，这几个老娘们便把我的菜摊围起来。与那男人不同的是，她们嫌我摆在摊上的菠菜都是别人挑剩的，不新鲜了，说是别说买了，就是白给都不要。这几个老娘们奔到我的小推车跟前，就在小推车上放肆地翻腾起来。我不让她们翻腾，她们就跟我争吵，像是要吃了我一样。有几捆菠菜被翻掉在地上，她们也不给捡回来，却用脚踢到了小推车下边。那位老大爷看不下去了，就站起来对这几个似乎熟识的老娘们说："这么点乡下的孩子，来咱县城卖菜不容易，你们别难为人家，买捆子菠菜，还值得生这么大气吗？"听到这话，这几个老娘们才收敛了一些，每人拎着挑来的一捆菠菜，一齐举到我脸上，让我快点儿称。我被气坏了，有点儿情绪失控，真想给这几个老娘们一人一秤砣，也不知道先给哪个老娘们称好了。那位老大爷又出手相助，朝着我说："我来，你只管收钱就行。"老大爷三下五除二就称好了，每称一份，就立马报出斤两和钱数，又快又准，真让我佩服。那几个老娘们还不算完，又去解我摊上成捆的菠菜，非要我再让上几棵。这回我没依着，两手死死按住几捆菠菜，硬是没让她们打开。这几个老娘们没有占到便宜，就说我小气，连几棵烂菠菜都舍不得让，根本不会做买卖。我愤愤地想，不是我小气，是你们太贪心，一大把年纪了，还是城里人，比先前那个最先买我菠菜的小女孩差着十万八千里，要是我以后也成了城里人，绝不会像她们这样，为了蝇头小利丢人现眼。

眼瞅着夕阳西下，还有两三竿子就要落山，可我摊上还有被买菜人挑剩下的三捆菠菜没有卖出去，我有些急躁。那位老大爷见我老瞧太阳，知道我要急着赶路回家，便与我商量说："这剩下的三捆菠菜卖给我好了，我再接着去卖，实在卖不了就拿回家里自己吃，你赶紧找个地方吃点饭，往回赶吧。”我真的很感激老人家，拿什么感谢老人家呢？我就非常诚恳地说：“大爷，今天多亏您帮忙，才顺溜地把菜卖得差不多了，这几捆菠菜，我不要钱，权当感谢您，送给您吧。”老大爷不依，把三捆菠菜称了一下，说是五斤半，要给我两毛八分钱。我反复推辞几次，老大爷硬是把钱塞进了我上衣的口袋里。虽然菜市场西头有开汤锅的，也有卖锅饼的，但我没有去吃去喝，这好不容易卖菜卖了三块五毛二分钱，是辛苦换来的成果，花掉一些，这成果就小了。

回到家里，我立即把卖菜的三块五毛二分钱交到爹的手里。爹笑了笑说：“你头一回卖菜，卖得还差不多，但少卖了两毛三分钱，这没什么，就是把一车子菠菜都白送了，也得去学会卖菜。”我这才恍然大悟，爹不是为难我，是想锻炼我，让我学会卖菜，好自己过日子。我也有些纳闷，爹又没有跟着我去卖菜，怎么这样精确地计算出我少卖了两毛三分钱呢？爹告诉我，这菠菜他早就称过，共75斤，应该卖三块七毛五分钱，我却只卖了三块五毛二分钱。我爹在村子里，以拧秤杆子出名，没有几个人比得上他。有时赶集卖东西，为了一分钱，他都会与买家争得脸红脖子粗的。这次我去卖菜，少卖了不少钱，但爹没有心疼，反而还乐滋滋的，可见爹为了我长见识，不惜交学费，看重的是对儿子的锻炼，而不是那少卖的钱。

想一想，这每个人的人生，不都是由这无数个第一次开始的吗？

老宅子

“家乡那棵红枣树，伴着我曾经住过的老屋……”这是我很喜欢的一首歌《红枣树》里的歌词。在我家老宅子里也有一棵红枣树，那红红的枣儿好脆好甜啊！

每当从手机里传来那充满乡愁滋味的歌声，我对故乡老宅子的思绪便会牵动起来，那思绪里有历历旧情，也有隐隐酸楚，让我忍不住想掉眼泪儿。

这弹指一挥间，我已远离乡村的老宅子将近50年时间。我是在老宅子里长大的，也是从老宅子走向城市的。

这几年，我都觉得有些怪异。我一年比一年地老去，老宅子也一年比一年多地出现在我的梦中。有时候，我被老宅子的离奇的梦纠缠着，就像在睡梦中看电视连续剧一样，一个晚上要梦上几次，或一连梦上几个晚上。我就问老伴，这是不是老年痴呆症的前兆呀？老伴似乎也有同样的梦境，对我不假思索地回答：“这有什么大惊小怪的，还不是你越来越想老家了。”

真是这样，对故乡的老宅子，我不光是梦里去想，不做梦也是老想啊！不就是日有所思才夜有所梦吗？

故乡的老宅子，长了一张大众脸。在我们沂蒙山区沭河两岸的乡村里，一般人家的宅子大抵都是这样：三间大些的茅草堂屋，一侧加一间小些的茅草的灶间。不大的小庭院，被三面板筑土墙围堵着。墙头上攀缘着一边开着花儿一边结着果实的扁豆或葫芦的藤蔓。与别家不同的是，在我家三间堂屋的西头，还有一间屋子那么大小的地皮空着，堆放着一些乱七八糟的烧火做饭用的柴草。在柴草堆里，竟然出没着两种小生灵：有一只黄鼠狼，个头不大，黑嘴巴，也没个伴儿，只是单溜。我都替它担忧，像是没爹没娘也没有孩子似的。它没有刺猬出没得那样频繁。那是一只好大的刺猬，身边跟着两只小刺猬，可能是大刺猬的孩子。我都替它们高兴，一家子一块儿做着伴，多幸福。这两种小东西，大都是在一早一晚时，经过院墙下边的阳沟进出，胆儿挺大，不太怕人。爹和娘像许多村里的老人一样，有些迷信，说黄鼠狼是“黄大仙”，小刺猬是“小神仙”，能保佑人，都是不能招惹之物。爹娘不让我去捉，也不让我去打，只是一到傍晚，就嘱咐我把鸡屋子的门堵牢靠，别叫黄鼠狼子把鸡叼走了。

老宅子大概是爹和娘在新中国成立前成家立业时盖起来的，位于村中狭长的三弯巷最东首。从院子大门前翘首向东，视野开阔，映入眼帘的是一幅宏大的富有诗意的田园风光图，可以尽情地去欣赏那不同季节和不同气候下的变幻的景象。远之，可视巍然兀立的苍山，也叫罐鼻子山；近之，可见横贯大半个村庄的有苇有荷的勺状东大沟。我琢磨着，那来往老宅子的黄鼠狼与刺猬，大概与东大沟有密切关系。那大沟的周缘，石洞土窟，草木蓁蓁，是许多小动物的渊薮。这老宅子在村里属于简陋矮小的一类，基为石块，墙为土坯，顶为麦草，灰头土脸，其貌不扬。别小看三弯巷，在巷子的南首，就有一座鹤立鸡群的房子，那是一个家道中落的富人留下来的。那房子好轩敞，所用材料十分考究，墙是大青砖，顶是小灰瓦，屋脊两端装饰着吻兽，还有一个由许多大木头柱子所顶立起来的遮风挡雨的前廊。人家的大房子与我家的小房子有霄壤之别，但我从来没有心理上的不平衡，去眼馋别人的大房子，嫌弃自家的小屋子。爹和娘给你安身立命之所，已属万幸。自古有俗语："金窝银窝，不如自己的狗窝。"老宅子就像鸟儿的巢，那是自个的窝儿；就像沧桑的树，那里有自己的根儿；就像流淌的河流，那是自己可以追寻的源头。没有了老宅子，人就像天上断了线的纸鸢。

老宅子于我曾有一段失而复得的经历。20 世纪 60 年代初，大队里建起了造纸的小作坊，生产那种上坟祭祖用的烧纸。老宅子靠近造纸的小作坊，也就有了"城门失火，殃及池鱼"的一劫。那村支书真的很霸道，否则大人们也不会常用其名字吓唬淘气的小孩子，他也不会在"四清"运动中被摘了"官帽"。这个村支书也不管三七二十一，硬是逼着爹和娘把老宅子交出来，作为造纸小作坊存放烧纸的库房，让我家搬到老宅子后边多少年无人居住的两间破屋子里。我们搬过去住的破屋子，四壁土墙极度风化，酥松得像豆腐渣一样，勉强支撑着凹凸不平的稻草房顶。每当下大雨，房顶上就有两三处朝下滴滴答答漏雨水，全家人就紧张起来。风雨之夜，爹和娘都不敢入睡，生怕房子突然倒塌，砸着我们这些贪睡的孩子。爹不管白昼和黑夜，只要雨下得大，都会非常担心风雨飘摇的老宅子，便一次次地穿蓑戴笠，抄起铁锨，去给老宅子墙基周边挖沟排水，不让积蓄的雨水从老鼠洞灌入老宅子里，把老宅子的墙基泡坏。在这失去老宅子的日子里，爹和娘还是苦撑待变，期待着老宅子早日平安归来。在失去老宅子的第三年冬，造纸小作坊垮台停产。爹和娘看准了时机，立即向大队里追讨老宅子，并要求给损坏的老宅子补偿修缮费用。大队里也不知搭错了哪根筋，不仅不同意归还老宅子，还说什么老宅子是交换过来的，成了大队里的财产。爹被气得火冒三丈，自己说着申辩内容，让我写成告状信，告到公社大院里。我真的想不到，我写的告状信真的惊动了公社里，爹被叫到大队部，公社的干部出面，让爹与大队干部进行调解处理。爹回来的时候，脸上挂着得意的神色，一进门就拍着大腿对我说："这回你立功了，公社里的大干部就是水平高，讲政策，说咱告得合情合理，让大队里不仅归还咱家老宅子，而且还得补偿咱们家两根杨木棒和三根槐木棒。"于是我们家终于搬回了老宅子，不用再在风雨中担惊受怕，又有了属于自己真正的家。爹和娘把失而复得的老宅子又特别上心地修缮了一番，医治好了老宅子的创伤。我盼了好一段日子，那黄鼠狼没再回来，那刺猬也没再回来。也许是曾经的造纸小作坊排放的污水，把这些小生灵伤害了，搞得它们再也不想回来了。第二年春天，一对从南方归来的燕子飞进家门，从东大沟里衔泥，在堂屋里垒起窝来。二哥嫌燕子在屋里飞来飞去，光落鸟粪，便找了一根木杆子，准备把已经垒成月牙儿模样的窝捅掉。爹和娘赶忙制止，说燕子是看谁家兴旺有福才来，要是看不中咱们家，人家还不稀罕来呢。我也是一百个不愿意，平日里还去养小鸟，这也不用再去养鸟，天天可以与鸟为伴，何乐而不为呢？爹和娘选来选去，在院子里栽上了两丛花卉，一丛是月季，一丛是芍药；还栽上了两棵树，一棵是红枣树，一棵是石榴树。

在小小的院落里，我们既能看到花，又能摘到果，还能听到燕子的呢喃之声。老宅子渐渐恢复了元气，有了红红火火过日子的样子。

在我快去上中学的时候，爹和娘就开始张罗着给我找媳妇。那时的乡村，既不像现在，也不像当时的城里，人们谈婚论嫁比较早，小伙子们小小年纪就找下对象的不在少数。这也可能是乡村人的精明之处，早找个对象好放心。我还没找到媳妇，爹和娘就常对我讲，找上媳妇结了婚，就跟我分家。我并不认为这是真的，那是爹和娘跟我逗乐儿，不会把我从老宅子里撵走的。我在弟兄四个中最小，大哥和三哥又出嗣给两个伯父，家中就剩下早已成家的二哥和还没有对象的我。我想就是结了婚，也得养爹养娘，也不能翅膀硬了就从老宅子里飞走。我还想家里除了有几踅子粮食，有几垛子柴草，有些锨、镢、锄、镰，有些锅、碗、瓢、盆，也没有什么值钱的东西可去分。在乡村找媳妇，主要的硬条件，女方除了看人物，就是看房子。爹和娘给我安排第一次相亲时就碰了钉子。女方的老爹也不带自己的闺女，就自己一个人跑到我家看我的长相和宅子，看后回话说："小孩不行，长得太瘦巴，没个孩形，宅子不行，连个新房都没有。这叫俺闺女到他家里怎么过日子，难道去住露水地、喝西北风去？"我后来才知道，那老人的闺女，外号叫"十一条裤子"，特别虚荣，为了显示自己裤子多，在一条裤子上缝上好几个裤脚，卷起裤腿来，让别人误认为她穿了好几条裤子。我想，要是找上了这样的媳妇，还真的没法过日子。爹和娘由此受到了刺激，怕影响给我找媳妇，便做出一个决定，要对老宅子进行整修和扩建。冬天里，爹和娘让我去百里之外的苍山县的瓷土瓦厂，拉来一地板车瓷土瓦，将麦草的房顶子改造成“四不露毛”，也就是在房顶的靠近房檐的前半部分，换成瓷土瓦。这样的房顶在当时的乡村里还挺时髦。老宅子西头的那一小块空白地方，也被连接着三间堂屋，盖上了一间小房。爹和娘告诉我说：“这回好了，以后娶媳妇，就娶在这间小新屋里。”爹和娘的一些秘密想法，我似知似不知，也从不去打听，认为与己无关。我知道，有连续五六年，在每年的春节前，爹和娘都支使大哥去产煤的枣庄一带，跑很远的路，推回一小车乌黑发亮的块煤。推回来也不烧，就窨藏在院子里的地下。在我找到媳妇后，爹和娘才对我说：“以后分了家，这些煤分给你一多半，你自己单独过，别缺了烧。”我也知道，爹和娘在床底下埋藏了一小瓷缸铜圆，少说也有一二十斤。之所以知道，是因为娘带我去县城看病的时候，就从那里拿出一些来，到县城土产门市部卖了，用换来的钱，给我去拿药。爹和娘从来没有跟我说起过，他们还在床底下埋藏了两百多块银圆，也是在我找到媳妇后，爹和娘才对我说：“这些银圆，都是早年间积攒的，那会儿盘算着多买几亩地，叫你们孩子们别再受穷，能过上好日子。那会儿还真亏了没买地，要买了地，说不定就被划成地主或富农成分，孩子们再想找个媳妇就难了。以后分了家，这些铜圆和银圆，也给你一大半，遇上难处，也能救救急。”我后来参加了工作，爹和娘坚持要和我分家，我没有去分，那些煤，那些铜圆，那些银圆，我都没有去要，都留给了爹和娘，还有二哥和二嫂，但把爹和娘的那份挚爱深埋在了心里。我结婚时，已在县城里有了单位分配的房子，准备在那里举行婚礼，但爹和娘不容置疑地说：“这结婚是一辈子的大事，说什么也得结在老宅子里，也叫爹和娘看着开开心。”听从爹和娘之命，我们回家按农村的风俗，在爹和娘为我盖的那间小房子里结了婚。夫人对在这毫无装饰且还有墙隙透风的老房子里结婚，多少有点不乐意，她没有完全理解爹和娘的良苦用心，那是怕我像小时候唱的歌谣：“花喜鹊，尾巴长，娶了媳妇忘了娘……”爹和娘要把老宅子这个家，深深地烙印在我的脑海里。

在我将近而立之年时，才与老宅子渐行渐远。我不管在县城或省城，至少也要在中秋节或春节，回一次老宅子，与爹和娘团圆。爹和娘在老宅子里谢世以后，虽说我回老宅子的次数比先前少了，但还是会隔三岔五地回去，看看兄弟姊妹，也瞧瞧老宅子。如今，农村变化巨大，村里的老宅子越来越少，大都鸟枪换炮，被改建成档次高的宅子，甚至是楼房。我家老宅子，现在仍由二哥和二嫂居住，依然还是往日老模样。哥和嫂的三个儿子，也都从老宅子搬了出去，住上了结婚时新建的挺排场的宅子。我和老伴看不下去，连我的两个妹夫也都看不下去，觉得都搞新农村建设了，再留着这个古董一样的老宅子，弄得大家都没有什么颜面，有些丢人现眼，便一起商量着，准备帮助些钱，或在原址上改建个新宅子，或置换大点的地方再建个新宅子。其实，哥和嫂手里并不缺钱，两人年纪虽大些，还一直搞柳编，过年时还给几个儿子分钱。哥和嫂执拗着不准动老宅子，要延续老宅子的生命，还找理由说，老宅子有老味道，留着是个念想，把它敲巴了，小弟小妹从城里回来，连个老窝都没有。再说村子里正搞新规划，怕是到时候想留都留不住。前些日子，我和老伴又从省城回到老宅子，看到地面一年比一年抬升，老宅子更比先前低矮了许多，我要低头弯腰才能进去。乡村人过日子，最是勤俭节约，那些老掉牙的东西，也不轻易舍弃，仍当宝贝似的保存着。这也倒好，在老宅子里还留下了一些老物件，勾起一些往事来。

在堂屋里迎面的墙壁上，还挂着一个早年间就有的镶满黑白照片的镜框。爹和娘的一张黑白照片，被放在所有照片的中间位置上。大概是1980年的秋天，在青岛警备区当兵的姐夫陈长明回乡探亲，让爹和娘立在老宅子的石榴树旁边拍了这张照片。这是爹和娘一生中唯一留下的照片，我写的《倔强的爹》与《善良的娘》两篇文章刊发时，使用的就是这张老照片。我端详着老照片想到最多的是爹和娘为了家庭，为了孩子，为了过上好日子，为了让人瞧得起，所受的那些苦，所遭的那些难……我感到爹和娘好像还在守护着老宅子，还在荫庇着他们的子孙。算起来，从我们兄弟姊妹起，已有了四代人，整个家族繁衍到七八十口子人。

那张有点特殊的床，还在屋内西头的南窗下放着。说它特殊，是因为严格地讲，那算不上正儿八经的床，只不过是爹用几根木棍捆绑成的木架子。我小的时候，一直与爹通腿睡在上边。爹虽识字不多，但特别喜欢讲故事，我是听着爹讲的故事长大的。爹教育我不是用指责训斥的方式，大都是摭拾书本上或身边的故事来教育。用这些故事，教育我要忠孝，要勤快，要撙节，要实诚，要有礼貌，要有好心眼子……记得那几年，在我们三弯巷里，接连有几个男青年，先后出了大事，犯罪蹲了监狱。三弯巷是秃子枕着门槛子睡——臭名（明）在外。爹忧心忡忡，怕我“近墨者黑”，被坏的风气熏染坏了。爹就在睡觉前，给我三番五次地讲薛刚反唐的故事。爹说薛刚是个逆子，惹是生非，闯了大祸，害了全家，做人儿女，要安分守己，别去干让爹和娘蒙羞的坏事。爹的那些言近旨远的话，至今还犹在耳旁。

我小时候用过的那个黑框子、黑珠子的算盘，还挂在屋内的东北墙角上。那是爹早年买下的稀罕物。在小学里上珠算课的时候，我使用的就是这个算盘。其他同学用的算盘多为 13 档，独有我用的算盘是 17 档，这也让我特别地显摆了一回。从那时起，爹就在晚上教我打算盘，让我学会了加、减、乘、除法。爹为了让我对打算盘有兴趣，经常出个乘、除法的题目，打出“香炉”“凤凰展翅”等图案来。爹告诉我：“村子里的‘黑五’哥就是因为会打算盘，才到公社农村信用社当了会计，吃上了公家饭。咱学会了打算盘，就是公家不用咱，也能在生产队里当个会计或记工员，干个惬意活。”我最终还是没有能够实现爹的愿望，干了别的差事。

那盏我曾趴在娘陪嫁的桌子上，用来读书写广播稿的小煤油灯，二哥还当好东西收拾着。二哥将这盏小煤油灯擦洗干净，用一张旧报纸包裹着。听说我喜欢收藏瓷器，就拿出来非要我带走。那小煤油灯是束腰的小葫芦状的黑釉瓷器，是新中国成立前家里购买的物件。我从中学下来，白天在生产队里干庄稼活儿，晚上就在这盏小煤油灯下，一边读书、读刊，一边学着写广播稿儿。那年冬天，就是我三哥从田野的雪地里捡回十几只冻死的大雁的那年冬天，到处是大雪和冰挂，天出奇的冷。娘从集市上给我买来一双用芦花和稻草编制的草窝子，让我脱掉夏天才穿的单布鞋，穿上娘用白布新缝成的袜子，把双脚插进草窝子里面。到了春天，双脚还是被冻伤了，与袜子粘在一块，那袜子怎么也脱不下来。娘烧了一盆热水，将我的双脚放进里面浸泡，我才咬着牙脱下来。不过，脚底板子的一块皮肉也掉了下来。娘心疼坏了，躲在一边泫然泪下。在那几年里，我写出了好几百篇稿子，有的竟被中央和省级新闻单位采用。

那个小狗形状的板凳，还被哥和嫂用来坐着吃饭。那是在生产队里吃公共食堂的时候，我和妹妹去公共食堂里玩耍，发现在烧火用的杂木中，有一个挺像小狗形状的枣木疙瘩，觉得挺好玩。我就用一根草绳子，拴住"小狗"的头，在前面拉着跑，妹妹拿一根树枝在后面赶着追。我拉回家里，爹变废为宝，把枣木疙瘩砍削成一个前面一条腿、后面两条腿的小板凳。爹喜欢这个三条腿的小狗形状的板凳，一直坐着它吃饭。

对曾经居住过的老宅子，因为居住的人的身份不同，其称谓也不同。大凡名人居住过的地方，都叫"名人故居"，供后人瞻仰。但不管是社会名流，还是芸芸众生，对老宅子的那份情感都是一样的。那里有令人留恋的亲情，有成长的足迹，有美好的回忆。老宅子对一个人来说，是梦想开始的地方，也是养育自己的摇篮，谁还能忘怀呢？

乌飞兔走，老宅子熬过了太多的岁月，付出了太多，承载了太多，已是一位孱弱的老人。我知道，它终究会在哪一天远去。没有它的日子里，我也会把它作为一本厚重的书，在我的心中，反复阅读着。

故乡行

我已经连着几个年头，没能再回临沭县的故乡。

今年深秋，天气变得凉爽宜人。我和老伴在临沭老家时，都是一个村的，也就一拍即合，商量着再回一趟难舍难离的故乡。除了要一块儿走亲访友，我自己还多了些心思：一直听家乡的人说，这些年故乡的变化挺大，这次要正儿八经地去感受一下，看一看这故乡的变化究竟有多大。另外，还想再丰富一下自己要写的几个故乡人物的素材，把我心中德高望重的人物好好写一写。人老了，这么闲着也是闲着，倒不如写点儿散文随笔什么的，也可能有利于预防老年痴呆。不过，老伴一再提醒我，说是别当自己小年轻，年龄不饶人，回去既要少喝酒，也要少麻烦人，轻轻松松地过个十天八日的就回来。我跟老伴说不用打预防针，你就把心放在肚子里，不会再去多喝酒，也不会再去麻烦人。

我和老伴都是七十挂零的人，腿脚已不那么灵便，就连去汽车站和火车站乘坐什么客车、火车，也都觉得有些费事。好在有一种私人运营的顺风车，那真叫一个顺风，甚是便捷，人家从这里门口接到人，再送到那里门口，也花不了多少钱，三个小时左右，就顺顺当当地抵达。那顺风车，一驶入故乡的地域，看着从车窗外掠过的山山水水的秋天风光，尤其是公路两旁树上越来越多的喜鹊巢儿，对故乡的情感就在心中涌动起来。

我曾经不止一次地追问自己，一个身处异乡的游子，为什么会一直对故乡有那种归心似箭的情怀？这是因为那里有你寻找的根源，有养育你的爹娘，即使爹娘不在了，还有兄弟姊妹和亲朋好友，是情感这条线，无时无刻不在牵动着你那颗心。尤其人年迈了，这种情感只会有增无减，愈加强烈，这大概就是人的本性使然吧。

二

我退休以后，与人交往的圈子，也就越来越小。但我依然坚守着“只交几知己，老友勿相忘”的信条。在故乡，在我当老师和秘书时，于清玺（时为团县委副书记）、徐敏瑞（时为组织部干部）、邵立祥（时为县委常委、组织部部长）、吴清泉（时为公社党委秘书）等人，对我来说，都是曾经帮助扶持过我的贵人，让我终生难忘。想一想，如果没有人家的错爱，自己很有可能还是个不郎不秀之人，哪里能得鱼忘筌呢？过去，我回故乡，都是他们热情地张罗着招待我。特别遗憾，吴清泉、邵立祥与我，已经幽明永隔，每当念及，就有些恻然。我曾为怀念吴清泉写了一篇题为《清泉》的文章，这次也准备写一篇怀念邵立祥的文章。我提前打电话给住在县城的三妹夫李守彬，让他选个或依山或傍水的幽静而典雅的好去处，特意请一请徐敏瑞和于清玺，以示念念不忘的谢意。谁知太不凑巧，恰逢徐敏瑞去了北京的他孩子家里，也就于清玺还住在县城里。当我到县城后的第二天中午，走进苍山脚下的小酒店里，朝定下的包间里一瞅，咦，这是怎么回事，那可不是于清玺一个人，而是围了一大桌子人，都是我熟悉的上了些年纪的人。于清玺见我一时愕然，便笑着对我和老伴说："你俩难得回老家一趟，哪有叫你俩破费的道理，人少了不热闹，把你熟悉的老伙计叫了一帮子来。"一听，才知为了我，他用心良苦。人逢知己千杯少，这酒还能拿捏着不喝吗？老伴见我高兴，也就不再唠叨劝阻，反而说老熟人见一面不容易，这酒该喝点也得喝点儿。那天，大伙儿频频举杯，真喝了不少，虽说人老了，有些节制，但也算得上畅饮了。要不是喝得尽情又尽兴，我也不会当场诌了一段顺口溜：

人老倍加重旧情，
苍山脚下老友逢，
推杯换盏话当年，
你言我语尽笑声。

二

我和老伴住在县城里的亲戚真不少。我的二妹、三妹及外甥女，老伴的三妹、四妹及大弟和二弟的两个侄子都居住在县城里。我和老伴早就合计好了，先下手为强，以免跟过去回家那样，各家亲戚轮流着请我们吃饭，那样过于给人家添麻烦。便让老伴的四妹夫王济浩帮我俩操办，选了一个星期天中午，找了一家有些特色的饭店，把他们各家一块请出来，来了一个大团聚。大伙儿好几年没见面，一见面都亲热得不得了。谁都争着挨着我和老伴坐一起，说是靠着肩膀儿，亲热亲热。这热闹得有点儿像过大年的味道，特别温馨。在这种气氛里，平日里不喝酒的也喝了，少喝的也多喝了。老伴的四妹孙秀英，还给我和老伴献上了一首《真的好想你》的歌儿。那歌儿，带着对我和老伴的深情，也特别够味儿。我也情之所至，又随口来上了几句顺口溜：

萝卜也恋窝，

亲情热似火。

家人喜团聚，

欢腾一大桌。

我和老伴真没料到，他们有酒意没酒意的，都一个劲地埋怨起我和老伴来，说是你们俩这个年纪回老家，为啥不早早打个电话过来，各家又不是没有小车，挤那个小顺风车干什么，让孩子们去接一接多利索啊。听着这些话语，心里暖暖的。我和老伴一再表白，这次回来，真不想再给大家添麻烦，该忙活啥，就忙活啥，千万别再你请我请的了。

我和老伴说归说，还是石灰抹嘴——白说。他们几家照请不误，不是在外边请，就是在家里请，变着花样儿，让我和老伴品尝故乡的各种饮食风味。故乡有些东西还是很有特色的：有叫蜷鸡也叫鲜鸡的尚未出壳的毛蛋，有要大约花上 10 元钱才能买上一只的山水牛，有张老大家传配方炮制的草烧鸡，有百年老店熬的糁，有从沭河里才能捞到的米蛤蜊熬制的汤，有自己捉的冷藏在冰箱里的知了猴，有从小胡同里买的手工烙制的麦子煎饼，有刚出锅的带着图案的大锅饼、沾满芝麻的驴蹄烧饼、油汪汪的煎包，有刚出炉的也叫朝牌的烤牌……这些东西，我们在省城里，有的很少吃到，有的不经常吃到，还是有些喜欢。尤其那毛蛋和山水牛，已经好几年没吃了，要不初至县城，走到小吃街上，听到背后喊了一声“卖毛蛋了”，我也不会稀罕得三回头。那山水牛，儿时在乡村里，夏、秋大雨漉漉，拎个小泥瓦罐，去水边的未开垦过的草坡里抓过，后来多年不曾见，还以为这玩意儿已经快绝迹了呢。

回故乡的第八天上午，妹夫李守彬带着我和老伴，到一个叫黄河村小水库的地方垂钓，虽然没钓着什么大鱼，只钓到了几条小麦穗鱼，却意外收获了一桌喜宴。傍午时分，妹夫就对我和老伴说，这几天你俩出去散心，顺便去看了五六个大小村庄，今天到我们家的李埠子村看看吧，看完了，就在村里的小饭店吃个农家饭。我俩没去过，还真想去看看。结果，来到村里的那个小饭店，正碰上村里的人家摆结婚喜宴。村党支部书记也在场，听说我是从省城来的，一论还沾亲带故，就说没有外人，一块儿吃喜宴吧。能在乡村吃上喜宴，又见到了小时候见过的三大件——那么大的一条鲤鱼、那么大的一只草鸡、那么大的一块猪肘子，沾上了喜气儿，能不高兴？人家喜洋洋，咱也喜洋洋。这一趟回故乡，吃这吃那，杂七杂八，真是装了一肚子家乡美味。

三

我俩住在老伴的三妹孙秀芹家中，由其大包大揽地照料我们，所住的是藏在一条小巷内的改造过的县粮食贸易公司的楼房，从小巷里一出来，就直冲着过去被人们称为“网吧一条街”的滨海西街。这县城南北称“路”，东西称“街”。在县城纵横交错的主要的八路九街中，这滨海路稍微偏僻点，算不上最高档次，但依我看，与我们在济南所居住小区旁的街道也差不到哪里去。我和老伴，或昼或夜，少不了挨次在这些路与街上游逛，游逛了几次，发觉夜晚看着更美，也更有人气，也就多在夜晚出去。倘若游逛累了，便在有公园的地方，坐在长椅上，歇一歇脚儿，欣赏一下那些在公园里唱歌、跳舞、打拳和下象棋、甩扑克的人们其乐融融的景象。夜幕垂下，整个县城顷刻变成了不夜之城，尤为繁华的中山路、苍山路、振兴路和常林街、夏庄街等，楼房林立，店铺众多，那路灯、灯箱、灯饰，高低错落，交相辉映，一片辉煌，这灯火真的可与比较大的城市一比，虽说那路与街稍显狭窄了一些，但在我的心境里，那灯光显得更加集中了些，热烈了些，温存了些。我和老伴本想找一找记忆中的招待所、县医院、电影院、邮政局、针织厂、蛭石厂和师范学校等老地方，原以为这些地方虽会有些变化，但也不能变化到没有旧模样。哪里想得到，这些去处就像京戏里的变脸一样，已经不知变换多少次了，早已另起炉灶，今是而昨非，哪里还有什么“似曾相识燕归来”的一丁点儿感觉。对我和老伴来说，这县城之变，乃为巨变，翻天覆地，气象万千。这变化，有点突然，有点神奇，令我和老伴惊讶不已。有时在恍惚中，还以为这不是在故乡，还在省城里呢。这县城，就如同一个发育得特别好的孩子，我几年不见，再次见了，就觉得一下子比原来长大了，长高了，长得更漂亮了。

县城确实长大了。我是 1978 年从县城离去的。现有的县城，要比那会儿的县城，从规模上看扩大了四五倍之多。那是从改造城中村入手，朝着外围周边辐射，伸开了胳膊腿儿。用一个形象的比喻来说，过去那个样儿，不过是一个婴儿攥着的小拳头，眼下这个样儿，却是一个成年人伸开五指的大手掌儿。

县城确实长高了。外甥女陈维霞两口子，约我和老伴，还有他们县新华书店的老经理翟盛林及大学教授的夫人，一起去县城北的郑山（当年为公社驻地）那个老地方喝地道的羊肉汤去，我还凭几十年前的印象说："离县城挺远的，要跑个七八里地吧？"外甥女说："你这是老皇历了，县城里最多的高楼大厦就集中在那片老地方。"我和老伴到那里，光仰着脖儿使劲地朝上看，真是惊掉下巴。在一条特别宽阔的称为正大路的柏油大道两边，摆布着沭河花园等 10 个住宅区，有住宅楼房 200 余栋。除一些别墅外，其他楼房一般为十七八层，最高的有 30 多层。我瞅了一眼老伴刚要说，老伴却抢先说了，说这跟咱济南东部所建的唐冶新区没什么两样儿。我有点担心地问外甥女，建这么多高楼人厦不过剩吗？外甥女说差不多都住满了。

县城更漂亮了。过去，要说整个县山清水秀，那无可非议，要说县城也山清水秀，却有些牵强。说"山清"，当为名符其实。那县城北边紧邻的映入眼帘的就是高耸而逶迤的苍山、马山、冠山……称得上"一城山色"。但说"水秀"谈不上。虽说苍山脚下有个凌山头水库，县域内有条大的沭河，但还是离县城远了点，县城里缺少大些的水域。原来，也有一条贴靠在老县城南边的小河，也没有个正儿八经的好听的名字，有叫夏庄河的，也有叫花冒河的。虽说河道不算太窄，但不逢雨季，也就几乎断流干涸。早年，我在县城上师范学校，这条小河就紧挨着学校后门。平日里，要去彼岸，要么踏着几块小石头儿，要么双脚一个跳跃就过去了。近些年，这条小河被改造成了一个"源从苍山来，水归沭河去"的碧水生态工程，从上到下梯次设立了五道拦河坝，所蓄积的水域，平均宽达100米，有浩荡之势。这条被重新命名的苍源河，随着县城的演变，成为城中之河，从县城南部穿城而过，也可被称为“半城河”了。故乡的人，也可以拍着胸脯说，县城“一城山色半城河”，乃是一个实实在在的山清水秀之城。我和老伴晨昏时也少不了去苍源河岸边景观带中闲步，但见风生水起，水波涟漪，鱼跃鹭翔，那可真的是心旷神怡而流连忘返也。

四

前些年，我曾先后为紧靠沭河中流岸边的两个村庄——曹庄镇朱村和青云区沙窝村，分别写过《放歌朱村》和《魅力》的赞美文章。写朱村，所写的内容时间近些，主要写习近平总书记视察前后的故事；写沙窝村，所写的内容时间远些，主要写改革开放前的故事。我太想知道，几乎与朱村并驾齐驱的沙窝村，在改革开放和乡村振兴的岁月里，又会怎样一如既往地展示出与时俱进的魅力呢。

去沙窝村好说，我二妹刘菊兰就出嫁在那里，这等于串门走亲戚。那天起个大早，由早已搬居县城的二妹夫孙成栋开车拉着我和老伴回村里。去的路上，车子特意穿过几个村庄，与我之前看过的六七个村庄一样，一派好收成的景象。一些场院里，晾晒着白生生的花生果儿，堆放着小山一样的黄澄澄的玉米棒子，还有那田地里刚刚收获出来的摆放成一溜一溜的红郁郁的地瓜蛋儿……这些村庄的变化，一改我脑袋瓜子里残存的脏、乱、差的印象，大街小巷都铺上了柏油路，家家户户都通上了自来水，村子里的花草树木也栽得不少，烧火做饭大都用上了洁净燃料，那昔日的飘荡在村庄上空的袅袅炊烟也少见了。我在车上问妹夫孙成栋："你们沙窝村，与这些村庄有什么相同与不同？"他笑着回答："他们村有的，我们村都有，但他们村没有'金沙栗海'，特色旅游比不上我们村的。"

讲特色，沙窝村与朱村有所不同。朱村优势为红色文化，沙窝村的优势是自然生态环境。这沙窝村的"金沙栗海"，是我年轻时在乡村时最喜欢的风景。以沙窝村为中心，向南北两翼展开，紧紧地依偎着沭河水边，自然形成了一条绵延 15 公里的面积达 2 万余亩的金沙栗海绿色长廊。我在自己村中当民办教师时，也不知道有多少次，跟着公社党委秘书吴清泉，去沙窝村里采写通讯报道的稿子。我每次采访结束，就会钻入"金沙栗海"里，仰卧在隆起的树荫斑驳的细如面粉的金色沙滩上，望着那龇牙咧嘴的栗果，听着那此起彼伏的鸟鸣，尽情地享受着那暂离尘嚣的幽深味道儿。有那么好几次，不小心让一种绿色的蜇辣毛子（又叫"洋辣子"）的毒毛蜇到了，疼得火烧火燎的，但还是经受不住这大美景色的诱惑，好了疮疤忘了疼，去了还是继续朝里头钻。

妹夫的弟弟孙成俊两口子驾车拉着我和老伴，在"金沙栗海"里兜圈子，我再次享受了那林河相衔相映的景致。我们最先去的观赏处，当然是"金沙栗海"深处的那棵被称为"千岁栗祖"的古树。令人欣喜的是在古树根部又生发出一株幼苗来，这"栗祖"又有了后生，新老共存共茂，多美好的寓意，多吉祥的兆头。我和老伴真没想到，这金沙滩上的成千上万棵栗树，在早年已划片按株分包到各家各户里，这些年不仅没遭受损失，而且还增植了大量新株，被保护得好好的。孙成俊告诉我和老伴，说我俩早来一步的话，就能一块乐和着打栗子了。今年树上结的栗子一窝一窝的，这一片林子里，少说也得收50万斤栗子，可不少卖钱呢。“金沙栗海”乃是个天然的大氧吧，空气那叫一个新鲜，人处其中，连喘口气儿，都觉得特别顺溜。听说，从2017年始，连任两届的村党支部书记孙运剑（第二届兼任村委主任），一心谋划把“金沙栗海”的优势转化成乡村特色旅游的优势。这个沙窝村，已被打造成临沂市的美丽乡村示范村。连续3年，先后投资600万元，进一步完善了让游客看好、玩好、吃好、住好的一条龙配套设施。有些投资者也帮着搞开发，在这周边建了“水上人家”等娱乐场所。尤其在旅游旺季或节假日里，来这里观光旅游的人日益增多，大多是一来一家子，扶老携幼，在这里玩得很开心。许多网红也云集到这里打卡直播。中午，我们就在“金沙栗海”中的小饭店里吃饭，挺有特色，有名吃栗子炖鸡，还有从沭河里捕捞的特别新鲜的鱼虾。我将所听所观的感受，试撰了一副对联：“栗祖寿千年见证沧海桑田，沭水集万流滋养金沙栗海。”孙成俊是个退休教师，在乡村里也是个小有名气的书法爱好者，他对我说：“我年年为村里人写春联，今年再过春节，就写这个对子吧。”在回县城的路上，老伴对我说：“这城里人也有不如乡里人的地方，住在这样的环境里，还不跟神仙一样？”

一个县的城乡面貌，那是一个县的脸面，谁有粉不朝脸上搽呢？一个县的城乡变化也是反映一个县经济实力的晴雨表，那是要靠经济发展实力作为支撑的。我在退休后的这10多年里，没有再与在任的县里的这领导那领导有什么联系，人家不认识我，我也不认识人家，什么官方的经济数字，都知之甚少。我所知道的县里的经济发展情况，要么是亲朋好友实话实说的，要么是我亲自体察到的。县里比较牛的，一个是制造农用复合肥的产业，年产750万吨左右，占全国市场份额的20%，一年的销售也能搞个几十多亿元，因而也就有了“中国复合肥看山东，山东复合肥看临沭”的称誉。另一个就是柳编产业，有10万人参与柳编，品种数万个，一年的销售也能搞个几十多亿元，也就有了“中国柳编看山东，山东柳编看临沭”的称誉。其他不说，光是有这两个大的产业，那县里的腰杆子还不硬吗？有这个底气，那城乡还能不发展吗？

在回故乡的第十六天，在济南的儿子刘冰和儿媳妇毕叶岚打来电话，说是去我和老伴居住的房子看了，花儿再不浇就干枯了，那玻璃缸里养的那条元老级的泥鳅跳了出来，再晚一步活不成了。咱锣鼓听声，知道孩子是催促我和老伴回去，真不能再在这里继续麻烦亲戚朋友了，也该回去了。

想一想，这一趟故乡行太值得，收获了亲情、友情和乡情，还写下一篇散文《邵老头》和一篇随笔《由蹩木匠说去》，还触景生情地写了一堆信口开河的顺口溜。

我和老伴谁也没告诉，悄悄归去。从早上4点起来，还是坐上那顺风车走了。在归途中，我在手机微信上，向该告诉的人，发去了两句话：“来了，在故乡的怀抱里逍遥；去了，心中装满故乡的味道。”谁知道，又一连接到了七八个亲戚朋友打来的埋怨电话，说是怎么不告诉一下，就不声不响地走了，还准备再好好聚上几回呢。

我回到济南家里，倒有了这样一种特殊的感觉：怎么自己住的地方，还不如故乡的好呢？

后 记

我在上小学和中学时，就喜欢写作文，一直喜欢到现在。尽管写得不算好，还是喜欢去写。

我在退休之后，听人说多动一动脑筋，能防止老年痴呆，我也就陆陆续续地写下了部分作文。写散文与随笔，那是作家们的拿手戏，我自知写了大半辈子机关作文，于这一行当，却很蹩脚，也就是老家里人常说的“蹩木匠”。我考虑，所写的这些杂七杂八的东西，只能视为小学生练习写作的作文。这样一定位，文中有这毛病那毛病的，也就没有什么人笑话了。

“我有所念人，隔在远远乡。”这是李白在《夜雨》中的诗句。我的老家是沂蒙山区的临沭县。我虽远离故乡50多年，但对养育过我的那片老地方，无时无刻不深深眷恋着。所写下的这30多篇作文，内容几乎全部是从我心中流淌出来的故乡的人和事。

在这些作文中，有一些曾以我“亦金”的笔名，先后在《山东文学》《山东画报》《特别关注》《老照片》《商周刊》《临沂日报》等报刊上发表过。

在成书过程中，我得到了许多人的关心和帮助。我在县里工作时的于清玺、徐敏瑞等老领导，给予了热情鼓励和大力支持。

于清玺还为该书作了序。我拜托有很高文学修养的胡遵信老师，对整本书稿进行了修正。有一些篇章，李守斌、刘俊奇、张华、马青、陈维霞、满孝全、苗兴礼、伏开苗等，提出了宝贵修改意见。孙运宋、刘尚礼、张素勤、刘英兰、臧洁等人，帮助整理文稿。济南出版社总编辑朱孔宝等诸同仁，为该书出版付出很多。非常感谢他们这些人。

我把写好故乡的作文，作为一件乐事，每写一篇，都发给爱好绘画的刘紫仪小孙女阅读。小孙女还自告奋勇，为我的书绘制了封面图画——《故乡》。

刘廷銮

2024 年 5 月 1 日于兰堂斋

AI 听书